民国世界文学经典译著·文献版（第七辑：各国中短篇小说）

◆中篇小说◆

高龙芭

［法］梅里美（Merimee，Prospr）著
戴望舒 译

SJPC
上海三联书店

图书在版编目(CIP)数据

高龙芭 / [法] 梅里美著；戴望舒译 .
—上海：上海三联书店，2018.4
ISBN 978-7-5426-5993-4

Ⅰ . ①高… Ⅱ . ①梅… ②戴… Ⅲ . ①中篇小说—法国—近代
Ⅳ . ① I565.44

中国版本图书馆 CIP 数据核字（2017）第 174553 号

高龙芭

著　　者 / [法] 梅里美（Merimee，Prospr）
译　　者 / 戴望舒

责任编辑 / 陈启甸
封面设计 / 清　风
责任校对 / 江　岩
策　　划 / 嘎　拉
执　　行 / 取映文化
监　　制 / 姚　军

出版发行 / 上海三联书店
（201199）中国上海市闵行区都市路 4855 号 2 座 10 楼
电　　话 / 021-22895557
印　　刷 / 常熟市人民印刷有限公司

版　　次 / 2018 年 4 月第 1 版
印　　次 / 2018 年 4 月第 1 次印刷
开　　本 / 650 × 900　1/16
字　　数 / 320 千字
印　　张 / 21
书　　号 / ISBN 978-7-5426-5993-4 / I · 1275
定　　价 / 106.00 元

出版人的话

中国现代书面语言的表述方法和体裁样式的形成，是与20世纪上半叶兴起的大量翻译外国作品的影响分不开的。那个时期对于外国作品的翻译，逐渐朝着更为白话的方面发展，使语言的通俗性、叙述的完整性、描写的生动性、刻画的可感性以及句子的逻辑性……都逐渐摆脱了文言文不可避免的局限，影响着文学或其他著述朝着翻译的语言样式发展。这种日趋成熟的翻译语言，推动了白话文运动的兴起，同时也助推了中国现代文学创作的生成。

中国几千年来的文学一直是以文言文为主体的。传统的文言文用词简练、韵律有致，清末民初还盛行桐城派的义法，讲究“神、理、气、味、格、律、声、色”。但这也在一定程度上限制了情感、叙事和论述的表达，特别是面对西式的多有铺陈性的语境。在西方著作大量涌入的民国初期，文言文开始显得力不从心。取而代之的是在新文化运动中兴起的用白话文的句式、文法、词汇等构建的翻译作品。这样的翻译推动了“白话文革命”。白话文的语句应用，正是通过直接借用西方的语言表述方式的翻译和著述，逐渐演进为现代汉语的语法和形式逻辑。

著译不分家，著译合一。这是当时的独特现象。这套丛书所选的译著，其译者大多是翻译与创作合一的文章大家，是中国现代书面语言表述和中国现代文学创作的实践者。如林纾、耿济之、伍光建、戴望舒、曾朴、芳信、李劼人、李葆贞、郑振铎、洪灵菲、洪深、李兰、钟宪民、鲁迅、刘半农、朱生豪、王维克、傅雷等。还有一些重要的翻译与创作合一的大家，因丛书选入的译著不涉及未提。

梳理并出版这样一套丛书，是在还原中国现代文学史上的重要文献。迄今为止，国人对于世界文学经典的认同，大体没有超出那时的翻译范围。

当今的翻译可以更加成熟地运用现代汉语的句式、语法及逻辑接轨于外文，有能力超越那时的水准。但也有不及那时译者对中国传统语言精当运用的情形，使译述的语句相对冗长。当今的翻译大多是在著译明确分工的情形下进行，译者就更需要从著译合一的大家那里汲取借鉴。遗憾的是当初的译本已难寻觅，后来重编的版本也难免在经历社会变迁中或多或少失去原本意蕴。特别是那些把原译作为参照力求摆脱原译文字的重译，难免会用同义或相近词句改变当初更恰当的语义。当然，先入为主的翻译可能会让后译者不易企及。原始地再现初时的翻译本貌，也是为当今的翻译提供值得借鉴的蓝本。

搜寻查找并编辑出版这样一套丛书并非易事。

首先确定这些译本在中国是否首译。

其次是这些首译曾经的影响。丛书拾回了许多因种种原因被后来丢弃的不曾重版的当时译著，今天的许多读者不知道有所发生，但在当时确是产生过一定的影响。

再次是翻译的文学体裁尽可能齐全，包括小说、戏剧、传记、诗歌等，展现那时面对世界文学的海纳百川。特别是当时出现了对外国戏剧的大量翻译，这是与在新文化运动影响下兴起的模仿西方戏剧样式的新剧热潮分不开的。

困难的是，大多原译著，因当时的战乱或条件所限，完好保存下来极难，多有缺页残页或字迹模糊难辨的情况，能以现在这样的面貌呈现，在技术上、编辑校勘上作了十足的努力，达到了完整并清楚阅读的效果，很不容易。

“民国世界文学经典译著·文献版”首编为九辑：一至六辑为长篇小说，61种73卷本；七辑为中短篇小说，11种（集）；八、九辑为戏剧，27种32卷本。总计99种116卷本。其中有些译著当时出版为多卷本，根据容量合订为一卷本。

总之，编辑出版这样一套规模不小的丛书，把世界文学经典译著发生的初始版本再为呈现，对于研究界、翻译界以及感兴趣的读者无疑是件好事，对于文化的积累更是具有延续传承的重要意义。

2018年3月1日

［法］梅裹美（Merimee，Prospr）著
戴望舒 譯

高龍芭

中華民國二十四年二月初版

梅里美肖像

高龍芭目錄

梅里美小傳

泊洛思彼爾·梅里美(Prosper Mérimée)於一千八百零三年九月二十八日生於巴黎。他的父親約翰·法杭刷·萊奧諾爾·梅里美(Jean-François-Léonor Mérimée)是一個才氣平庸的畫家和藝術史家;他的母親安娜·毛荷(Anna Moreau)也是一位畫家。

在這藝術家，同時又是中流階級者的環境中，是沒有感傷成份的，只有明瞭、良知和某種乾燥的冷淡。在那再現着古典的，正確的，遒勁的，規則的圖畫的畫室中，眼睛是慣於正確地觀察事物，手是慣於切實地落筆揮毫，所以，在這環境當中長大起來的梅里美，便慣於正確地思想了。

幼年的梅里美，是沒有什麽出人頭地的地方，他是一個少年老成的孩子。從一千八百十一年起，他進了亨利四世學校，在學校裏引起他同學的注意的，只是他衣服穿得很精緻，（這是他母親的傾向，）英文說得很流利而已。因爲他的父親——他和許多英國的藝術家如霍爾克洛甫特(Holcroft)，諾爾柯特(Northcote)，威廉·海士里特(William Hazlitt)等人都是老朋友——在他很小的時候就敎他讀英文。他眞正的敎育，我們可以說是從他的父母那兒得來的。

因此，他很早便顯出修飾癖和英國癖：這便是梅里美的持久的特點。

在十八歲時（一八二〇年），他離開了中學。他對於繪畫頗有點天才，可是他的在藝術上沒有什麼大成就的父親！却勸他不要習畫，於是他便去學法律。他毫無興味地沒精打彩地讀了五年法律，他的時間大都是消磨在個人的讀書和工作上，他同時學習着希臘文，西班牙文和英文。他很熟悉賽爾房提斯（Cervantes）、洛貝·代·凡加（Lope de vega）、加爾代龍（Calderon）和莎士比亞。他背得出拜輪（Byron）的東荒（Don Juan）。同時，他還研究着神學，兵法，建築學，考銘學，古泉學，魔術和烹調術。他什麼都研究到。

但是他的知識慾也並不是沒有限制的。在梅里美，祇有具體是存在的。純哲學和純理學他是不去過問的。他厭惡一切空泛的東西。他只注重客觀的世界。他可以說是一個古物學家和年代史家：他以後的著作全包括在這兩僻之中。

他也憎厭一切情感的，純粹抒情的，憂傷的詩情的東西。當然，他是讀着何仙（Ossian）和拜輪。但是，他在「芬加爾之子」的歌中所賞識的，是加愛爾（Gaëls）的文化的色彩，而東荒在他看來，也祇是一種智慧的諷刺和活動的故事而已。

自一八二〇年至一八二五年，他和巴黎的文人交游，他往來於許多「客廳」之間。他認識了繆賽（Alfred de Músset），斯當達爾（Stendhal 即 Henri Beyle 的筆名），聖．佩韋（Sainte Beuve），古辭（Victor Cousin），昂拜爾（J.-J. Ampère），吉合爾（Gérard），特拉闊（Delacroix）等文士和藝術家。他特別和斯當達爾要好，因爲據朗松（Lanson）說：「他們兩人氣味相投，憎惡相共。他們兩人都愛推翻中流階級的道德；他們兩人都是冷淡無情的，都是觀察者；他們嘲笑着浪漫的熱興；他們兩人都有心理學的氣質。」那時斯當達爾比梅里美大二十歲，已經以合西納和莎士比亞和戀愛論得名了。他使他這位青年的朋友受了很大的影響。

一千八百二十四年是浪漫派戰爭爆發的一年。梅里美傾向那一方面去呢？傾向古典派呢，還是浪漫派？他是青年人，所以，他便應當歸浪漫派。然而他却忍耐而緘默着。一切的激昂都使他生厭。他贊成原則而反對狂論。他加入了浪漫派的戰線，他先做了一篇散文的劇詩戰鬥（Bataille）完全是受的拜輪的影響，接着又在一天星期日在 Debats 報的文學批評者德萊克呂士（Delecluze）家裏宣讀他的莎士比亞式的詩劇克朗威爾（Cromwell）這詩劇現在一行也沒有遺傳下來，我們所知道的祇是那是越了一切古典的程式規範的而已。最後又在 Globe 報上發表了四篇關於西班牙戲曲藝術的論文（一八二四年九月間。）

不久，他做了五篇浪漫的戲曲假充是從一個西班牙戲曲家 Clara Gazul 那兒譯過來的。其中有一篇在丹麥的西班牙人（Les Espagnols en Danemark）是很不錯的，其餘的卻祇是胡鬧。他還假造了 Clara Gazul 的傳記，註譯等等。這種假造是被人很容易地揭穿了。除了一切青年文士的推崇外，這部書並沒有什麼大成就。只有一位批評家——梅里美——的朋友昂拜爾捧他，說「我們有一個法蘭西的莎士比亞了！」

在一千八百二十七年，他又造了一件假貨。一本書出來了，是在斯特拉斯堡（Strasbourg）印的，裏面包含二十八首歌，題名為單絃琴或伊力里亞詩選（La Guzla au choix de poésies illyriques），說是一個僑寓在法國的意大利的翻譯的。當然，裏面還包含許多的關於語言學的研究，一篇關於巴爾幹的民俗的論文，和一篇關於原著者的研究。

實際上，這本單絃琴從頭至尾是梅里美做的。他在這本書的第二版（一八四二）的序文上自己也源源本本地講出來了。

那時，這位法國的莎士比亞和他的批評家昂拜爾想到意大利和阿特阿特克海岸去旅行。

什麼都不成問題，成問題的祇是錢。於是他們想了一個妙法，便是先寫一本旅行記，弄到了錢作旅費，然後去看看他們有沒有描寫錯。爲了這件事，梅里美不得不去翻書抄書。可是出版之後，却沒有賣了幾本，這可叫梅里美大失所望。可是歌德却上了他一個當，把這部書大大地稱賞了一番。

在一千八百二十八年，他發表了一本 La Jaquerie。這是一種用歷史上的題材做的戲曲，但是似乎太散漫了。

此書出版後，梅里美便到英國去了。在英國（一八二八年四月至十一月）他認識了將來英國自由黨的總祕書愛里思（Ellice）和青年的律師沙東·夏泊（Sutton Sharpe）。後者是一個倫敦的蕩子，後來做了梅里美在巴黎的酒肉朋友。

在他的遠游中，出了一本 Famille de Carvajal（一八二八），依然是一本無足重輕的東西。回國後，他發表了兩篇西班牙風味的短劇：Carrosse du Saint-Sacrement（一八二九年六月）和 Occasion（一八二九年十二月）。這兩篇編入當時再版的 Clara Gazul 戲曲集中，在全書中可以算是最好的了。

同年，Chronique du temps de Charles IX 出版了（後來梅里美把 temps 改爲 règne。）這是梅里美顯出自己的長處來的第一本書，裏面包含着一列連續的但是也可以說獨立的短篇故事。正如以前的戲曲 La Jaquerie 一樣，原是借舊材料寫的，但是藝術手腕却異常地高。這部書在當時很轟動一時，我們可以說是像英國的施各德（Walter Scott），但比施各德還緊湊精緻。

在一八二九年，他還在「兩世界雜誌」上發表了他的獨立的短篇小說：馬代奧·法爾高納(Mateo Falcone)砲臺之襲取（L'Enlèvement de la redoute），查理十一世的幻覺（La Vision de Charles XI），達曼果（Tamango)和托萊陀的珍珠（La Perle de Tolède），都是簡潔精緻，可算是短篇中的傑作。

在經過最初的摸索之後，梅里美便漸漸地使他的藝術手腕達於圓熟之境了。他從沙維艾·德·美斯特爾（Xavier de Maistre），第德羅（Diderot），賽爾房提斯（Cervantes）學到了把一件作品範在一個緊湊的框子裏，又在這框子裏使人物活動的藝術，他從浪漫派諸人那裏採取了把作品塗上色彩，又把人物生龍活虎地顯出來的方法，他從那由斯當達爾領頭的文社那兒理會到正確，簡潔的手法。他集合衆人的長處而造成了他自己個人的美學。

在一千八百三十年，他旅行到西班牙去。在旅行中，他在巴黎雜誌上發表了五封通信，那是他在馬德里和伐朗西亞寫的。在這次旅行他所做的許多韻事中，他可能地認識了那位他後來借來做珈爾曼的主角的吉泊西女子。但他也認識了好些顯貴的人們，他和德·戴巴（後名德·蒙諦約）伯爵夫婦做了朋友，他抱過那後來成為法國的皇后的他們的四歲的小女兒。

正在他的旅行期中，法國起了一次革命。當他回國的時候，他便毫不費力地加入勝利者一方面了。他與勃勞季爾家(Brogile)和阿爾古伯爵（Comte d'Argout）有親友關係，因而進了國務院。他在那裏過了三年的放誕生活，什麼事也不幹，儘管是玩。據他自己說：『在那個時候，我是一個極大的無賴子。』直到和喬治·桑發生了一度短促而「可恨」的關係後，他纔放棄了那種無聊生活，而回到文學中，寫了一篇 Double Méprise （一八三三九月）。

在一千八百三十五年，梅里美被任為歷史古跡總監察。從那時起，他便埋頭用功讀書，對於理論和純粹批評的著作得了一種興味。他異常忙碌，要工作，要做報告，因而文學便只能算是消遣品了。他的職務使他每年不得不離開巴黎幾個月。他四處都走到，從而收集了許多材料。這些札記或印像，梅里美並未全用在他所發表的作品上，大部份都可以在他和友人的通訊上找到。

從一千八百三十五年到一千八百四十年這五年中，梅里美是一心專注在他的新事業上，他的唯一的文學作品（但也還是染着他的古學的研究的色彩的，）便是他自己認爲傑作的Vénus d'Ille。在一千八百三十九年和一千八百四十年，他游歷意大利、西班牙（這是第二次了）和高爾斯。

這次游歷的印像的第一個結果，便是高龍芭。這是他在周游過高爾斯回來之後起草的。在這本書裏，我們可以看到梅里美的藝術手腕已到了它的最高點。他的一切的長處都凝聚在這本書裏：文體的簡潔和嫺雅，佈局的周密和緊湊，描寫的遒勁和正確，人物的個性的活躍，對話的機智和自然，在不斷的衝突中的心理的分析的細膩，地方色彩的濃厚和鮮明。所以，雖則梅里美自己說 Vénus de l'Ille 是他的傑作，但大部份的批評家却都推擧這一部高龍芭。（高龍芭裏的女主角高龍芭，並非完全是由梅里美創造出來的，那是實有其人的，梅里美不過將她想像化了一點而已。）

意大利的旅行和羅馬藝術的研究，引起了他對於古代的興味。在一千八百四十一年，他發表了兩篇羅馬史的研究：社會戰爭（La Guerre sociale），和加諦里拿的謀反（La Conjuration de Catilina)。在一八四二年，他一直旅行到希臘、土耳其、小亞細亞。回到巴黎後，他發表了他的雅典古跡的研究（一八四二），幾月之後，又發表了他的中世紀的建築。

一千八百四十三年十二月十八日，法國國家學院選他爲會員（這是由於他的高龍芭。）這時梅里美不知怎地又寫了一篇小說：Arsène Guillot。但是這本書却頗受人非難。第二年，珈爾曼出來了，這是一本很受一般人愛讀的書，但是正確地說起來，是比不上高龍芭和 Arsène Guillot 的。

在四十三歲的時候，發表了他的何般教士(l'Abbe Aubain)（一八四六年）後，他忽然拋開了他的理想的著作了。他以後整整有二十年，一篇小說也沒有寫。

從一八四六年至一八五二年這七年間，他寫了倜·貝特爾第一的歷史（Histoire de don Pèdre Ier），他研究俄國文字，他介紹普希金(Poushkin)，哥果爾(Gogol)，並翻譯他們的作品，他研究，他做批評文，他旅行。在一千八百五十二年的時候，他喪了他的慈母——這在他是一個大打擊，那時候他已快五十歲了，他身體也漸趨衰弱了。可是在一千八百五十三年，拿破崙三世和梅里美舊友德·蒙誦約伯爵夫人的女兒結了婚。那個他從前曾經提攜過的四歲的小女孩，現在便做了法國的皇后了。大婚後五月，梅里美便進了元老院。於是我們的這位小說家，便成爲宮中的一個重要腳色了。他過度着錦衣足食的生涯，然而他却並不忘了他的著述，那時如果他不在他的巴黎李勒路（Rue de Lille）的住宅裏，不在宮裏，他便是在繼續的旅行中：有時在瑞士，有時在西班牙，有時又在倫敦。

在一千八百五十六年，他到過蘇格蘭；幾月之後，他淹留在羅若納（Lausanne）；一千八百五十八年，他繼續地在艾克斯（Aix）在倫敦在楓丹白露（Fontainebleau），在意大利，在一千八百六十二年，他出席倫敦的博覽會審查會；他受拿破崙三世之托辦些外交上的事件。

在這種活躍之下，梅里美漸漸地爲一種疲倦侵襲了。他感到生涯已快到盡頭；自從他不能「爲什麼人寫點東西」以來，他已變成「十分真正的不幸了。」接着疾病又來侵襲牠爲了養病，他不得不時常到南方的加納（Cannes）去，由他母親的兩個舊友愛佛思夫人（Mrs. Evers）和賴登姑娘（Miss Lagden）照料着他。

守了二十年的沉默，在一千八百六十六年，梅里美又提起筆來寫他的小說了。可是重新提起他的小說家的筆來的時候，我們的高龍芭、伽爾曼的作者，却發現他的筆已經銹了。

青房（La Chambre bleue）（一八六六年）和洛季斯（Lokis）（一八六六年）都是遠不及他以前的作品。不但沒有進展他的藝術是退化了。

另一方面，他的病也日見沉重。在一千八百七十年九月八日他被人扶持到加納，十五天之後，九月二十三日，他便突然與世長辭，在臨死前他皈依了新教，這是使他的朋友大爲驚異的。他的遺骸葬在加納的公墓裏。

高龍芭

一

Pè far la to vendetta,
Sta sigur', vasta anche ella.
Jocero du Niolo.（1）

一千八百十——年十月上旬，陸軍上校托馬斯・奈維爾爵士，一個英國軍隊中的著名的愛爾蘭軍官，從意大利旅行回來，挈了他的愛女，投宿在馬賽的波伏旅館。熱心的旅行家的不盡的景仰已惹起了一種反動，爲了要顯得自己卓異不羣，今日的許多旅行家都拿何拉斯的詩句nil admirari（2）來奉爲圭臬。這位上校的獨養女李迭亞姑娘便是後面這一類的不滿意的旅行家之一。「變容」（3）在她看來是很平凡的，而冒着烟的威蘇維火山在她看來比伯明罕的工廠的烟突也就高明得有限。總之，她的對於意大利的大反感，便是它缺少地方色彩和特點。這些字眼的意義，幾年之前我是很懂得的，但現在我却不懂得了。讀者，你自己去解釋這些字眼的意義吧。起初，李迭亞姑娘自詡她將在阿爾卑斯山的彼方發現前人未見過的東西，那些東西正如茹爾丹先生所謂是可以「和有禮貌的人」談談的。(4) 可是後來因爲到處都被她的同鄉人佔了先，因爲沒有碰到什麼未經發現過的東西而大失所望，於是她便投到反對的一派中去了。一講到意大利的勝蹟，就有人對你說：『你想必總看見過那幅在某某地方某某宮裏的拉斐爾的名畫吧？那眞是意大利最珍美的東西啊。』這眞是很不舒服的。——而這恰巧是你所忽略過沒有看的東西！因爲如果什麼都要看，實在是太費時候了，所以最簡單的辦法就是打定主意把什麼都批評得一文不值。

在波伏旅館裏，李迭亞姑娘碰到了一件很沒趣的事情。她曾經帶回來一幀她以爲被畫家們忘却了的貝拉斯季式或西克洛貝式建築的賽格尼城門的美麗的畫稿。可是在馬賽，她碰到了弗蘭西思·方唯虛夫人。她拿她的手册給李迭亞姑娘看；在手册裏，在一首十四行詩和一朵押乾了的花之間，那城門的用赭色輝煌地摹出來的圖樣，竟赫然地顯現着。於是李迭亞姑娘將自己那幀畫給了她的侍女，對於貝拉斯季式的建築失去了一切的景仰。

奈維爾上校也分擔着這種鬱鬱不樂的心情，因爲自從妻子去世以後，他什麼都是以女兒的意志爲意志的。在他看來，意大利使他的女兒煩惱是大大的不該，因此，意大利便是全世界最討厭的地方。實在他對於那些繪畫和雕像也找不出什麼錯處；但是他所能肯定的，便是在這個地方打獵實在是太糟了，爲了獵取幾隻不值一文的紅鷓鴣，他竟要在羅馬郊外的烈日之下跑上二三十哩路。

到了馬賽的翌日，他請了愛里斯上尉來吃飯。愛里斯上尉是他從前的副官，剛從高爾斯住了六星期回來。那位上尉給李迭亞姑娘活現地講了一件強盜的故事，這故事的好處是在絕對不和人們在從羅馬到拿波里的路上常常講起的盜賊的故事相同。在飯後小食的時候，祇賸下了那兩位老朋友對着鮑爾陀的葡萄酒瓶，高談着打獵的事情。於是那位上校纔知道了高爾斯是對於狩獵最好，種類最多，且最豐富的地方。『那裏有許多的野猪』，愛里斯上尉說，『可是你必須把野猪和家猪分個明白，因爲它們是很相像的；如果你打死了家猪，你便要和牧猪奴大起糾葛。他們會全身武裝着從他們所謂「草莽」的密樹間走將出來，要你賠償他們的牲口，還要譏笑你。那裏還有一種野羊，那是一種別地方找不出的奇怪的動物，有名的獵品，可是不容易獵得。此外如鹿，斑鹿，雉雞，鷓鴣等等，各種各樣的野味在高爾斯遍地皆是，連數也數不清楚。如果你歡喜打獵，上校，到高爾斯去吧；在那裏，正如我的一位寄寓主人所說，你可以獵取一切的獵品：從畫眉鳥以至於人。」

在喝茶的時候，那位上尉又講了一個「還怨復仇」（5）的故事，比以前那個更奇怪，使李迭亞姑娘聽了覺得十分有趣；他對她描摹着那個地方的奇異野蠻的光景，居民獨特的性格，他們的欵客的慇懃和他們的原始的風俗，而使她引起了對於高爾斯的熱情。最後，他贈了一把漂亮的小短刀給她，它的形式和它的銅護手是並不怎樣不同，可是它的來歷却不凡了。一個著名的強盜把它送給了愛里斯上尉，對他說它曾刺進四個人的身體裏去過。李迭亞姑娘把它插在腰帶裏，把它放在床頭小案上，在臨睡之前還把它抽出鞘來把玩了兩次。一方面上校夢着打死了一頭羚羊，那頭羚羊是有主人的，他很甘願地賠償了他一注錢，因爲那是一頭很奇怪的動物，像是一隻野猪，生着一對鹿角和一根雉鷄的尾巴。

——愛里斯對我講在高爾斯打獵眞不錯，上校在和他的女兒面對面吃早飯的時候說；如果路不很遠，我倒很想去那裏住半個月。

——好呀！李迭亞小姐回答，我們爲什麼不到高爾斯去呢？在你打獵的時候，我可以畫圖畫；

如果在我的手册中能有一幅愛里斯上尉所說起的拿破崙在兒時常去讀書的洞（6）那一類的畫，我會十分高興呢。

上校所表露出來的願望，受了她的女兒的贊同，這恐怕還是第一次呢。他得到了這意外的同意，心裏很高興，可是他却偏要鬧點把戲，提出些反對的話來，這越發逗起了李迭亞姑娘的興致。他徒然地說着那個地方的野蠻和女子在那裏旅行的困難：她什麼也不怕；她尤其是歡喜騎馬旅行；她高興露宿；她甚至恐嚇說要到小亞細亞去。總之，她有對於一切問題的回答，因爲從來沒有一個英國女子到過高爾斯，所以她非到那裏去不可。回到了聖傑麥斯場的時候，把她的手册拿出來給人看，那是多麼快樂啊！『好人兒，你爲什麼畫了這張有趣的素描啊？——哦！算不了什麼。這是一張我給那做我們的領路人的高爾斯著名的強盜畫的畫稿。——什麼！你到過高爾斯嗎？……』

在法蘭西和高爾斯之間那時還沒有輪船，他們便去打聽有什麼船將要開到那奈維爾姑娘想在那兒有所發現的島上去。當天上校就寫信到巴黎去撤銷了他定好的住處，又和一隻將航行到阿約修去的帆船的老闆高爾斯人講好了價錢。船裏有兩間房，不能算壞，但總也說不上好。人們在把糧食裝上船去；那老闆矢口說他的一個水手是出色的厨子，蒸魚是他獨一無二的拿手好菜；他答應小姐說，她會很舒適，會一路風平浪靜。

依着自己女兒的意志，那位上校更約定船長不得搭別的任何旅客，而且還要他沿着島的岸邊走，使他們可以玩賞山景。

二

在出發的那一天，一切都在大清早收拾好裝上了船；帆船只候着晚風開出去了。那時，上校和他的女兒在加納別爾街上閑步，忽然那位船老闆跑了過來，請求他允許搭載他的一個親戚，就是他的長子的乾爹的從兄弟，他有緊急的事要回故鄉高爾斯，可是找不到船。

——那是一個有趣的人，那船老闆馬代補說着，是一個軍人，是禁衞軍的輕裝步兵的軍官，如果「那人」（7）還做着皇帝的話，他早已是一個上校了。

——既然他是一個軍人，上校說了……正預備再接着說：我很願意他和我們一同去……的時候，奈維爾姑娘用英國話高聲說：

——！一個步兵的軍官！（他的父親是在騎兵隊裏任事的，所以他瞧不起其他的軍隊）他或許是一個沒有受過教育的人，他會暈船，一定會敗了我們航行的一切的興趣！

那位老闆是一句英國話也不懂的，可是他似乎猜出了李迭亞姑娘撅起了她的美麗的嘴層的意義，他便開始層層次次地講起他的親戚的好話來，臨了他矢口說他是一位正人君子，他是出身於「連長」（8）世家的，而且他也不會妨礙上校先生，因爲他這老闆會把他安頓在船角落裏，人們會覺得他好像不在船上一樣。

上校和奈維爾都覺得在高爾斯有世代相傳爲連長的家族是很奇怪的；可是，當他們眞誠的想到他是一個步兵的連長的時候，他們連下了一個決論：他是一個窮光蛋，那位老闆是因爲可憐他而讓他搭船的。如果他是一個軍官的話，則他們是準會和他談話，和他一起生活的；可是一個連長呢，那是不值得去和他打麻煩的——！他是一個無價值的人，除非他的隊伍是在那裏，鎗上插着刺刀，把你們帶到一個你們不想去的地上去。

——你的親戚暈船嗎？奈維爾姑娘乾乾脆脆地說。

——決不，小姐；他的心是像岩石一樣地堅，在海上和在陸上一樣。

——好吧！你可以帶他去，她說。

——你可以帶他去上校也把這話再說了一遍，於是他們繼續閑步着。

傍晚五點鐘光景，那船老闆馬代來找他們上帆船。在港口船老闆的小船邊，他們看見了一個高大的青年人；他穿着一件青色的禮服，鈕子一直鈕到下頦，臉是被太陽曬黑了的，眼睛是黑而有生氣，睜得很大，帶着一種直爽而聰敏的神氣。從他聳肩的態度，他的捲起的小髭鬚看過去，人們是很容易認出他是一個軍人的；因為在那個時代，大家並不是都蓄髭鬚的，而禁衛軍也並沒有把禁衛營的服裝流傳到一切人家裏去。

看見了上校，那青年便脫下了他的帽子，一點不窘地用着漂亮的話向他道謝。

——我是極願為你効勞的，我的好人，那上校向他點頭招呼着說。

他走上了小船。

——你的那位英國客人是真不客氣呢，那青年人用意大利話低聲對那老闆說。

那老闆把他的食指放在左眼下，癟下了他的嘴角。在懂暗號話的人看來，這種暗號的意思是：這英國人是懂意大利話的，他是一個奇怪的人。那青年人微微地笑着，用手碰了一碰額角，來回答馬代的暗號，好像是對他說英國人全是好作幻想的，接着他便在老闆身邊坐了下來，聚精會神地（但是也很有禮貌）望着他的俊俏的旅伴。

——那些法國兵的儀態倒很好，那上校用英國話對他的女兒說；因而很容易把他們養成軍官。

接着，他用法國話對那青年人說：

——我的好人，對我說，你是在那一個聯隊裏服役的？

那青年人用肘子輕輕地把他的從兄弟的寄子的父親撞了一下，露出一種滑稽的微笑，回答說他從前是在禁衞軍輕裝步兵隊裏登過，最近他是從輕裝步兵第七聯隊裏出來的。

——你曾經在滑鐵盧打過仗嗎？你年紀很輕啊！

——打過的，我的上校；那是我僅有的一戰。

——這一仗可以算兩仗啊，上校說。

那青年高爾斯人咬着自己的嘴唇。

——爸爸，李迭亞姑娘用英國話說，問問他們高爾斯人是不是很愛他們的拿破崙的？

在上校還沒有將這句話翻譯成法國話之前，那青年人已用一種雖則讀音有點不自然但也不算壞的英國話回答了：

——小姐，你要知道在我們家鄉裏，誰也不是預卜先知的人。我們這些拿破崙的同鄉，或許沒有法國人那般愛他。至於我呢，雖則從前我們兩家是仇敵，但是我却愛他且崇拜他。

——啊，你會說英國話！上校喊着。

——你聽了的，我說得很壞。

李迭亞姑娘雖則聽了他的隨隨便便的口氣有點不高興，可是想到了那一個連長和一個皇帝之間的嫌隙的時候，她不禁笑了起來。這在她看來好像是高爾斯的特殊底標品，於是她想把這事記在她的日記上。

——或許你在英國做過俘虜吧？上校問。

——不，我的上校，我是很小的時候在法國從一個貴國的俘虜那兒學會英國話的。

接着，他向奈維爾姑娘說：

——馬代對我說你是從意大利回來的。小姐，那麼你一定會講純粹的多斯甘話的了；不過你要聽懂我們島上的方言，恐怕有點困難吧。

——小女懂得意大利的各種方言，那上校回答；她對於語言很有天才。不像我一樣。

——小姐懂得……例如我們高爾斯的歌裏的這兩句詩嗎？那是一個牧人對一個牧女說的：

S'entrassi 'ndru Paradisu santu, santu, E nun truvassi a tia, mi n' esciria.（9）

李迭亞姑娘是懂得的。他覺得這種引用不免大膽，而那伴着這種引用的目光更大膽，她紅着臉回答：Capisco。（10）

——那麼你是告假還鄉的嗎？上校問。

——不是，我的上校。我已受半俸被辭退了，那可能地因爲我在滑鐵盧打過仗，又因爲我是拿破崙的同鄉。我便回家去，正如歌裏所說的，一生無望兩袖淸風。

於是他望着長天歎息了一聲。

那位上校把手伸到袋子裏去，拿了一塊金幣在手指間轉着，他想找出一句話來，以便有禮地把這塊金錢放到他的不幸的敵人的手裏去。

——我也和你一樣，他很溫和地說，我也已受半俸被辭退了；可是……你的半俸難得有買淡巴菰的餘錢。拿着吧，連長。

他想把那塊金幣塞到那青年人擱在小船船舷上的握緊的手裏去。

那個青年的高爾斯人臉紅了，他站了起來，咬着自己的嘴脣，好像預備發脾氣地回答他，可是，突然他變了一種態度，他大笑起來了。那位上校，手裏拿着那塊金幣，茫然失措了。

——上校，那青年人斂了笑容說，請容許我兩個勸告：第一，千萬不要送錢給高爾斯人，因爲我有些不講禮的同鄉人會把你的錢丟還到你臉上來的；第二，不要在別人自己沒有說出頭銜來以前便給他加上一個頭銜。你稱我爲連長，但我却是一個中尉。固然兩者之間的差別並不怎樣大，不過……

——中尉！托馬爵士喊着，中尉！可是這位老闆却對我說你是連長，你的父親也是，你一家人都是。

聽了這話，這位青年人不禁仰天大笑起來，笑得那麼有勁，使那位老闆和他的兩個水手都一齊大笑起來了。

——對不起，上校，最後那青年人說；可是這種錯解實在眞滑稽，我剛纔方懂。眞的，我們一族的先祖中能有好幾個「連長」正自以爲榮呢；可是我們高爾斯的「連長」的衣服上是決無袖章的。在基督紀元一千一百年光景，幾個反抗山間大藩主的村子，互相選舉了幾位首領，他們稱那些首領爲「連長。」在我們的島裏，我們是很尊視這種「連長」的世家的。

——原諒我，先生！那位上校喊着，千萬原諒我。你既然懂了我誤解你的原因，我希望你能見恕。

於是他向他伸出手去。

——上校，這是我的小小驕傲的適當的責罰，那位老是笑着又懇切地握着那英國人的手的青年人說；我對你絕對不懷恨在心。既然我的朋友馬代把我介紹得那麼壞，那麼容我來自己介紹吧：我名叫奧爾梭·代拉·雷比阿，退職的中尉，而且，我看了這兩頭漂亮的狗而猜中你是到高爾斯去打獵的，那麼願爲嚮導如蒙光顧我們的草莽和我們的山，不勝榮幸……接着他又嘆息地補說了一句：如果我也沒有把那些地方忘記了的話！

在這個時候，那隻小船已靠近了帆船。那中尉幫着奈維爾姑娘上船，接着又幫助上校上船。

在船上，那位老是對於自己以前的輕視態度很感着侷促不安，又不知如何使這位一千一百年的世家的人忘記他以前的無禮的托馬爵士，也不等他女兒的同意，重又向他道歉，握手，邀他一同吃晚飯。奈維爾姑娘雖則稍稍有點皺眉，可是直到她知道了那所謂「連長」者原是什麼的時候，也就并不覺得那麼不高興了；她的賓客沒有使她討厭，她甚至還漸漸地覺得他有着一種不知是什麼的貴族的風度；祇是他的神氣太爽直太快樂了，有點不像小說裏的主人公。

——代拉·雷比阿中尉，那位上校一隻手把着一盞馬黛爾葡萄酒英國式地向他致祝着說，我在西班牙見過許多貴同鄉：他們是著名的衝鋒的步兵。

——是呀，許多現在都還在西班牙，那位年輕的中尉嚴肅地說。

——我永遠不會忘記在維多里亞之役（11）的一隊高爾斯步兵隊的行動，那位上校說下去，他還撫着胸這樣補說一句：我實在應該記得它。他們整天散伏在園圃的籬牆後面，打死了我們許許多多的人和馬。決定了收兵之後，他們便聚集起來，開始泰然地退走。在平原上，我們想給他們一個反攻，可是我們的那些鬼東西……原諒我，中尉，——我應該說那些勇敢的人，他們却排成一個方陣，簡直沒有法子破他們。在方陣的中央——我好像現在也還看見——有一個軍官，騎着一匹小小的黑馬他站在軍旗旁邊，抽着雪茄煙，簡直好像是在咖啡館裏一樣。有時候，好像向我們挑戰似地，他們的號角吹起得勝樂來……我派了我的兩隊精兵去攻他們……嘿！我的騎兵並不衝到方陣的前頭，却奔到兩邊去回馬漫無秩序地退了轉來，許多匹馬都喪失了坐騎的人……而那鬼音樂還老是不停！在那把步兵隊遮漫住的煙消散了之後，我又看見了那個軍官，站在軍旗旁邊，還在吸着他的雪茄煙。我氣得發狂，親自帶兵去作一次最後的攻擊。他們那因不斷的發彈而炸了的鎗已不再開出來了，可是那些兵已排成六列，刺刀直指着我們的馬鼻，那你簡直可以說是一座牆壁。我怒喝着，叱咤我的騎兵，我催馬前進，這時那個軍官忽然拿開了他的雪茄煙，向他的一個部下指點着我。我好像聽見了這樣的一句話：Al capello bianco（12）！那時我帶着一頂白羽帽。以後我便不聽見了，因爲一粒子彈已打着了我的胸膛。——那是一個極好的步兵隊，代拉·雷比阿先生，第十八輕裝步兵的第一隊，全是高爾斯人，這是後來別人講給我聽的。

——是呀，那位在聽着故事的時候眼睛閃着光的奧爾棱說，他們掩護退兵，帶回他們的軍旗；可是這些勇敢的人們的三分之二現在都已長眠在維多里亞的平原上了。

——或許你可以告訴我那個指揮的軍官叫什麼名字嗎？

——那便是我的父親。他那時是第十八輕裝步兵隊的少校，以後因爲他在這不幸的一天的行動，他便昇爲上校。

——你的父親！天呀，他眞是一個勇敢的人！我如能再看見他，那我眞快樂了，而且我可以矢口說我還會認出他來的。他還健在着嗎？

——不在了，上校，那青年說着，臉兒微微有點發青了。

——他經過滑鐵盧之戰嗎？

——是的，上校，可是他沒有馬革裹屍的榮幸……他是死在高爾斯的……在兩年之前……天啊！這片海多麼美麗！我有十年沒有看見地中海了。——小姐，你不覺得地中海比大海更美嗎？

——我覺得它太靑了……而波浪又不雄偉。

——你愛荒野的美嗎，小姐？在這一點上，我相信高爾斯是會使你中意的。

——我的女兒什麼異常的東西都愛，上校說；這就是使她討厭意大利的原故。

——在意大利，奥爾棱說，我只認識比塞，我曾在那裏進過大學；我一想起剛波·聖多，(13)度奠，(14)斜塔，(15)……特別是剛波·聖多，便不得不歎賞你記得奧爾加格拿的那幅「死」(16)嗎？……我想我還能描畫出它來，它是那麽深刻地留在我的記憶裏。

李迭亞小姐怕那位中尉先生要與高采烈地不斷地說下去。

——那眞美極了，她欠伸着說。原諒我，父親，我有點頭痛，我要回房裏去。

她吻着她父親的前額，莊嚴地向奧爾棱點了點頭，便走了。於是這兩個人便談着打獵和打仗的事。

他們發現了在滑鐵廬他們曾相對臨陣過，他們準會互相開鎗過。他們因而格外親熱了。他們把拿破崙，惠靈吞，布呂協一個個地批評着，接着他們一同談着獵斑鹿，野猪和羚羊。最後，在夜色已很深，而最後一瓶鮑爾多葡萄酒也空了的時候，上校便又握了握那位中尉的手，向他道了晚安，表示着希望那由這樣滑稽的方式開始的友誼能够繼續下去。他們分了手，各自就寢去了。

三

夜色綺麗，影月弄波，帆船順着一片輕風，緩緩地航行着。李迭亞姑娘沒有睡熟，如果沒有那個俗人在眼前，她是早已去嘗着那有一點詩情的人在這月明的海上必得感到的情懷了。當她斷定那個青年的中尉已睡得很熟了的時候——因為她看來他是一個俗物，——她便起身披上大衣，喚醒了她的侍女，走到甲板上去。甲板上除了一個在把舵的水手以外，沒有什麼別的人，他在那裏用一種野蠻而單調的調子，唱着一種高爾斯方言的悲歌。在這夜的沉靜中，這種奇異的歌聲也有它的可愛之處。不幸李迭亞姑娘不完全懂得那水手所唱的歌。在幾句俗套之間，有一句有力的詩句深深地激起了她的好奇心，可是正聽到妙處的時候，却又來了幾句方言，這些方言的意思她便捉摸不到了。然而她懂得這是關於一件殺人的事的。對於暗殺者的咒詛，復仇的威脅，對於死者的讚頌，一切都交錯地混合着。她記住了幾句詩；我將試把它譯出來：

『……鎗礮和刺刀——都不能使他臉兒嚇青，——安靜地在一片戰場上——有如夏日的長天。——他是蒼鷹的朋友巨鷲，——對朋友他是沙漠的蜜，——對敵人他是暴怒的海。——比太陽更高，——比月亮更柔。——法蘭西的敵人——是永不會遇到他了，——他的故鄉的暗殺者們——已從背後將他害死了，——像維多羅殺死桑必羅·高爾棱（17）一樣。——他們從來不敢當面望他。——……把我的得來無愧的十字勳章——掛在我床頭的壁上。——勳章的帶是紅的。——我的襯衫却更紅。——留着我的十字勳章和我的血衫，——給我的兒子，給我的在他鄉的兒子看。——他將在那裏看見兩個洞。——爲了每一個洞，在另一件襯衫上打一個洞。——可是仇已報了嗎？——我要那開鎗過的手，——那瞄準過的眼，——和那盤算過的心……」

那水手突然停住不唱了。

——朋友，你爲什麼不唱下去？奈維爾姑娘問。

那水手擺了擺頭，指示着她一個從帆船的一個大艙蓋裏走出來的人：那就是出來賞月的奧爾梭。

——把你的悲歌唱完了吧，奈維爾姑娘說，它很使我感到興趣。

那水手俯過身來低聲對她說：

——我是對任何人都不加以 rimbecco 的。

——什麼？

那水手並不回答，吹起口哨來。

——奈維爾小姐，我正當你在賞識我們的地中海的時候碰到你，奧爾梭向她走過去說。你一定承服在別的地方見不到這樣的月色吧。

——我沒有看它。我是在專心研究高爾斯話。這個正在唱一曲最淒涼的悲歌的水手，在唱到最妙的地方却停下來了。

那個水手彎身下來，好像是去細看羅盤似地，他粗暴地拉着奈維爾姑娘的大衣。他的悲歌不能在奧爾梭中尉的面前唱出來，是顯然的事。

——你在唱什麼巴洛·法朗賽；是一個 ballata 嗎？一個 vocero (18) 嗎？小姐是懂你的話的，她想聽完。

——我已忘記了，奧爾梭·安東，那個水手說。

接着他使勁高唱起一曲聖女頌歌來。

李迭亞姑娘漫不經心地聽着那頌歌，不再去强迫那個唱歌的人了，然而她很想以後了解那個謎。可是她的侍女因爲是弗洛倫斯人，也和她的主人一樣地不懂高爾斯方言，也很想弄個明白；在李迭亞姑娘來不及用肘子推她之前，她已向奧爾梭說了：

——少爺，「加人以 rimbecco 」（19）當什麼講？

——rimbecco！奧爾棱說；那便是向一個高爾斯人施以最毒狠的咒詛那就是責備他不報仇啊。誰對你說起 rimbecco 啊？

——是昨天在馬賽的時候，李迭亞姑娘急忙地道，那帆船的老闆用了這個字眼。

——他說到誰呢？奧爾棱急急地問。

——哦！他爲我們講了一個老故事……那故事是出在……對啦，我想那是關於華妮娜·陀爾娜努（20）的事。

——華妮娜之死，小姐，我想不會使你很愛我們的英雄勇敢的桑必羅吧？

——可是你覺得他的行爲是很英雄的嗎？

——他的罪是有當時的野蠻風俗作解辯的；接着桑必羅和熱那亞人死戰着：如果他不將那想和熱那亞人講和的女卞處罰了，他的同鄉人怎樣會相信他嗎？

——華妮娜是沒有得到她的丈夫的允許自己走了的，那水手說；桑必羅絞了她是做得很對的。

——可是，李迭亞姑娘說，她之所以到熱那亞人那兒去替他求恩，就是爲了要救她的丈夫，還是出於愛他之心啊。

——替他求恩，那就是毀損他啊！奧爾梭喊着。

——而親手縊死她！奈維爾姑娘接下去說。他簡直可以算是一個惡魔了！

——你要曉得，她是像求恩似地求他親手處死她呢。小姐，你把奧塞羅（21）也視爲一個惡魔嗎？

——、那是不同的啊！他是嫉妒；桑必羅却只是虛榮。

——而那嫉妒，可不也就是虛榮嗎？那是戀愛的虛榮；你或許會因動機的原故而原諒他嗎？

李迭亞姑娘向他莊重地望了一眼，於是便向那水手問帆船什麼時候可以到港。

——如果有這樣的風，他說，後天可以到了。

——我願意馬上就看見阿約修，因爲這隻船使我厭倦。

她站起來，挽着那侍女的手臂，在甲板上走了幾步。奧爾梭在舵邊呆站着，不知是他應該和她一同散步呢還是中斷了這種好像是使她討厭的談話。

——眞是一個美麗的姑娘！那個水手說；如果我床上的蚤虱都像她，那麼我就是被它們咬了也甘心的！

李迭亞姑娘或許已經聽見了這種對於她的美麗的天眞的讚辭，而因此生了氣，因爲她差不多是立刻回房去了。不久奧爾梭也回去了。在他一離開了甲板之後，那個侍女又上來了，在盤問了那水手一番之後，便把以下的這些話報告了她的主人：那首被奧爾梭的到來而打斷了的ballata是爲奧爾梭的在兩年前被暗殺了的父親代拉·雷比阿上校之死而做的。那水手很相信奧爾梭是回到高爾斯來「報仇」的——這是他的說法，他又矢口說，不久在比愛特拉納拉村裏便可以看到「鮮肉」了。這種民族固有的語辭，把它翻譯過來，意思就是奧爾梭爺要殺死兩三個暗殺他的父親的嫌疑者。那些嫌疑者，果然曾爲那件事對簿公庭過，但是因爲裁判官，律師，知事和憲兵都是他們的夾袋中人物，他們就一點也沒有罪名了。

——在高爾斯是沒有公道的，那水手補說着，我與其信托法庭，還不如信托一桿好的鎗。一個人有了仇人，他便應當在三個S裏選擇一個。(22)

這些有味的報告大大地改變了奈維爾姑娘的對於代拉·雷比阿中尉的態度和感情。從這個時候起，在那幻想的英國女子的眼裏，他已變成一個重要人物了。最初使她發生不快的感覺的那種無憂無慮的神色，那種爽直與和氣的口氣現在在她看來是變成額外地有價值了，因為這是一個剛毅的心靈的深深的隱藏，不使人從外表上看出一點內心的情感。在她看來，奧爾梭簡直是賢艾斯基（23）一類的人，在輕佻的外貌之下隱藏着深謀遠慮；雖則殺幾個無賴不及救祖國的漂亮，可是一個漂亮的復仇總也是漂亮的；況且女子們總歡喜一位不是政客的英雄。那時奈維爾姑娘纔注意到那位青年中尉有着很大的眼睛，潔白的牙齒，優雅的身材，受過良好的教育，具有高等社會的習氣。此後她便常和他談話，而他的談話又使她很感到興味。她不斷地問着他的故鄉，而他又把它講得很好。他因最初進高等學校，接着又進軍官軍校，在很年少的時候離開了的高爾斯，在他的心靈上留着一個盛飾着詩的色彩的印象。當他談到它的山，它的樹林，它的居民的獨特的風習的時候，他便興奮起來了。正如我們所能想像到的一樣，在他的故事中，復仇的那個字眼出現了好多次，因為談到高爾斯人而不褒貶他們的盡人皆知的熱情，簡直是不可能的事。奧爾梭對於他的同鄉人的不斷的仇恨一概加以不滿之論，這使奈維爾姑娘有點驚奇。然而對於那些鄉下人呢，他總想法原諒他們，他托詞說復仇是可憐的人們的決鬪。他說：『人們必先經過一種按規矩的挑戰而互相暗殺，那是千眞萬眞的。「準備着吧，我準備了，」這便是兩個仇人在互相埋伏之前所交換的誓言。』他還補說着『在我們那兒，暗殺事件比任何別的地方都多；可是從那些案件中，我們總找不出一個卑鄙的動機來。眞的，我們有許多殺人犯，但是却沒有一個賊。』

當他說着復仇和殺人等字眼的時候，李迭亞姑娘當心注意着他，可是在他的顏色上，她却一點也看不出有什麼情緒的表現。因爲她已斷定他有在一切人們的眼前（當然，在她眼前除外）把自己變成一個捉摸不住的人的相當的靈魂之力，她便繼續堅決地想着代拉·雷比阿上梭的陰魂不久就會得到它所要求的滿足了。

那隻帆船已經可以看見高爾斯了。那船老闆把沿海主要的地方報出名字來，雖則那些地方李迭亞小姐是完全不知道的，可是知道它們的名字也使她有點高興。最討厭就是一幅風景沒有名字。有時上梭的望遠鏡使她瞥見了一些島民，穿着樓色的布衣，帶着一桿長鎗，騎着一匹小馬，在巉峻的山坡上奔馳。李迭亞姑娘把這些島民都當作是強盜，或是爲自己的父親之死去復仇的兒子；可是奧爾梭却對她矢口說那是趕路去做買賣的鄰村裏安分的居民；他們之所以帶着一桿鎗，並不是有什麼大用處，主要的原因是爲了要漂亮，要時髦，正如一個漂亮人出門一定要帶一根漂亮的手杖一樣。雖則一桿鎗不及一把短刀的高尚而有詩意，可是李迭亞姑娘覺得在一個男子，那是比一根手杖漂亮得多了，於是她想起了拜輪的詩裏的一切的英雄，並不是中了古式的短刀，而都是受了鎗彈而死的。

航行了三天之後，他們便到了赤血羣島（24）前面，於是阿約修灣的壯麗的全景便在我們的旅行者的眼前展開了。人們把它比做拿波里灣並非無故；而在那隻帆船開進港口去的時候，由一片煙霧將邦達·第·吉拉多遮住了（25）的着火的草莽，使人看了想起威蘇維火山來，而覺得格外和拿波里灣相似。要使它們完全一樣，那是須得要阿諦拉（26）的一枝大軍在拿波里的周圍把它攻毀了纔行；因爲在阿約修的四周，完全是死滅和荒凉。在阿約修灣的四周，我們看不到那像從加斯代拉馬雷到米賽納岬（27）各岸上一樣的漂亮的建築物，却只能看見幽暗的草莽，和草莽後面的童山。沒有一所別墅，沒有一間人家。只是在城的周圍的山頂上，東零西碎地有幾所白色的建築物，孤零地映在一片綠色的背景上；那便是祠堂和家墓。在這風景中，一切都顯着一種嚴肅而悲哀的美。

城市的光景（特別是在那個時代）又把那因周圍的荒凉而起的印象加深了。在路上一點騷動也沒有在那裏你只能碰到幾個閑蕩的人，而且老是那幾個，除了幾個來賣蔬菜的鄉下女子之外，一個女子也沒有。你絕對不能像在意大利的各城裏似地聽見人們高聲說話，大笑，唱歌。有時候，在公共散步場的樹蔭之下，有十一二個武裝的農人在玩紙牌或是看玩紙牌。他們不喧嚷，他們從來不爭吵；如果賭上了勁，那時你總是先聽見手鎗聲，然後才聽見威脅的話語。高爾斯人是天生地嚴肅而沉默的。在晚上，有幾個人出來吸呼新鮮空氣，可是在大街上(28)的散步者差不多全是異鄉人。島民却守在自己的家門邊不走動一下；每個人都像在偵察着什麼，正如一頭鷹在它的巢裏一樣。

四

在尋訪過拿破崙的誕生處，(29)又用了多少有點天主教氣的方法弄到了一點那地方的糊牆紙之後，這位到了高爾斯兩天的李迭亞姑娘便爲一種深切的悲哀所困住了。這種深切的悲哀，是一切的人在到了一個異鄉的時候都會感到的；那異鄉的難以和合的習慣使人陷於一種完全的孤寂中。她懊悔自己爲什麼起了這樣的念頭；可是她又不能立刻就走，因爲立刻走了是會敗壞了她的大膽的女流旅行家的聲譽的；因此李迭亞姑娘便打定主意忍耐着竭力設法消遣。在這勇敢的決意中，她整理着她的彩筆和顏色，描畫了港灣的風景，又爲一個被太陽曬黑的鄉下人畫了一張肖像；那個鄉下人是賣瓜的，和大陸上的種菜的人一樣，可是却生着白鬍鬚，帶着一種不多見的最兇猛的無賴的神氣。這些全不足以慰她的旅愁，她便打定主意決心要纏住那「連長」的後裔；這並不是一件煩難的事情，因爲奧爾梭一點也不急着回自己的村裏去，却好像對於阿約修很感到了什麼興味似的，——雖然他在那裏一個熟人也沒有。李迭亞姑娘更想做一件重大的事業，那便是要來開化這頭生長山間的熊(30)使他放棄他這次回到自己的島裏來所帶有的凶謀。自從她開始研究他以來，她想如果讓這個青年人自取滅亡實在是很可惜的，而在她呢，感化了一個高爾斯人却是一件光榮的事。

我們的這些旅行家的日子是這樣過的：早晨，上校和奧爾梭去打獵；李迭亞小姐作畫或是寫信給她的閨友（寫信的主要目的是在使人知道她的信是在高爾斯寫的）；在六點鐘光景，那兩個男子滿載着獵物而歸；他們吃夜飯，李迭亞姑娘唱歌，上校睡覺，那兩個年輕的人談到很遲。

爲着旅行護照的手續使奈維爾上校不得不去訪問那知事；那位悶得沒事做的知事，正如他的大部份的同僚一樣，知道這位有錢的英國上流人，又是一個漂亮的姑娘的父親要來，心裏十分快樂；他很慇懃地招待他，又極願爲他効勞；他在不到幾天之後便去回訪他。那位剛吃完了飯的上校，是舒舒服服地躺在沙發上，正要睡着了；他的女兒正對着一架破損的鋼琴前唱歌；奧爾梭在翻着她的樂譜，順便凝看着這位美麗的音樂家的肩頭和金色的頭髮。有人來通報知事老爺駕臨；於是鋼琴不響了，上校站了起來，將那位知事介紹給他的女兒。

——我不給你介紹代拉·雷比阿先生了，他說，因爲你是一定認識他的。

——先生是代拉·雷比阿上校的令郎嗎？那位知事微露窘態地問他。

——是的，先生，奧爾梭回答。

——尊大人我是認識的。

客套話不久便講完了。那位上校忍不住打了好多次呵欠；那個性情高尚的奧爾梭，絕對不願意和政府的一個官吏談話，只有李迭亞姑娘一個人把談話支持下去。在知事那方面，他也不讓談話斷了；對一個熟識歐洲社會裏一切名人的女子談着巴黎和社交界，在他是有一種很大的興趣，那是顯然的事。在他談着話的時候，他帶着一種奇異的好奇心不時地注意着奧爾梭。

——你是在法國認識代拉·雷比阿先生的嗎？

李迭亞姑娘帶着一點窘態回答說她是在那隻載他們到高爾斯來的船上認識他的。

——這一是個很不錯的人，那位知事半吞半吐地說，接着他用一種更低的聲音繼續說他對你說過他爲了什麼目的回高爾斯來的嗎？

李迭亞姑娘莊嚴地說：

——我沒有問他過，你可以去問問他。

那位知事守着沉默；可是聽見奧爾梭用英語向上校說了幾句話之後，他便說：

——先生，你好像旅行過許多地方。你準已忘記了高爾斯……和它的習慣了吧。

——那倒是眞的，我離開高爾斯的時候年紀是很輕哪。

——你還在軍隊裏嗎？

——我已退職了，先生。

——你在法國軍隊裏太長久了，怕要變成一個完全的法國人吧，先生，我是確信着哪。

他帶着一種着重的語氣說出最後的那幾個字眼來。

向高爾斯人提起說他們是屬於一個大國，他們並不會很高興的，他們願意做一個獨立國的國民，而他們也確有這種意圖，足以被人承認。那位有點不高興的奧爾棱回答說：

——知事先生，你以爲一個高爾斯人必須在法國軍隊裏服役纔能做一個體面人嗎？

——當然不是啦，那知事說，我絕對不這樣想；我衹說着本地的某一些「習慣」其中的有幾種是行政長官所不願意看的。

他把「習慣」這兩個字特別說得重一點，又在臉上表現着最嚴重的表情來。不久之後，他站了起來告辭，他出去的時候已得到了李迭亞姑娘到知事署裏去看他妻子的允許了。

他走了以後，李迭亞姑娘說：

——我必須到高爾斯來纔能知道知事是怎樣的人。這人我看來倒還有趣。

——在我呢，奧爾棱說，却不能和你同意，我覺得他帶着那種誇大而神祕的神氣是很奇怪的。

那位上校簡直已經沉睡着了；李迭亞姑娘向他望了一眼，放輕了聲音說：

——我呢，我覺得他並不如你所說的那樣神祕，因爲我相信我了解他。

——奈維爾姑娘你當然是很聰明的；而且，如果你在他剛纔所說的話裏看出一些機智，那一定是你先有了成見的原故。

——代拉·雷比阿，我想這是一句德·馬斯加里文侯爵的話吧；(31)可是……你可要我給你一個我的明察的證據嗎？我簡直可以說是一個女巫，只要是我看見過兩次的人，我便能夠知道他的思想。

——天呀！你使我害怕了。如果你能知道我的思想，我不知道我應該引爲快樂呢還是悲傷……

——代拉·雷比阿先生，李迭亞姑娘紅着臉說下去，我們祇相識了沒有幾天；可是在海上和在野蠻的地方，——我希望你能原諒我這句話……——在野蠻的地方，是比在社交界裏格外容易成爲朋友的……所以，如果我像朋友一般地和你談得少許深入了一點，請你不要見怪吧。這或許是一個異鄉人所不應該去聞問的私事。

——哦！不要說這些話了，奈維爾小姐；別的話會更使我有興味些。

——呃！先生，我應該對你說，我並沒有設法探聽你的祕密，却知道了一部份，而這便使我苦痛了。先生，我知道你家裏遭遇的那件不幸的事；你的同鄉人報仇的性格和他們的報仇的方式，我常常聽別人講起過……那知事所暗示的可不就是這件事嗎？

——李迭亞小姐，你相信是這樣的嗎！……於是奧爾梭便變得像死人一樣地慘白了。

——不，代拉·雷比阿先生，她打斷了他的話說；我知道你是一位很體面的紳士。你親自說過，在你的家鄉裏只有平民纔施行那種報仇……那種你把它拿來當作一種決鬬而描摹着的復仇……

——那麼你相信我能成爲一個暗殺者嗎？

——奧爾梭先生，我既然對你這樣講着，你便很可以看出我是並不懷疑着你，而我之所以對你這樣講，她垂倒了眼睛說下去，就因爲我知道你在回到鄉下去的時候，在野蠻的偏見的包圍中（那是可能的事，）如果你知道有人爲了你抵抗那些偏見的勇氣而尊敬你，我是一定會很高興的。——噲，她站起來說，不要再講那些掃興的事情了吧：它使我頭痛，而且時候也很遲了。

你不埋怨我嗎？讓我們來用英國式道晚安吧。於是她向他伸出手去。

奧爾梭緊握着她的手，他的神色是嚴重而感動。

——小姐，他說，你要曉得，有些時候，我故鄉的本能也會在我心頭醒了過來。有時我想起了我的可憐的父親，……於是便有些可怕的思想便來侵襲我了。幸虧有你，我纔克制住自己。謝謝你，謝謝你！

他正要說下去；可是李迭亞姑娘翻落了一隻茶匙，上校便被這聲音驚醒了。

——代拉·雷比阿，明天五點鐘去打獵！要按時到的啊。

——是，我的上校。

五

第二天，在那兩位去打獵的人回家的稍前，奈維爾姑娘從海邊散步回來，正帶着她的侍女向客邸走去的時候；她看到了一個年輕的女子，穿着喪服，騎着一匹矮小精悍的馬馳進村來。她後面跟着一個鄉下人，也騎着馬，穿着一件肘邊已有破洞的褐色的布衣，身上斜掛着一個水壺，腰邊掛着一桿手鎗，手裏還拿着一桿鎗，鎗柄是插在一個繫在鞍架上的皮囊裏；總之，披帶着歌劇裏的强盜或是行旅的高爾斯鄉民的全付裝束。那女子的惹人注目的美麗先就引起了奈維爾姑娘的注意。她看去約有二十歲。她的身材是頎長的，她的膚色是潔白的，生着深藍色的眼睛，桃色的嘴，法瑯一樣的牙齒。在她的表情中同時顯現着驕傲，憂慮和悲哀。她在頭上披着那名爲 Mezzaro 的披巾。那是熱那亞人流傳到高爾斯來的，很適合女子披帶。栗色的雲鬟在她的頭的四周形成了好像是一種頭巾。她的衣衫是清潔的，但又十分樸質。

奈維爾姑娘有充分的時間觀察她，因爲那個披着披巾的女子在路上停下來很上勁地問人，這是可以從她的眼睛的表情上看得出來的；接着，當她得到了答覆之後，她便將她的馬打了一鞭，飛奔而去了，到了托馬斯·奈維爾和奥爾梭所住的客邸的門前纔停下來。在那裏，和店主人說了幾句話之後，那位年輕的女子便輕捷地跳下馬來，坐在門邊的一條石凳上；那時她的馬夫便把馬都進牽馬廐裏去。李迭亞姑娘穿着她的巴黎時裝在這陌生女子的面前走過的時候，她眼睛也不擡一擡，一刻鐘之後，她開了窗，看見那位披披巾的女子還是照舊坐在老地方。不久，上校和奥爾梭打獵回來了。那時店主人和那位喪服的女子說了幾句話，用手指指點着代拉·

雷比阿給她看。她臉紅了，興奮地站了起來，向前走了幾步，接着便好像不知所措地突然站住不動了。奧爾梭離她很近，奇怪地注視着她。

——你是，她顫聲說，奧爾梭·安東·代拉·雷比阿嗎？我呢，我是高龍芭。

——高龍芭！奧爾梭喊着。

隨即他將她抱在懷裏，溫柔地吻着她；這是有點使上校和他的女兒驚怪的，因爲在英國是沒有人在路上接吻的。

——哥哥，高龍芭說，我沒有得到你的吩咐便前來，請你原諒我；我從我們的朋友那裏得到你已到來的消息，而在我，看到你，眞是一種那麼大的安慰……

奧爾梭又吻了她一次；接着，他轉身向上校說：

——這是我的妹妹，如果她不先說出名字來，我是再也不會認得她的。——高龍芭，這位是托馬斯·奈維爾上校。——上校，請原諒我，今天我不能和你們一起吃飯了……我的妹妹……

——呃！老朋友，你要到什麼地方去吃飯啊？那位上校喊着；你要曉得在這該死的客棧裏只有一個食桌，而這食桌又被我們佔住了。小姐如果肯和我們在一起，我的女兒一定會很高興呢。

高龍芭望着她的哥哥；他是不會謙虛的，於是他們便一同走進上校作客廳和飯堂用的旅店的那間最大的房間。代拉・雷比阿姑娘在被介紹給奈維爾姑娘的時候，深深地行了一個禮，可是一句話也沒有說。人們可以看出她是很驚惶失措；在外國體面人前露面，在她或許還是生平第一次。可是在她的儀態中，却一點也沒有鄉下氣。她的新奇已抹煞了她的拙劣。奈維爾姑娘竟因此而歡喜她；而且，因為客棧的客房間都已被上校和他的僕役佔住了，奈維爾姑娘竟出於慇懃或是出於好奇地，寧願在她自己的房間裏搭一張床給代拉・雷比阿姑娘睡。

高龍芭吶吶地說了幾句感謝的話，便立刻跟着奈維爾姑娘的侍女去整妝去了，這是在太陽之下，風塵之中騎馬旅行之後所少不了的事。

當她回客廳裏來的時候，她在那兩個打獵的人剛放在壁角上的上校的那些鎗前站住了。

——漂亮的鎗！她說；這些是你的嗎，哥哥？

——不，這些是上校的英國鎗，又好又漂亮。

——我很願意，高龍芭說，你也有這樣的一桿。

——在這三桿鎗裏，一定有一桿是屬於代拉・雷比阿的，上校說。他使鎗使得太好了。今天開了十四鎗，就打死十四隻野物！

立刻，大家推讓起來；這場推讓中，奧爾梭是屈服了。這使她的妹妹十分滿意，那是可以從她的表情上看得出來的：她的臉色先是很嚴肅的，那時便突然浮出孩子氣的快樂來了。

——你選擇一桿吧，老朋友，那位上校說。

奧爾梭却不肯。

——呃！你妹妹會替你選擇的。

高龍芭不用他說兩遍：她拿了一桿最少裝璜的鎗，但是那是一桿徑口粗大的精良的芒東鎗。(32) 她說：

——這一桿發起子彈來一定很遠。

她的哥哥手忙脚亂地道謝，那時恰巧開飯了，纔把他從爲急難中救了出來。高龍芭不肯就席，可是被她的哥哥望了一眼便順從了，她在吃飯之前像一個好天主教徒似地劃了一個十字，這使李迭亞姑娘看了覺得很有趣。

——好，她心裏想着，這纔是原始的。

於是她便打定主意對於這個高爾斯舊習慣的年輕的代表者多下幾番有興味的觀察。在奧爾梭呢，他當然有點不安因爲他害怕他的妹妹會做出些鄉下氣的樣子來。可是高龍芭却不停地望着他照着她哥哥的舉動做去。有時她帶着一種悲哀的奇異的表情定睛望着他；於是，當奧爾梭的目光碰到了她的目光的時候，總是他先把目光移開去的，好像他想避開了她的妹妹在心靈上向他提出而他又很了解的一個問題。大家都說着法國話，因爲上校的意大利話說得很壞。高龍芭是懂得法國話的，而那她不得不和她的主人們說的少少的幾句話她竟還說得很不錯。

飯後，那位上校看出了這兩兄妹之間有點拘束的樣子，便帶着他的平常的那種爽直的態度問奧爾梭是否想單獨和高龍芭姑娘談話，他說，如果是這樣，他可以和他的女兒讓到隔壁的房間裏去。可是奧爾梭立刻答謝他，對他說他們到了比愛特拉納拉有的是談話的時間。比愛特拉納拉便是他要去的村莊的名字。

因此上校便回到他的老坐位沙發上去，而奈維爾姑娘，試了許多話題，竟不能使那美麗的高龍芭開口；便請求奧爾梭爲她讀一章但丁的詩：但丁是她所愛好的詩人。奧爾梭選了那有法朗賽斯加・達・里米尼（33）的插曲的地獄篇，便開始朗誦起來，他把那些將兩個人共讀戀愛的書的危險表現得那麼好的卓絕的三行詩，盡其所能地諷誦着。在他朗誦着的時候，高龍芭移近桌邊去，擡起了她的老是垂倒着的頭；她的擴大了的瞳子耀着一個異樣的火光：她的臉兒陣陣地發白又陣陣地發紅，她痙攣地在椅子上跳動着。意大利人頭腦的組織是多麼可驚異啊！要了解詩，是用不到一個學究去指點出詩的妙處來的。

讀完了詩的時候，她喊着：

——這是多麼美麗啊！哥哥，這是誰做的？

奧爾棱有點爲難了，於是李迭亞姑娘便微笑回答說那是一個死了有好幾世紀的弗洛倫斯的詩人做的。

——當我們到了比愛特拉納拉的時候，奧爾棱說，我要叫你讀但丁的詩。

——好呀，這是多麼美麗啊！高龍芭又說了一遍，接着她便把她所記住的三四節三行詩念了一遍，她先是輕聲念的，接着，興奮了起來，她便帶着一種她哥哥念詩的時候所沒有用的表情；把詩句高聲朗誦了出來。

李迭亞姑娘十分驚異了：

——你好像是很愛詩的，她說。我是多麼艷羨你那種第一次讀但丁的詩的時候的歡樂。

——奈維爾小姐，奧爾梭說，你瞧但丁的詩句的力量是多麼偉大，它竟會這樣地感動一個只知道念祈禱文的鄉下小姑娘……可是我說錯了；我想起高龍芭也是此道中人。在年紀很小的時候，她就塗抹着詩句了，而我的父親又寫信告訴我她是比愛特拉納拉和周圍十里的最大的 Voceratrice。（34）

高龍芭向她的哥哥懇求地望了一眼。奈維爾姑娘是聽人說起過高爾斯的即興女詩人過的，她一心想聽一回。於是她馬上請求高龍芭給她獻一獻身手。那時奧爾梭想到了他的妹妹的詩才，覺得十分為難，便插進來說了幾句話。他矢口說高爾斯的 ballata 是再單純無味也沒有了，他辯說在念過但丁的詩之後再念高爾斯的詩，簡直是給他的故鄉丟臉，可是這些話全沒用，反而激起了奈維爾姑娘的性子，於是他終於不得不對他的妹妹說了：

——好吧！信口吟一點吧，可是要短一點。

高龍芭嘆息了一聲，專心地向桌布注意了一會兒，接着又擡頭望着樑木；最後，把手放在她的眼睛上，好像那些安心着，自信不看見自己的時候便不被人看見的鳥兒一樣，她用一種搖動的聲音唱出——或毋寧說是說出——以下的一首小夜曲歌曲來：

『少女與野鴿。

在山後遠遠的谷間，——每天只有一小時的陽光；——在山谷間有一家幽暗的人家，——野草一直蔓生到它的門檻上。——門戶是終日緊閉着的。——屋頂上沒有煙縷飄出來。——可是在午時，在太陽照過來的時候，——一扇窗門打開了，——那個孤女坐在紡紗車前紡紗：——她一邊紡紗一邊唱着——一個悲哀的歌；——可是沒有別的歌來酬答她。——有一天，春天的一日，——一隻野鴿停在鄰近的樹上，——它聽到了那少女的歌聲。——少女啊，它說，要悲泣的不祇是你一人——一隻殘酷的蒼鷹已把我的伴兒攫去了。——野鴿啊，把那隻兇狠的蒼鷹指點給我看；——縱使它飛得雲那樣高，——我會立刻把它打下來。——可是我這可憐的女子啊，誰把我的哥哥還給我呢？——我的哥哥現在是遠戍他鄉啊。——少女啊，對我說你的哥哥在何方，——我的翼翅可以把我載到他的身旁。』

——這眞是一隻有敎養的野鴿！奧爾棱贓着吻着他的妹妹；他吻着她的情感和他强裝的揶揄口氣完全相反。

——你的歌眞可愛，李迭亞姑娘說。我想請你給我把它寫在我的手册裏。我將來要把它譯成英文，又把它譜上曲子。

那位好上校是一句也不懂，他在跟着他的女兒稱贊着。接着他這樣補說了一句；

——小姐，你所說的那野鴿，可就是今天我們燒烤了吃的那隻鳥兒嗎？

奈維爾姑娘帶了她的手册來，而當她看見那位卽興女詩人把紙用得非常經濟寫着她的歌的時候，不免大爲奇怪。詩句並不分成行，却儘紙的長短一連寫下去，竟不和詩法的大衆咸知的定律「分成短行，長短不等，兩側須留空白」相合了。高龍芭姑娘的有點隨意的綴法也是可以引入非難的，這使奈維爾姑娘微笑了好幾次，而奧爾棱却很難堪了。

安歇的時候到了，那兩個少女於是便回到房裏去。在那裏，李迭亞姑娘在卸下項圈，耳環和手鐲的時候，看見她的同伴從衫子裏除下一件東西來，有撐胸衣片那麼長短，可是形式却完全不同。高龍芭小心地，又差不多是偸偸地把它藏在她的放在一張桌上的披巾下；接着她跪了下來，虔誠地禱告。兩分鐘之後，她已躺在床上了。李迭亞姑娘天性是好奇的，而她脫衣服又是像一般英國女子一樣地慢，她走近桌邊去，假裝找一根針，拿起了那條披巾，便看見了一把不很短的，奇異地鑲嵌着螺鈿和銀的短刀；那短刀的工程是精良的，是一件古舊的武器，在一位鑑賞者看來是很値錢的。

——小姐們在她們的胸衣裏佩着這小東西，奈維爾姑娘微笑着說，也是此地的習慣嗎？

——是啊，這是不可少的，高龍芭歎息着回答。歹人那麼多！

——你眞的會有這樣刺過去的勇氣嗎？

於是奈維爾姑娘手裏拿着那把短刀，做着刺人的姿勢，像在戲院子裏似地，從上刺下。

——是呀，高龍芭用那溫柔而和諧的聲音說，爲了保護我自己或是保護我的朋友們，少不了要這樣……可是拿短刀不是這樣拿的啊；如果你所要刺的那個人退後去，你會把你自己刺傷了。於是高龍芭坐了起來：瞧吧，是這樣的，向上刺。別人說這樣纔能刺死人。用不到這些武器的人是多麼有福氣啊！

她歎了一口氣，把頭倒在枕頭上，閉了眼睛。她那時的容貌是再美麗，再高貴，再純潔沒有了。

費第阿斯爲了要雕刻他的米奈爾華神像，(35) 除此以外再也找不出別的模特兒來了吧。

六

爲了依照何拉斯的箴言，所以我先跳到 in medias res 去。(36) 現在，那美麗的高龍芭，上校和他的女兒，大家都已睡熟了，我便趁這個時候來把那些仔細情形告訴我的讀者，如果讀者要更深切地淸楚這件眞實的故事，那麼那些詳情是不可不知道的。讀者已經知道了，奧爾梭的父親代拉·雷比阿上校是被人暗殺而死的；在高爾斯，並不像在法蘭西一樣，逃犯因爲找不到別的好法子弄錢，只好去行兇殺人的那種事是沒有的，然而被仇人所暗殺的事却常有；可是結仇的原因，往往是很不容易說的，有許多家族因世代是仇家而互相仇恨着，而他們的仇恨本源的來歷却已完全失傳不能明白了。

代拉·雷比阿所屬的那個家族，和許多別的家族結着仇，特別是和巴里豈尼那一家；有的人說，在十六世紀的時候，一個代拉·雷比阿家的男子引誘了一個巴里豈尼家的女人，那男子後來是被那受汚辱的女子的一個親屬所刺死了。實際上，有的人却不是這樣講法，說被引誘的是一個代拉・雷比阿家的女子，而被刺死的是巴里豈尼家的男子。無論怎樣，用習慣的話說，在這兩家之間是「見過血」的。然而，和習慣相反，這件仇殺事件却並沒有引出別的仇殺事件來；那是爲了代拉・雷比阿家人和巴里豈尼家人都被熱那亞政府所迫害，年輕的人都流亡國外，使這兩家人家幾代都喪失了有血氣的代表者的原故。前一世紀之末，一個代拉・雷比阿家的人，他是在拿波里軍隊裏服務的軍官，在一個賭場裏和幾個軍人口角起來；那些軍人，在別的咒罵之間挾着罵他是高爾斯的牧羊奴；他便拔出劍來，可是如果沒有那一個也在那裏賭錢的陌生人，喊着『我也是高爾斯人！』而幫着他打，他一個對三個，準早已大大地打敗了。那個陌生人是一個巴里豈尼家的人，可是他不認識他這同鄉。當解釋清楚後，兩人都非常要好，又發誓永遠結爲朋友；因爲在大陸上高爾斯人是很容易發生友誼的；在島上却完全相反了。這種事實在這場合中很可以看得出的：代拉・雷比阿和巴里豈尼住在意大利的時候，一向是做着摯友；可是回到了高爾斯之後，雖則兩人是住在同一個村莊裏，却互相很少見面了，而在他們死了的時候別人說他們兩人竟有五六年沒有談話過。他們的兒子也同樣地正如島裏人們所謂「客客氣氣」地生活着。其中的一個，季爾富丘，即奧爾梭的父親，是軍人；另一個，優第斯・巴里豈尼，是律師。他們兩人都成爲一家之主。因爲他們的職業不同而使他們分開了，所以他們簡直沒有互相見面或交談的機會。

可是在一千八百零九年前後，有一天優第斯在巴斯諦阿報上看到季爾富丘上尉最近得到了紅綬章，他便在人面前說，他並不因此而驚奇，因爲他一家是受着某將軍的保護的。這句話傳到了在維也納的季爾富丘耳裏，他便對他的一個同鄉說，當他回高爾斯的時候，他準會看見優第斯發財了，因爲優第斯從他的敗訴裏刮到的錢比勝訴裏更多。誰也不知道他這話是諷說那律師欺詐他的當事人呢，還是在說理屈的訟訴比理直的訴訟更能使律師得利的那種平凡的事實。不論那句話的原意是怎樣，巴里豈尼律師聽到了這種諷刺，便把它記在心頭。在一千八百十二年，他正要運動做本地的市長，一心希望成功的時候，某將軍忽然寫了一封信給知事，向他舉薦了季爾富丘的妻子的一個親戚。那知事急忙迎合了將軍的意旨，而巴里豈尼便絕對相信他的失敗是從季爾富丘的陰謀來的。在一千八百十四年拿破崙失敗之後，那受將軍保護的人便被人發告是拿破崙黨，他的職位便由巴里豈尼取而代之。這巴里豈尼在「百日」(37)中也輪到被革了職；可是，在這次風波之後，他便堂堂皇皇地佔有了市長的印綬和戶籍簿。

從那個時候起，他便威風十足了。那退職歸隱到比愛特拉納拉的代拉・雷比阿上校，不得不提防着對付他的仇家的不斷地無事尋釁：有時他被傳喚去賠償他的馬在市長先生的園場裏所造下的損失；有時那市長借着修理教堂的鋪石的名義，叫人翻去了一片刻着代拉・雷比阿家的紋章的覆着其家一人的墳墓的破石板。如果羊吃了上校的新生的植物，羊主人總可以在市長那兒得到保護；那管理比愛特拉納拉的郵務的雜貨商人，和那做鄉村巡警的殘廢的老兵——這兩個都是代拉・雷比阿家的手下人，都一個個地被革了職，而代之以巴里豈尼家的手下人了。

上校的妻子死了，在死的時候，她說希望葬在那個她愛去散步的小樹林中；那市長立刻宣佈她應該葬在本地的公墓裏，因爲官廳沒有許可她單獨葬在另外一個地方。上校大怒，宣說無須等待那種許可，她的妻子一定要葬在她所選定的地方，他便叫人在那裏掘了一個墓穴。那市長，也叫人在公墓裏掘了一個墓穴，又派了憲兵去，據他說，要强制執法。在行葬禮的那一天，兩方面對面相遇了，一時間人們恐怕會因爭奪代拉・雷比阿夫人的屍身而毆鬥起來。由死者的親戚召集來的約四十個武裝森嚴的農民，强迫那教士在走出教堂的時候向樹林那面去；另一方面，市長和他的兩個兒子，他的手下人和憲兵，挺身出來阻止；當他出來命令出殯的道子回轉來的時候，大家都詈罵他威脅他；他的對方人數佔了多數，又好像都已打定主意和他拼的。一看見了他，許多桿鎗都裝好了子彈；有人竟說一個牧人已向他瞄準了；可是上校揚起了鎗說：『沒有我的命令誰都不准開鎗！』那位市長，和巴紐爾易一樣，是「天生怕打」的，(8)告了免戰，帶着他的扈從退下去了：那時出殯的道子便出發了，故意選了一條最長的路，這樣可以在市長署前經過。在前進的當兒，行列中有一個呆大不知怎樣想出高呼「皇帝萬歲」！來兩三個聲音和着他，而那些漸漸地興奮起來的雷比阿派的人，便打算把一頭偶然阻住了他們的去路的市長的牛殺死。幸虧上校阻止住了這種暴行。

不用說，一篇訴狀便遞了上去，而那位市長又用他的最出色的文章向知事做了一個報告書；在報告書中他描摹那神聖而人道的法律如何地受蹂躪，——他的市長的尊嚴和敎士的尊嚴如何地受蔑視和侮辱，——代拉·雷比阿上校如何地為首起了一個拿破崙黨的陰謀，想推翻王位的繼承，又煽動人民交鬨——犯了刑法第八十六條和九十一條所設定的罪。

這個訴狀的誇張的口氣減損了自己的效力。上校寫信給知事和檢察官；一個是他的妻子的親屬，是本島的一個議員的親戚，另一個是高等法庭的庭長的表弟兄。幸虧得到這些援助，那陰謀之罪纔打消了。代拉・雷比阿夫人依舊葬在樹林裏，只有那個呆大坐了半個月牢。

巴里豈尼律師對於這事件的結果深爲不滿，他便從另一方面來和他搗亂了。他翻出了一張老舊的地契，他企圖根據那張地契爭取上校的一條推轉磨坊水車的水流的主有權。訴訟經過了很長久。一年之後，法庭正要判決了，而各方面看來都是和上校有利的時候，巴里豈尼忽然把一封由著名的强盜某阿高斯謫尼署名的信呈給了檢察官，信上恐嚇那市長說，如果他不放棄了他的要求，便要殺死他，放火燒他的家。我們是知道的，在高爾斯，强盜們的保護是很難得的，他們爲了要爲自己的朋友出力，常常干預到個人的爭鬥裏來。那市長利用了這封信佔得便宜，可是忽然來了一個新的事變，使事情變成更麻煩了。那强盜阿高斯謫尼寫信給檢察官訴說別人假造他的筆跡，謗毀他的性格，把他當作一個拿自己的勢力來做買賣的人：『如果我發覺了那個假造的人，那强盜在信尾上寫着，我一定要把他處罰警衆。』

顯然地，阿高斯謫尼沒有寫恐嚇信給市長；代拉・雷比阿把這事歸罪於巴里豈尼，而巴里豈尼又把這事歸罪於代拉・雷比阿。兩方面都其勢洶洶，而法官也不知道從那一方面找出罪犯來。

正在這個當兒，季爾富丘上校便被暗殺了。當局所調查的事實記載如下：在一千八百——年八月二日傍晚的時候，一個帶着穀物到比愛特拉納拉去的名叫馬德蘭·比愛特里的婦人，聽到了兩聲差不多是連放的鎗聲，好像是從一條離她所在的地方約有一百五十步遠近，通到村莊去的凹路裏發出來的。差不多是同時，她看見有一個男子俯身在葡萄田的小路裏奔跑着，向村莊而去。那個人停住了一會兒又回頭過來，可是因爲離開得很遠，那婦人比愛特里瞧不清楚他是誰，而且那人嘴裏又銜着一張葡萄葉，差不多把面部都遮住了。他用手向她所沒有看見的一個同伴打了一個招呼，接着便在葡萄叢裏不見了。

那個婦人放下了她所背着的東西奔上那小路去，便發見代拉·雷比阿上校躺在血泊之中，身上中了兩鎗，但是還未斷氣。在他的身邊，是他的裝好了的鎗，好像他正要對敵一個迎面向他開槍的人的時候，另外一個人却從背後打中了他。他延着殘喘，拚命和死掙扎着，可是不能說出一句話來。這據醫生解釋，是因爲他的肺被打穿了的原故。流血使他窒息；那血慢慢地像紅色的泡沫似地流出來。那婦人扶他起來，問了他幾句話；可是都沒有用。她看出他很想說話，可是他說不出來。在看出了他試想把手伸進袋子裏去，她便急忙從他衣袋裏拿出了一個小文書夾，攤開了給他。那受傷的人從文書夾裏拿出了鉛筆，努力想寫字。那見證的確看見他很困難地寫了好幾個字；可是因爲她不識字，她不懂那些字的意思是什麼。因此而用盡了氣力的上校，把這文書夾交到那婦人比愛特里的手裏，他緊緊地抓住她的手，又帶着一種異樣的神氣凝望着她，好像是要對她說——這是那見證所說的話——『這是重要的，這是暗殺我的人的名字！』

那婦人比愛特里向村莊走過去的時候，碰到了市長巴里豈尼先生和他的兒子文山德羅。那時候差不多已是黑夜了。她把她所看見的事都講了。市長先生拿了那本文書夾，跑到市長署裏緊他的飾帶喚他的書記和憲兵，市長去了後，馬德蘭·比愛特里請那年輕的文山德羅去救那上校，也許他還可以有救；可是文山德羅回答她說，如果他走到一個他全家所切齒的仇人身邊去，別人一定會說是他殺死了的。不久之後那市長到了，看見上校已死，便叫人把屍身擡了去，然後上了一張狀子。

他雖則着了忙（在這種情形中是不免的），巴里豈尼先生竟還把上校的文書夾密封加印，又儘他的能力作着種種的探討；可是沒有一個人能有什麼重要的發現。在預審推事到了的時候，打開了那文書夾，便在那染着血跡的一頁上，看見了幾個由一隻沒力的手所寫的字，然而字跡是可以看得出來的。上面寫着阿高斯諦……，於是那推事便深信上校指出阿高斯諦尼是暗殺他的人。可是那由推事召來的高龍芭・代拉・雷比阿，却請求驗一驗那本文書夾。在翻了長久之後，她向那市長伸出手去，喊着『這就是暗殺者！』於是在撼動她的沉痛的熱狂中，她用一種驚人的正確和明瞭，講着他父親死前幾天接到了一封他的剛移調了駐紮地方的兒子的信，他把地址用鉛筆寫在文書夾裏，然後把那封信燒了。現在文書夾裏那個地址已沒有了，高龍芭的結論是那市長已把寫地址的那一頁撕了，而她父親寫着那暗殺者的名字的那一頁，正就是寫地址的那一頁；據高龍芭說，市長已用阿高斯諦尼的名字代替了那個兇手。那推事看見那文書夾中寫着名字的簿子上確實是缺了一頁；可是不久他看見在同一個文書夾中的別的各簿子上也是缺了好幾頁，而證人又宣稱上校是慣常從文書夾中撕下紙頁來點雪茄煙的；這是很可能的事：他不留心燒了那個他所抄下的地址。此外人們還證明市長在從婦人比愛特里那裏接到那個文書夾之後，連看都沒有看，因爲天已黑了；人們證明他在走進市公署之前，一刻也沒有停留過，憲兵隊長是伴着他一同到那裏去看他點亮了燈，把那文書夾放在一個封套裏，又在他眼前蓋上了印。

當那個憲兵隊長陳述完畢之後，高龍芭發狂似地投身在他脚下，請求他憑一切神聖的東西誓言是否他一刻都沒有離開市長過。那憲兵隊長，在躊躇了一會兒之後——那顯然是被那少女的所激昂感動了——便承認他曾經到隔壁房間裏去找過一張大紙，可是他一分鐘也沒有逗留，而當他在抽屜裏摸索着那張紙的時候，市長還不停地和他談着話。而且他還說在他回過來的時候，那個染血的文書夾還是放在桌子上，在市長走進房間去的時候丟在那裏的原地方。

巴里豈尼先生十分從容地陳述着。他說代拉·雷比阿小姐的激烈的行動，他很能原諒而且很願意受法律的制裁。他證明他整個下午都在村莊裏在出事的時候，他是和他的兒子文山德羅在市公署前面；最後他又說他的兒子奧爾朗杜丘正在那天害了熱病，沒有離床過。他搬出了他家裏所有的鎗，沒有一桿有最近發過子彈的形跡。他還說，至於那文書夾，他在當時立刻知道是很重要的；他把它封好了蓋了印，交給了他的助理，因爲他已預料到自己是和上校有嫌隙，是會受嫌疑的。最後，他提起阿高斯諦尼曾經說過，他要把冒他的名寫信的人處死，他宛轉地說那個無賴準會疑心着上校，而將他暗殺了。在强盜們的故事中，爲了同樣的原因而有同樣的復仇，是有例可援的。

代拉·雷比阿上校死後五天，阿高斯諦尼爲一隊巡兵所襲，拚命地抵抗之後而終被打死了。人們在他身上找到了一封高龍芭的信，信上懇求他聲明他到底是那人們歸罪於他的殺人犯不是。那强盜沒有寫回信，因此人們一般的結論都說他沒有勇氣去對一個姑娘說自己殺了她的父親。然而，那些自以爲熟知阿高斯諦尼的性格的人們，却都低聲地說，如果他殺了上校，他一定會誇口了。另一個以勃朗多拉丘這名字出名的强盜，送了一道宣言給高龍芭，在那宣言裏，他「憑自己的名譽」證明他的同伴的無辜；可是他所引據的惟一的證明，便是阿高斯諦尼從來也沒有對他說他懷疑過上校。

結果是巴里豈尼家一點也沒有受損害；預審推事把那市長大大地稱讚了一番；而那市長，又因爲放棄了他和代拉·雷比阿上校爭訟的溪流的主權的要求，格外表彰出他的美德。

按照當地的習慣，高龍芭在她的父親的屍身前，對着他的聚集攏來的親友們卽興唱了一個ballata（39）在那ballata中，她吐出了她的對巴里豈尼家的一切的仇恨，又公然地把暗殺之罪歸之於他們，更用她的哥哥必得報仇的話威嚇他們。這 ballata 很風行一時，那水手在李迭亞姑娘前面所唱的便是這個。奧爾梭在得到了他父親的死耗的時候是在法蘭西的北部，他便去告假，可是沒有得准。起初，看了他的妹妹的一封信，他也相信巴里豈尼是罪人，可是不久他接到了審問的一切案卷的抄本，而推事的一封專信又差不多使他確信那强盜阿高斯諦尼是惟一的罪人。高龍芭每三月一次地寫信給他，把她自己所懷疑的證據，對他說了又說。這種歸罪之詞不禁使他的高爾斯的血沸騰起來，有時候他也幾乎要分一點她妹妹的偏見。然而他每次寫信給她的時候，他總幾次三番地對她說，她的證明是一點也沒有確實的根據，是一點也不值得相信的。他甚至不准她以後再對他講這種事，可是總是無效。這樣地經過了兩年；兩年之後，他退職了，那時他便想還鄉去，目的並不是在對那些他認爲無辜的人們報仇，却是去給他的妹妹出嫁，和賣掉他所有的小小的一點產業——如果那產業的價值是足够使他移居大陸的話。

七

許是因爲高龍芭的到來，很有力地使奧爾梭想起了家園，也許是因爲高龍芭粗野的舉止和衣飾使他在文明的朋友們面前爲難，一到第二天，他便聲言他決定要離開阿約彥阿比愛特拉納拉去了。可是他却請上校允許在到巴斯諦阿去的時候光降他的村舍，說可以打斑鹿，雉雞，野猪和其他野味來酬答他。

在出發的前一天，奧爾梭不去打獵，却提議到港岸上去散步。挽着李迭亞姑娘，他可以自由自在地談話了，因爲高龍芭要買東西留在城裏，而上校又時時刻刻地離開他們去獵海鷗和塘鵝。這是使過路的人很驚詫的，他們不懂他爲什麼要爲了這樣一類的獵物而耗費了他的火藥。他們沿着那條通到希臘人的教堂去的路上走去，從那教堂邊，可以看到海港的最美的景緻；可是他們却一點也不注意到風景。

——李迭亞小姐……奧爾梭在一個長久得使人爲難了的沉默之後說；老實說，你以爲我的妹妹怎樣？

——我很喜歡她，奈維爾姑娘回答。她使我覺得比你更有趣，她微笑着補說下去，因爲她是一個眞正的高爾斯人，而你却是一個太文明了的野蠻人。

——太文明了！……呃！自從我上了這個島以來，我覺得我不禁重復變成野蠻的了。成千成萬的可怕的思想打擾着我，煎熬着我……而在我要深入到我的曠野中去之前，我感覺有和你稍稍談一會的必要。

——先生，你應該拿出勇氣來；瞧瞧你的妹妹忍耐的態度吧，她給了你一個例子。

——啊！別誤信了吧。別相信她的忍耐吧。她還沒有對我說過一句話，可是從她的每一眼中，我已看出了她所期待着我的是什麼。

——那麼她究竟要你幹什麼呢？

——哦！沒有什麼，……祇是要我試試看，你父親的鎗是否對人也像對竹鷄一樣地好。

——那麼可怕的念頭！一句話還沒有對你說你竟會這樣推測！你這人眞可怕了。

——如果她不想到復仇，她準會先對我說起我們的父親；她却絕對不說起。她準會說出她視爲殺人犯的人們的名字——我知道那是錯誤的。！呃偏一個字也不提。你瞧，那就是因爲我們這些高爾斯人是一種詭譎的民族。我的妹妹知道她沒有把我完全握在她的掌握之中，而在我還可以脫逃她之前，她不願嚇怕了我。一朝她把我領到了懸崖邊之後，我一回頭，她便會把我推到深淵裏去了。

於是奧爾棱把他的父親之死的詳情講了一點給奈維爾姑娘聽，又把那蒐集起來使他把阿高斯諦尼視爲殺人犯的主要的證據告訴了她。他還說：

——什麼都不能使高龍芭信服。這是我從她的最後的那封信上看出來的。她曾發誓說要巴里豐尼家的性命；而且——奈爾維小姐，你聽我是多麼信托你——如果不是一種偏見（她的野蠻教育可以做那些偏見的辯解）使她堅信着因爲我是家主，復仇的執行是屬於我，並且我的名譽是和那事有關的，則或許他們早已不在人世了。

——眞的，代拉·雷比阿先生，奈維爾姑娘說，你寃枉了你的妹妹了。

——不，你自己也說過，……她是高爾斯人，……她的思想和一切高爾斯人的思想一樣。你知道昨天我爲什麼那麼不高興嗎？

——不知道，可是沒有多少時候以來，你是陷於那種極端的憂鬱中……在我們相識的起初幾天，你是更要快樂而有趣一點的。

——昨天却正相反，我是比平時更快樂更幸福。我看見了你對我的妹妹那麼好，那麼寬大！……上校和我坐了船回去。你知道有一個船夫用他的該死的土話對我說些什麼？他說：『你打了這許多獵物奧爾梭・安東，可是你會發現奧爾朗杜丘・巴里豈尼是一個比你更厲害的鎗手。』

——呃！在這些話裏有什麼很厲害的意思嗎？你難道那麼想做一個出衆的鎗手嗎？

——你難道沒有看出嗎？那無賴在說我沒有殺奧爾朗杜丘的勇氣。

——你要知道，代拉・雷比阿先生，你是使我害怕。你們的島上的空氣，好像不僅使人害熱病，而且使人變成瘋狂。幸虧我們不久就要離開了。

——可是先得到一到比愛特拉納拉你已這樣答應過我的妹妹了。

——那麼如果我們失了約，便一定會受人家的報仇的，是嗎？

——你記得那天尊大人對我們講的那些印度人（40）的事嗎？他們恐嚇東印度公司的管理者，如果不接受他們的請願，他們便會絕食而死。

——你的意思是說你要絕食而死嗎？我倒有點不相信。你一天不吃東西，接着高龍芭小姐拿了一塊那麼好吃的 bruccio（41）來給你，那時你便會放棄你的決意了。

——你這種嘲笑眞厲害，奈維爾小姐；你應該寬待我一點。你瞧，我在此地是很孤單的。我所以沒有變成你所謂瘋人，那是全靠着有你；你做過我的守衛天使，而現在……

——現在，李迭亞姑娘用一種嚴肅的口氣說，要支撐這種那麼容易動搖的理性，你是有着你的男子和軍人的名譽還有……，她一邊轉身去採一朵野花一邊說，如果那在你是有點用處的，還有你的守衛天使的記憶。

——啊！奈維爾小姐，如果我能够想着你眞的有點關切我就好了……

——聽着，代拉·雷比阿先生，這有點感動了的奈維爾姑娘說，既然你是一個孩子，那麼我就像對待孩子似地對待你吧。當我小的時候，我的母親給了我一個我一心想着的美麗的項圈；可是她對我說：『每逢你戴上這項圈的時候，你便得想一想你還不識法文。』於是那項圈在我眼裏便損失了一點價値了。在我看來，它已變成一種疚戒了；可是我却戴着它，我便學會了法文。你看見這個指環嗎？這是從一個金字塔裏找出來的埃及的蜣螂形寶石。這個你或許會當做酒甕那一類的古怪的圖樣，意義是「人生」。在我們國裏有許多人，他們覺得埃及象形文字都是很有專用的。旁邊的這個，是一個盾和一隻握着矛的手臂，它的意義是「鬭爭」。這兩個字連起來便成爲這我覺得是很好的標語：「人生是鬭爭。」你別以爲我把埃及象形文字翻譯得很熟吧；那是一個古文學者解釋給我聽的。現在，我將我的蜣螂形寶石送給你。在你起了什麼高爾斯的惡念的時候，你便看着我這個護身符，對你自己說你應該戰勝那些惡念。——我的說教還不錯吧。

——那時我將想到你，奈維爾小姐，我必得對我自己說……

——你將對你自己說，你的一個女朋友會因你受了絞刑而感着悲傷，而且你的祖先各位「連長」也會因而很傷心的。

說了這幾句話，她帶笑地放開了奧爾梭的臂膊，跑到她的父親那邊去：

——爸爸，她說，放過了那些可憐的鳥兒，來和我們到拿破崙洞去找找詩情吧。

八

雖則是暫別，離別這回事總不免有點嚴重的樣子。奧爾梭將要和他的妹妹在第二天侵晨出發了，前一天的晚上，他向李迭亞姑娘告了別，因爲他並不希望她會爲了他的原故改變了她的晏起的習慣。他們的告別辭是冷淡而莊重的。自從他們海濱的談話以來，李迭亞姑娘生怕已對奧爾梭表示出一種或許是太關切的態度，而奧爾梭呢，他也沒有忘記了她的譏諷，特別是她的不鄭重的口氣。有一個時候他是相信在那年輕英國女子的態度中，覺察出一種萌生的愛情的情感過的；現在被她的揶揄所破滅了，他便對自己說，他在她眼裏不過只是一個泛泛之交而已，她不久就會忘記了他的。因此，在早晨和上校一同坐着喝咖啡的時候，他看見李迭亞姑娘也跟着他的妹妹走了進來，不禁大爲驚訝。她是五點鐘起身的，這在一個英國女子，特別是在奈維爾姑娘，是要費很大的勁兒的。這使他不得不引以自傲了。

——我們這樣早地騷擾了你，我心裏很爲不安，奧爾梭說。這一定是我的妹妹沒有聽我的吩咐吵醒了你，你準會詛咒我們了。或許你在希望我這樣的人還是早點「絞死」的好，是嗎？

——不，李迭亞姑娘用意大利語低聲說，這顯然是爲了不叫她的父親聽到。可是你昨天爲了我的沒有用意的開玩笑和我賭了氣，而我却不願你帶了一個我的壞印像去。你們這些高爾斯人，你們是多麼可怕的人！再會吧；我希望不久就可見面。

於是她便向他伸出手去。

奧爾梭只歎息了一聲來做回答。高龍芭走到他身邊去，把他牽到窗口，拿着一件她藏在披巾下的東西給他看，一邊和他低聲說了一會兒。

——小姐，奧爾梭對奈維爾姑娘說，我的妹妹想送你一件希奇的禮物；可是我們這些高爾斯人，除了那時間磨滅不掉的我們的情感之外，我們是沒有什麼了不得的東西送人的。我的妹妹說你曾經很好奇地看過這把短刀。這是我們家裏的一件家寶。可能地，它從前是掛在一個我賴以和你認識的「連長」的腰邊的。高龍芭覺得它很貴重，她要得到我的允許才送給你，而我也不知道我應不應該答應下來，因爲我怕你會見笑我們。

——那把短刀是很可愛的，李迭亞姑娘說；可是那是你們傳家之寶；我不能收納。

——這不是我父親的短刀，高龍芭急急地說。這是代奧道爾王(42)賜給我母親一位先祖的。如果小姐受納了它，便會使我們很高興。

——噲，李迭亞小姐，奧爾梭說，別看不起一把王家的短刀吧。

在一個鑑賞家，代奧道爾王的遺物是比一個強大的君主的遺物珍貴得多。這誘力是很強的，李迭亞姑娘已經能夠想像見這武器放在她的聖傑麥斯場的房間的一張漆桌子上時所發生的效力了。

——可是，她帶着要收納禮物的人的那種躊躇態度拿起了那把短刀，又向高龍芭露出了她的最可愛的微笑說，親愛的高龍芭小姐……我不能，……我不敢讓你這樣沒有武器防身地回去。

——我哥哥和我在一起呢，高龍芭用一種驕傲的口氣說，而且我們還有你尊大人賜給的那桿好鎗。奧爾梭，你已把它裝了子彈嗎？

李迭亞姑娘收下了那把短刀。那裏是有這樣的一種迷信的，就是把砍人或是刺人的武器「送」朋友自己是會碰到危險的。為避免這種危險起見高龍芭討了一個銅子作代價。(43)

終於到了出發的時候了。奧爾梭又握了一次奈維爾姑娘的手；高龍芭吻着她，接着又把自己的櫻唇送給那位對於高爾斯的禮節甚為驚奇的上校去。李迭亞姑娘從客廳的窗口目送着那兩兄妹騎馬而去。高龍芭的眼睛裏閃着那一種她至今還沒有注意到的邪惡的歡樂這個高大而有力的女子堅信着野蠻的名譽心，額上現着驕氣，彎彎的嘴唇上浮着一片冷笑，好像去作一次凶險的遠征似地帶領着那個武裝的青年揚長而去。一見她那種樣子，使李迭亞姑娘想起了奧爾梭的擔心，她好像已經看見他的惡神在牽引着他向滅亡而去了。那已經上了馬的奧爾梭擡起頭來看見了她。或許是他看出了她的心事，或許是想對她作最後一次的告別，他拿起了他繫在一條繩上的那個埃及的指環，放到他的嘴唇邊去。李迭亞姑娘紅着臉離開了窗口；接着又即刻回到窗邊，她看見那兩個高爾斯人馳着他們的矮小精悍的馬很快地向山間跑去。半個鐘頭之後，上校用他的望遠鏡把那沿着港底馳着的他們指點給她看，她看見奧爾梭不時地向城這一面回過頭來。最後奧爾梭的形影便在一個沼澤之間消逝了。那沼澤當時正植着許多樹秧。

李迭亞在鏡子裏望了一望自己，覺得臉色慘白了。

——那個青年人會怎樣地想像我？她說，而我又怎樣地想像他？而我又為什麼要想他？……一個旅行的相識者而已！……我到高爾斯來幹什麼的？……哦，我絕對不愛他……不愛，不愛；而且那又是不可能的事……而高龍芭……我做那一個 voceratrice 的嫂子！而且她還是佩着一把大短刀的！——那時她看見自己還握着代奧道爾王的短刀。她將它丟在梳粧臺上。——高龍芭到倫敦去，在阿爾美克(44)的廳裏跳舞！……天呀這樣的一頭「獅子」(45)啊；……或許她會大大地轟動呢……他是愛着我，那是不會錯的……他是一個被我打斷了冒險生涯的小說中的英雄……可是他真一定要替他父親用高爾斯式報仇嗎？……他是一種介於一個康拉特(46)和一個花花公子之間的人物……我使他變成了一個純粹的花花公子，一個穿高爾斯式衣裳的花花公子了！……

她投身在床上想睡，可是怎樣也睡不着；我也不打算再把她的獨白繼續寫下去了，在那獨白裏，她說了不止一百遍，代拉·雷比阿先生從來沒在她心上過現在也不在她心上，將來也決不會在她心上。

九

當時與爾梭和他的妹妹一同在馳騁着。起初，他們的馬進行得太快使他們不能交談；可是到了太峻險的山路使他們不得不慢慢地走的時候，他們便談了幾句關於他們剛別了的朋友的話。高龍芭興奮地講着奈維爾姑娘的美，講着她的金色的頭髮，講着她的溫雅的態度。接着她問那位上校實際上是否和表面看去一樣地有錢，李迭亞姑娘是不是獨養女。

——這倒是一個佳偶，她說。她的父親好像和你很要好……

接着看見奧爾梭沒有回答，她便繼續說下去：

——我們這一家以前也是很有錢的，現在也還是島裏最被人重視的一家。那些 Signori (47) 全是私生子。只有在「連長」世家裏有貴族的血統，而且，奧爾梭，你知道你又是從島裏最初的「連長」一脈傳下來的。你知道我們的家族是從山的那面(48)移來的，是內亂強迫我們遷徙到這邊來的。奧爾梭，如果我做了你，我就不躊躇了，我就向上校去請求娶他的女兒了……(奧爾梭聳着肩)。我會用她的嫁資去買法爾賽達樹林，和我們家下面的葡萄田；我會造一所漂亮的石屋，我又會把那古堡加高一層——在那個古堡上，在 bel Missere 亨利伯爵的時代，桑步古丘曾經殺死過很多的摩爾人。(49)

——高龍芭，你在說瘋話，奧爾梭一邊趕路一邊說。

——奧爾梭·安東，你是一個男子，你當然比一個女子更知道你應當怎樣做。可是我很想知道那個英國人有什麼理由可以反對這段婚姻。在英國也有「連長」嗎？……

在這樣談話着經過了一個不很短的途程之後，這兩兄妹到了一個離保加涅諾不遠的小村。在那裏，他們停下來在他們的一家世交家裏吃飯歇夜。他們受着那種高爾斯的款待；那種款待，除非你親自受到過你是不能辨出那種味兒來的。第二天，他們的主人（他是代拉・雷比阿夫人的教父）送了他們約十里路。

——你看見這些樹林和這些草莽嗎？他在要分別的時候對着奧爾梭說。一個「做了一件壞事」的人可以在這裏面安安逸逸地住十年，而不受到憲兵和巡兵的搜捕。這些樹林是和維沙伏拿森林相接的；如果一個人在保加涅諾或鄰近的地方有些朋友，那麼他便什麼也不會缺少了。你有着一桿好鎗，它一定開得很遠。哦呀！那樣大的徑口啊！用了它可以殺比野豬更厲害的東西呢。

奧爾梭冷談地回答說他的鎗是英國貨，可以把子彈打得很遠。他們便接了吻，各自上路。

我們的旅人已經離比愛特拉納拉沒有多少遠了，忽然在一條他們要穿過去的山峽間的小路上，他們看見了七八個拿着鎗的人，有的坐在石上，有的躺在草上，有的直立着，好像在偵察。他們的馬在離着不遠的地方吃草。高龍芭從她的一切高爾斯人出門必帶的大皮囊裏拿出了一個望遠鏡，把他們察看了一會。

——這是我們的人！她帶着一種快樂的神氣喊着。彼愛魯丘眞會辦事。

——什麼人？奧爾梭問。

——我們的牧人，她回答。前天下午我差比愛魯丘去召集了這些人來，叫他們伴送我們回家去。你是不能沒有扈從進比愛特拉納拉的，而且你應該知道巴里豈尼家是什麼事都幹得出來的。

——高龍芭，奧爾梭用一種嚴厲的口氣說，我已經幾次三番地不准你對我講巴里豈尼和你的沒有根據的懷疑了。我當然不會帶着這一羣游手好閑的人回家去讓人們當作笑柄的，我很不高興你沒有先通知我便把他們召集了來。

——哥哥，你已忘記了你的故鄉了。在你粗心忽略了的時候，保護你是我的責任。我做的事，是我所應該做的。

在這個時候，那些牧人已看見了他們，便騎上了馬飛奔過來迎接他們。

——奧爾梭·安東萬歲！一個強壯的白鬚的老人喊着——他是也不管這樣天熱，還披着一件比他的山羊皮更厚的連帽子一道的厚大氅。這簡直是他父親的寫照，祇是更高大更強健一點罷了。多麼漂亮的鎗啊！奧爾梭·安東，這一定會成爲我們談話的中心呢。

——奧爾梭・安東萬歲！牧人們都同聲高呼着。我們知道他終究會回來的！

——啊！奧爾梭・安東，一個膚色像磚石一樣紅的高個子說，如果你父親能在這裏歡迎你，他一定會非常快樂的！好人啊！如果你從前肯相信我，讓我去對付了優第斯，你現在就會見到你的兒子了……那個好人他却不會相信我；他現在會知道我是不錯的了。

——好！那老人說，優第斯所等待着的事什麼也不會少的。

——奧爾梭・安東萬歲！

於是十一二響鎗聲伴着這歡呼開了出來。

在這一羣一齊說着話，又爭先伸出手來握手的騎着馬的人們之間，那心裏十分生氣的奧爾梭，一時間竟說不出話來。最後，裝起當他申斥他的兵士和要把他們拘禁起來的時候的神氣，他說：

——我的朋友們，我感謝你們對我所表示的心情，我感謝你們對我父親所懷着的好感；可是我不願意任何人替我打主意。我知道我應該怎樣做。

——這話不錯，這話不錯！牧人們喊着。你很知道你可以信任我們的。

——是的，我信任你們：可是我現在一個人也用不到，沒有什麼危險恐嚇着我。回馬去管你們的羊吧。我認識比愛特拉納拉的路，我用不到領路人。

——一點也不要害怕，奧爾梭·安東，那老人說；「他們」今天是不敢露面的。雄貓回來的時候，耗子便躲進洞裏去了。

——白鬍鬚老頭子，你自己纔是雄貓！奧爾梭說。你叫什麼名字。

——什麼！奧爾梭·安東，你不認識我嗎？我從前是時常把你放在我身後騎着我那頭倔強的騾子的。你不認識保羅·格里福了嗎？我就是那一心一意替代拉·雷比阿家盡力的忠僕。老實說，等到你的那桿大鎗說話的時候，我的這桿像我一樣老的鎗是不會一聲也不響的。奧爾梭·安東，記住吧。

——好，好；可是，全給我走開去，讓我們趕路。

牧人們終於散了開去，很快地向村莊跑去了；可是他們時常在路上的高起的地方停下來好像是察看有沒有埋伏，而且他們還老是離開奧爾梭和他的妹妹不很遠，以便可以在必要的時候幫助他們。那老保羅·格里福對他的同伴們說：

——我懂得他！我懂得他！他不把他要做的事說出來，但是他却會做；他簡直是他父親的影子。好！儘管說你不懷恨任何人吧！你已向聖女拿加（50）發過誓了。好！我是看得那知事的皮一個錢也不值，不到一個月做皮囊都不中用了。

這樣地由這一隊偵察兵開着路，那代拉·雷比阿家的後裔進了他的村莊，向他的祖先諸「連長」的邸宅而去。那些長久沒有主腦的雷比阿黨的人，大羣地前來迎接他，而那些守中立地位的居民也都站在他們自己的門檻上看他經過。那些巴里豈尼黨的人都躲在家裏，從窗隙裏窺望着。

比愛特拉納拉村，像一切高爾斯的村子一樣，是建築得很不規則的；如果要看一條眞正的路，那是不得不到那由德·馬爾伯夫先生所建築的加爾吉斯去。（51）那些胡亂四散着一點也沒有排列的屋子，是佔據在一個小高原——或者不如說山脊——的頂上。在村子的中央，有一棵大檞樹，檞樹旁邊是一個花崗石的水槽；一條木管子把鄰近的泉水運到這水槽裏去。這個公用的水槽是代拉·雷比阿家和巴里豈尼家兩家出錢公造的；可是如果你拿這個來做這兩家人家從前的和睦的證據，那可就大錯了。從前，代拉·雷比阿上校捐了一筆錢給本地方的土地局，作建造一個水槽之用，那巴里豈尼律師聽到了這消息，也急忙捐出了一筆同樣的錢，比愛特拉納拉之所以有水，那全是由這場慷慨的競爭而來的。在櫧樹和泉水的周圍，有一片人們稱爲「廣場」的空地，晚上，閑空的人便都聚集在那邊。有時候人們在那裏玩紙牌，而在每年的謝肉節的時候，人們又在那裏跳舞。在廣場的兩端，有兩所並不很開闊但是很高的建築物，是用花崗石和葉紋石造成的。那便是代拉·雷比阿家和巴里豈尼家的對敵的「堡壘」。建築的樣式完全相同，高低也是一樣，你可以看出這兩家的對抗是永遠地堅持着，運命之神無論對那方面都不加以袒護。

把「堡壘」一辭的意義來解釋一下，或許是不爲無益吧。那是一種約四十尺高的方形的建築物。在別的地方，這種東西乾脆地就稱爲鴿籠罷了。狹窄的門離地有八尺來高，由一道很峻峭的階梯通上去。門上面是一扇窗，窗前有一種露臺之類的東西，它的下面是開着洞，好像是一個砲眼；如果有什麼不速之客跑來，上面的人便可以對付他，而自己却不會受到危險。在窗和門的中間，有兩個雕刻得很不精細的盾形紋章。一個從前是雕着熱那亞的十字徽的；可是現在却損壞了，只有古物研究者纔能辨認得出。在另一個盾形紋章上面，是雕刻着擁有這堡的家族的徽章。爲了使裝飾完全起見，你便得在那些盾形紋章上和窗框上加一些彈痕吧，於是你便可以想像出高爾斯中世紀的一所邸宅了。我忘記說住宅是靠着堡壘的而且常常由一條屋內的通路和它接連的。

代拉·雷比阿家的堡壘和住宅是在比愛特拉納拉廣場的北面；巴里豊尼家的堡壘和住宅是在南面。從北面的堡壘到那泉水爲止，是代拉·雷比阿家的散步場，巴里豊尼家的散步場是在對面。自從上校的妻子落葬以來，兩家由於一種默契彼此不相往來，從沒有一個人要到反對的廣場上去顯頭露面的。爲了免得繞路起見，奧爾梭正要打從市長的家前走過去，可是他的妹妹却阻止住他要他走一條不穿過廣場而通到他們家裏的小路。

——爲什麼要繞路走呢？奧爾梭說；那廣場難道不是公有的嗎？他便催馬前進。

——勇敢的心啊！高龍芭暗暗地說……父親啊，你的仇可以報復了！

在到了廣場的時候，高龍芭置身於巴里豊尼家的屋子和她的哥哥之間，而她的眼睛又老是注視着她的仇家的窗戶。她注意到那些窗戶最近已設了障礙物，而人們又在那裏搭了archere。

那所謂archere者，便是那裝在掩住了窗戶的下層的大木段之間的，作鎗眼形的狹窄的孔。

當人們怕人攻襲的時候，便這樣地設着障礙物，他們又可以在木段的掩護之下安全地向攻襲的人開鎗。

——懦夫！高龍芭說。瞧吧，哥哥，他們已經防禦起來了；他們設着障礙物！可是他們總有一天要出來的！

奧爾梭的在廣場的南面的露面，在比愛特拉納拉起了一個大轟動，又被視爲是一種近於大膽的勇敢。對於這天傍晚聚集在櫧樹之下的中立的人們，這是一篇註解不清楚的文章。

——幸虧巴里豈尼的兩個兒子還沒有回來，他們說，因爲他們沒有像那律師那樣地肯容忍，而且他們一定不會讓他們的仇人經過他們的土地而不把他的作威收拾一下的。

——鄰舍，記住我要對你說的話吧，一個老人（他是村子上的預言者）說，我觀察過高龍芭今天的臉色，她的頭腦裏有點主意了。我在空氣裏已聞到火藥的味兒。不久，在比愛特拉納拉的肉店裏將有便宜肉出賣了。

十

奧爾梭在年紀很輕的時候就離開了他的父親，所以他幾乎竟沒有機會和他父親相識。他在十五歲的時候便離開比愛特拉納拉到比斯去讀書在那裏當季爾富丘的大纛風靡全歐的時候，他進了軍官學校。在大陸上，奧爾梭難得看見他幾次，而只有在一千八百十五年，他被編入他父親的部下纔能常常見到。可是那位軍律嚴明的上校却把自己的兒子和其他的青年中尉一樣看待，換一句話說，就是對他很嚴厲。奧爾梭所保留着的對於他的記憶，是有兩種。他想起了在比愛特拉納拉的時候，他的父親打獵回來，把劍托付他，又讓他卸出了鎗彈，或是叫他這小孩第一次坐到一家的食桌上去。接着他又想起了這位代拉·雷比阿上校，爲了一點小錯就把他監禁起來，而且永遠只稱他爲代拉·雷比阿中尉：

——代拉·雷比阿中尉，你站的地位不對，三天監禁。——你的哨隊離本隊遠在五米突以外，五天監禁。——你在正午零五分的時候還戴着小帽，八天監禁。

只有一次，在四臂村之役（52）的時候，上校對他說：

——很好，奧爾梭，可是還要機警些。

然而這些却並不是比愛特拉納拉使他引起來的回憶。他的童年的舊游地的光景，他親愛的母親所用的傢具在他的心頭鈎起了無限的溫柔而難堪的情感；接着，那爲他準備着的幽淒的將來，那他的妹妹所引起他的茫茫的不安，那奈維爾姑娘將到這在他現在看來是那麼小，那麼鄙陋，那麼和慣於豪華的女子不相稱的他的家裏來的思想，和那她或許會因而引起的蔑視，這些思想在他的腦袋裏轉成了一個混沌，而使他引起了一種深深的失望。

他在一張黝黑的橡木大圈椅上——他的父親從前就是坐在這首位上和家人共食的——坐下來吃晚飯，看見高龍芭躊躇着來和他同席，使他微笑了。他對於她在吃晚飯時的守着沉默和飯後的立刻引退深爲滿意，因爲他覺得心中十分感動，難以抵抗那她無疑地爲他預備着的攻擊了；可是高龍芭却不去觸動他的感情，想讓他恢復原狀。他把頭托在手裏，長久地一動也不動，心頭回想着最近半個月來的情景。他想到每一個人都等着看他對巴里昰尼的舉動的那種期待不禁爲之悚然。他已經覺得比愛特拉納拉的輿論，在他已漸漸成爲公論了。爲要免得被人當作懦夫，他必須要復仇。可是在誰身上復仇呢？他不能相信巴里昰尼家是殺人犯。果然，他們是他一家的仇人，可是只有他的同鄉人底粗蠢的偏見纔會把那暗殺之罪歸到他們身上去。有時他想着奈維爾姑娘的護身符，便低聲唸着它的標語：『人生是鬪爭！』最後他用一種堅決的口氣對自己說：『我要從那裏凱旋而回！』這樣想着，他便站了起來，拿着燈預備到樓上自己的房間裏去了，可是忽然聽到有打門的聲音。這時並不是會客的時候。高龍芭立刻出來了，後面跟着一個女僕。

——沒有什麼，她跑到門邊去的時候這樣說。

可是在開門之前，她先問打門的人是誰。一個輕輕的聲音回答：

——是我。

橫在門上的門閂除下了，於是高龍芭文在飯廳裏現身出來，後面跟着一個十歲左右的女孩子，赤着腳，穿着襤褸的衣衫，頭上包着一塊破爛的包頭布，像烏鴉的翼翅似的長長的黑髮，從那包頭布下露了出來。那孩子是很瘦，她底臉色是發青的，她底皮膚是被太陽曬焦了；可是她的眼睛裏却閃耀着聰明的火焰。一看見奧爾梭，她便怯生生地站住了，用鄉下人的方式向他行了一個禮；接着他便去對高龍芭談話，並且把一隻新打死的山鳩交給了高龍芭：

——多謝，豈里，高龍芭說，謝謝你的叔叔。他身體好嗎？

——很好，小姐，托福托福。因爲他到得很遲，所以我不能早點來。我在草莽裏等了他三點鐘。

——你沒有吃過晚飯嗎？

——哎！沒有，小姐，我沒有功夫哪。

——我們開飯給你吃吧。你的叔叔還有麵包嗎？

——不多了，小姐；可是他尤其缺少的是火藥。現在有栗子可吃了，他只需要火藥。

——我要拿一個麵包和一些火藥交給你拿去送他。對他說火藥很貴，要用得省一點。

——高龍芭，奧爾梭用法國話說，你在施給誰啊！

——本村的一個窮強盜，高龍芭也用法國話回答。這女孩子是他的姪女。

——我覺得你的這種施捨可以用在較好一點的地方。為什麼要把火藥去送給一個無賴呢！他會用了它去犯罪的。這裏如果大家對於強盜沒有那種可歎的愚劣的慈善行為，在高爾斯許早就沒有他們的蹤跡了。

——我們本鄉最壞的人，並不是那些落草(63)的人。

——你想給的話頂好給麵包他吃，那是誰也不能反對的；但是我不贊成你供給他們的軍火。

——哥哥，高龍芭嚴重地說你是這裏的主人，這屋子裏的東西全是你的；可是我要預先告訴你，你要我不拿火藥給一個强盜，我寧可把我的披巾送給這個女孩子去賣錢，不給他火藥！那還不如把他送交巡捕吧。他除了用他的子彈之外，用什麼來自衞呢？

這時候那個女孩子正在大嚼麵包，又輪流地留意地望着高龍芭和她的哥哥，想從他們的眼色裏看出他們所說的話的意義來。

——那麼，你所說的那個强盜究竟鬧了什麼事？爲的犯了什麼罪他纔落草的？

——勃朗多拉丘絕對沒有犯罪，高龍芭喊着。他殺了那個在他當兵的時候暗殺了他的父親的約房・奧比索。

奧爾梭掉轉頭去拿起了燈，一句話也不回答，一直上樓到房間裏去了。那時高龍芭便拿火藥和食物給了那女孩，一直送她到門口，再三叮囑她說：

——請你的叔叔特別要照顧着奧爾梭！

十一

奧爾梭睡了許多時候纔睡熟，因此第二天醒得很遲——至少在一個高爾斯人是很遲了。剛起身最初撲到他眼簾裏來的是他的仇人的房屋和他們的新搭起的 archere。他走下樓去找他的妹妹。

——她在廚下熔鑄彈丸，女僕莎凡麗亞這樣回答她。這樣，他走一步，戰爭的影像就追他一步。

他看見高龍芭坐在一張凳子上，四面都是新鑄成的彈丸，她在削掉彈丸的鉛屑。

——你在那兒幹什麼鳥事？她的哥哥問她。

——你沒有子彈去裝上校的鎗了，她柔聲地回答；我找到了一個相當的彈丸模型，你今天便可以有八十粒子彈了，哥哥。

——多謝你，我用不着！

——不要臨渴掘井，奧爾梭·安東。你已忘記了你的家鄉和你周圍的人們了。

——我一忘記你便立刻提醒了我。啊，告訴我，幾天之前有一隻大箱子送到嗎？

——有的，哥哥，我把它搬到你樓上的房間裏去，好嗎？

——你搬上去可是你那有氣力搬得動它……這裏難道沒有做這事的人嗎？

——我並不像你所想像那樣地不中用，高龍芭說着便捲起了袖子，露出一雙長得很完好的，但好像力頗不弱的，潔白的圓圓的臂膊來。來吧，涉凡麗亞，她對那女僕說，來幫我。

在奧爾棱急忙去幫她的時候，她已經獨自個把那隻笨重的箱子舉起來了。

——在這隻箱子裏，我的好高龍芭，他說，有點給你的東西在着你會怪我送你這樣輕的禮，但是一個休職的中尉的錢囊是不很充足的。

說着這話的時候，他打開了箱子，從那裏取出了幾件衫子，一條肩巾，和少女用的一些別的東西。

——多麼美麗的東西！高龍芭喊着。我要馬上把它們收起來，怕會弄髒了。我要把它們留着在我結婚的時候用，她帶着一種悲哀的微笑補一句話，因爲現在我穿着喪服。

於是她吻着她的哥哥的手。

——妹妹啊，穿喪服穿得那麼長久便近於矯作了。

——我已發了誓，高龍芭堅決地說。我不會除了喪服……

她說完便從窗口望着巴里昰尼家的屋子。

——除非等到你結婚的日子嗎？奧爾梭想要她不說下去，便這樣地說着。

——我不會和人結婚，高龍芭說，除非那人做了三件事……

她老是淒愴地望着仇人的屋子。

——高龍芭，像你這樣漂亮的姑娘，我眞奇怪你還沒有結婚哪。噲，對我講講誰在向你求愛吧。此外我還要聽聽他們的夜曲。爲要取悅於一個像你那樣的偉大 Voceratrice，那些夜曲一定是很好聽的吧。

——誰會要一個可憐的孤兒呢？……而且那使我除了喪服的人，將使那面的婦女們穿上喪服呢。

『這簡直是病狂了，』奧爾梭暗想着。

但是他一句話也不回答，免得惹起爭執。

——哥哥，高龍芭用一種阿諛的口氣說，我也有點東西送你。你所穿着的衣服在本鄉是太美麗了。如果你穿着你的漂亮的禮服到草莽裏去，不到兩三天就會弄成破碎不堪了。你應該把它藏着，等奈維爾姑娘來的時候穿。

接着，她便打開衣櫥取出了一套獵裝。

——我給你做了一件天鵝絨的上衣，這裏是一頂便帽本地的漂亮少年就是戴這種帽子的；我爲你繡成已很久了。你試一下好嗎？

於是她便給他穿上了一件在背後有一個極大的袋子的，綠天鵝絨的寬大的上衣。她把一頂用黑玉黑絲繡成的，頂上結着一個纓絡的黑天鵝絨的尖帽子戴在他頭上。

——這裏是你的父親底子彈腰帶，她說，他的刺刀是在你的上衣的袋裏。我要給你去找了手鎗來。

——我的神氣眞像是一個昂比居——高米克劇場(54)裏的强盜，奧爾梭照着莎凡麗亞遞給他的那面小鏡子說。

——你這樣裝扮眞漂亮極了，奧爾梭·安東那個老女僕說，就是保加湼諾或是巴斯代里加地方的最漂亮的帶尖帽子的人，也不會比你再漂亮的了！

奧爾梭穿着他的新衣裳進早餐，在吃着的時候，他對他的妹妹說他的箱子裏還有一批書籍;對她說他還想到法蘭西和意大利去弄一些來,並且還對她說要她在書上多用點功。

——高龍芭,他補說下去因爲像你那樣大的女孩子還不知道那在大陸上的孩子們一脫離保姆就學習的事物,是很可羞的。

——你的話是不錯的,哥哥,高龍芭說;我很知道我缺少的是什麼,我只想讀點書,尤其是如果你肯教我,那是再好也沒有了。

高龍芭好幾天沒有提起巴里豈尼的名字。她老是小心侍候着他的哥哥,而且又時常和他談着奈維爾姑娘。奧爾梭教她讀法國和意國的作品,有時他驚奇着她底觀察之正確和有條理,有時他又驚奇着她對於最通俗的事物的毫無知識。

一天早晨,在吃過了早餐之後,高龍芭離開了房間一會兒,回來的時候,並不像平常一樣地帶着一本書和一些紙,却頭上披着一條披巾。她的神色是比平時更嚴肅。

——哥哥,她說,我請你和我一同出去一下。

——你要我陪你到那裏去?奧爾梭說着伸出臂膊去讓她挽。

——我用不到你的臂膊,哥哥,可是請你帶着你的鎗和你的子彈盒。男子漢出外是不可不帶武器的。

——不錯！應該照這樣辦。我們到那裏去呢？

高龍芭也不回答，把披巾纏在頭上，喚了守夜狗，便由她的哥哥伴着出去了。她大步離開了村莊，在打了一個暗號派出那隻狗（它好像是熟識這種暗號的）走在她的前面之後，她便走上了一條蜿蜒在葡萄蔓之間的凹路。那隻狗立刻曲曲折折地在葡萄蔓間跑起來，有時在這邊，有時在那邊，老是離開它的女主人五十步遠近，有時在路上停下來望着她搖尾巴，好像是很盡了它的偵察的職分。

——如果莫斯惜多吠起來，高龍芭說，哥哥，你便裝上你的鎗彈站着別動。

去村莊約半哩，經過了許多轉折，高龍芭突然在一個路拐角的地方停了下來。那裏有一個小小的金字塔形的樹枝堆，有些樹枝是綠的，有些是枯乾的，堆到三尺高的光景。樹枝堆頂上矗出了一個塗成黑色的木十字架。在高爾斯的許多區域中，特別是在山間的，有一個很古的習慣——這或許是和異教的迷信有關的，——就是過路人必須在暴死的人的死處，丟上一塊石頭或是一根樹枝。

在人們沒有忘了他的慘死的悠長的歲月之間，這種奇怪的獻物便一天一天地堆積上去。人們稱之爲某人的「堆，」某人的 mucchio。(55)

高龍芭在這樹枝堆前面站住了，折了一枝楊梅樹枝，加到那金字塔上去。

——奧爾梭，她說，我們的父親是死在這裏的。哥哥，爲他的靈魂禱告吧。

於是她跪了下來。奧爾梭也學着她的樣。在這時候，村裏的鐘聲慢慢地敲了起來，因爲在夜裏死了一個人。奧爾梭不禁愴然淚下。

幾分鐘之後，高龍芭站了起來。她的眼睛並沒有溼，但是她的臉色却異常緊張興奮。她用大姆指迅速地劃着十字——這是她的同鄉人慣常用來證明自己的嚴重的誓言的，——接着便牽着她的哥哥回到村莊去。他們都一聲不響地回到家裏。奧爾梭走進自己的房裏去。不久高龍芭也跟着進去，手裏拿着一個小匣子，將它放在桌上。她打開了這匣子拉出一件血痕斑斑的襯衫來。

——這就是你父親的襯衫，奧爾梭。

於是她就把那件襯衫丟在他膝上。

「——這就是打死他的彈丸」

她把兩粒上銹的彈丸放在那件襯衫上。

——奧爾梭，我的哥哥！她投到他懷裏又使勁抱住他喊着，奧爾梭，你一定要爲他報仇！

她差不多是發狂地吻着他，吻着彈丸和襯衫，然後走出房去，讓他的哥哥如醉如癡地坐在椅子上。

奧爾梭寂然不動地坐了一會，不敢把那些可怕的遺物拿開。最後，使了一個勁兒，他把它們重放進小匣裏去，然後跑到房間的那一端，投身在床上，把頭轉向牆壁，陷在枕頭裏，好像是避免看見一個鬼魂似地。他的妹妹底最後的幾句話不停地在他的耳鼓裏響着，他好像聽到了一種向他要求流血，流無辜的血的，不可避免的定命的神諭。我並不想把這不幸的青年人底像瘋人頭腦裏所感到的同樣紛亂的感覺描摹出來。他一點不移動地躺了很長久，頭也不敢轉一轉。最後他站了起來，關上了小匣，急急忙忙的走出屋子去，漫野地奔跑着，也不知道自己向那裏去。

新鮮空氣漸漸地舒了他的胸襟；他已鎭定下去，在冷靜地考驗自己的地位和解脫的方法了。諸君是已經知道了，他絕不懷疑巴里豈尼家的人是殺人犯，但是他恨他們不該贋造了那强盜阿高斯諦尼底信；而他父親的暴死，他覺得至少也是這封信而來的。他覺得告他們贋造者之罪是不可能的。時常，當他的故鄉底偏見和本能來侵襲他，而暗示他一種在小徑的拐角上的容易的復仇的時候，他總是想着他的軍隊中的伴侶，巴黎的客廳，特別是奈維爾姑娘，來憎惡地把那種偏見和本能驅遣了。接着他想到了他的妹妹的責備，而那在他身上保留着的高爾斯人底性格，便證明了那種責備的正當，又使那種責備成為更厲害的了。在這良心和偏見的爭鬭中，他所留着的惟一的希望，就是假借某一個名義，和那律師的一個兒子惹起了口角，然後和他決鬭。用彈丸殺死他或是用劍刺死他的念頭，調停了他的高爾斯的和法蘭西的觀念。打定了這個主意，想着執行的方法，他覺得自己已鬆了一個重負了，可是忽然有一些更平和的思想，也來幫着靜定他的狂熱的騷亂。因自己的女兒都麗亞之死而失望的西塞羅，(56)在想着他可以對這事而說的一切漂亮的話而忘記了他的沉哀。宣第先生(57)在演說着喪子的時候，得到了喪子的慰藉。奧爾梭在想到他可以對奈維爾姑娘描摹出一幅他的心境的圖畫，一幅能有力地使那個美人感到興趣的圖畫的時候，他的熱血便清涼下去了。

他走近村莊（他是不知不覺地離開村莊很遠了的）的時候，忽然聽到了一個小姑娘底歌聲。她是無疑地以爲旁邊沒有人，所以在一條靠近草莽的小徑裏唱着歌」這是一個作換歌用的舒緩而單調的曲子，那女孩子這樣地唱着「留着我的十字勳章和我的血衫——給我的兒子，給我在他鄉的兒子看……』

——小姑娘，你在唱什麼？奧爾梭突然現身出來，怒氣衝衝地說。

——原來是你，奧爾梭·安東！那個有點吃驚的女孩子說。這是一支高龍芭小姐的歌……

——我不准你唱，奧爾梭用一種可怖的聲音說。

那女孩左顧右望着，好像在找一個避身的地方，而且，如果她能捨得下她脚邊草地上的那個大包裹，她一定早已逃走了。

奧爾梭對於自己的粗暴很抱愧。

——我的孩子，你帶着的是什麼？他儘可能柔和地問她。

因爲豈里娜躊躇不答，他便提起那纏着包裹的麻布來看見裏面有一個麵包和一些其他的食品。

——好乖乖，你把這麵包帶給誰去？他問着她。

——你是很知道的，先生！帶給我的叔叔去。

——你的叔叔不是强盜嗎？

——奧爾梭·安東先生，聽你使喚。

——如果憲兵碰到了你，他們會問你到那裏去……

——我會對他們說，那女孩子毫不躊躇地回答，我送飯去給那些斬除草莽的盧加（58）人吃。

——那麼如果你碰到了要靠你吃飯的餓肚子的獵人，而把你的糧食拿了去呢？……

——他不敢。我會對他說這是送給我的叔叔那兒去的。

——好，可是他決不是那種受騙而放過了自己的食物的人……你的叔叔愛你嗎？

——哦！愛我的，奧爾梭·安東。自從我的爸爸死了以後，他便來照顧我們一家，照顧我的母親，照顧我和我的小妹妹。在我的媽媽未生病以前，他常薦她到有錢的人家去做事。自從我的叔叔去說過之後，市長每年送我一件衣裳，敎士也把敎理問答講給我聽又敎我讀。可是特別待我們好的是你的妹妹。

在這個時候，一隻狗在小徑上出現了，那個小姑娘把兩隻手指放在脣邊，作了一聲尖銳的口哨：那隻狗便立刻跑到她身邊來，向她搖尾乞憐，接着便突然鑽進草莽裏去。不久兩個衣衫襤褸，但是武裝整齊的人，從離奧爾梭沒幾步遠的樹叢後面站身起來。你簡直可以說他們是像蛇一樣地匍行着在那蔽着地的桃金孃和金雀花叢間走過來。

——哦！奧爾梭·安東，歡迎啊！兩人中年歲稍長的那個人說，什麼！你不認識我了嗎？

——不認識，奧爾梭仔細看着他說。

——眞奇怪，一片鬍子和一頂尖頂帽會把你變了一個人！嗆，我的中尉，仔細認一認吧。你難道忘記了滑鐵盧的故人了嗎？你難道不記得那在那不幸的日子，在你旁邊咬開許多子彈盒的（59）勃朗多·沙凡里了嗎？

——什麼！是你嗎？奧爾梭說。你在一千八百十六年私逃了！

——你說的很對，我的中尉。天啊，當兵眞麻煩，而且我在這裏有一筆賬要算。啊！啊！豈里，你眞是一個好女孩子。快點拿東西來給我們吃，因為我們餓了。在草莽裏胃口多麼大，我的中尉，你是想像不出的。這是誰送來給我們的，是高龍芭小姐還是市長？

——不是，叔叔，這是磨坊主人的女人叫我送給你的，她還送一條被給媽媽。

——她要我做什麼事？

——她說她雇來開拓草莽的盧加人，現在要她三十五個蘇，還要栗子，說是因為在比愛特拉納拉的南部很炎熱。

——那些懶人！……我要給他們看看吧。——別客氣，我的中尉，你也來吃一點嗎？在我們的可憐的同鄉人(60)被罷黜的時候，我們是吃過最壞的飯的啊。

——多謝。——我也被罷黜了啊。

——是啊，我聽說這樣；可是我可以賭咒說你不會因此而不高興。你也有你的賬要算啊。——嗆「教士，」那强盜對他的伙伴說，吃吧！奧爾梭先生，我來給你介紹「教士」先生。我不很知道他是不是教士，可是他却有教士的學問。

——一個被人妨礙去盡天職的可憐的神學的學生，先生，那第二個强盜說。誰知道？不然我可以做主教呢，勃朗多拉丘。

——那麼你究竟為了什麼原因被從教會捻出來的？奧爾梭問。

——一點小事情就是我的朋友勃朗多拉丘所謂一筆要算的賬。當我在比斯大學裏頭讀書的時候，我的一個妹妹跟人鬧起戀愛來。我必需回鄉來給她出嫁。可是她的未婚夫，他太着急了，在我到家的前三天就害熱病死了。於是我便去找死者的哥哥——如果你處了我的地位，你也一定會這樣辦的。他們對我說他已經結婚了。怎麼辦呢？

——這實在是件麻煩的事。你怎樣辦呢？

——這情形便不得不請鎗機燧石幫忙了。

——換一句話說，就是……

——我在他頭裏打了一粒子彈進去，那强盜若無其事地說。

奧爾梭吃了一驚，然而，那好奇心，以及或許是他的延長歸家的時間的願望，都使他逗留在那裏，和那兩個在頭腦裏至少也有一件暗殺事件的人們，繼續談着話。

勃朗多拉丘在自己伙伴談着話的時候，把麵包和肉放在面前；他自己吃着，接着又分給他的狗吃。他把那隻狗介紹給奧爾梭，說它名叫勃魯斯哥，是有辨識巡兵的驚人的天賦的，隨便那巡兵怎樣改裝，它也認得出來。最後他切了一塊麪包和一片燻火腿給他的姪女。

——強盜底生活是有趣的生活啊！那個神學的大學生在吃了幾口後喊着。代拉·雷比阿先生，你將來或許來試試吧，那時你便會覺得無拘無束是多麼有味兒了。

一直到那時，那個強盜都是用意大利語談着話的；這時他用法國話說下去了：

——在一個青年人看來，高爾斯並不是一個很有趣的地方；可是在一個強盜看來呢，那就有多麼大的分別啊！女人們爲我們發着狂。你瞧像我這樣的人，我都有三個情婦在三個不同的村子裏。我是到處在我自己的家裏。而且其中有一個竟是一個憲兵的女人。

——你方言懂得很多，先生，奧爾梭莊重地說。

——我之所以要說法國話者，你瞧，便因爲 maxima debetur pueris reverentia (61) 勃朗多拉丘和我，我們都願意使這小女孩子學得好好的。

——等她到了十五歲，豈里娜的叔叔說，我要把她好好地嫁出去。我已經看中一個人了。

——你去求婚吧？奧爾梭說。

——當然囉。你以爲我如果對一個本地的有錢人說：『鄙人勃朗多·沙凡里，如得令郎娶米謝琳娜·沙凡里爲妻，則不勝榮幸』的時候，他會叫我求之再三纔允許嗎？

——我不勸他這樣做，另一個強盜說。他的手段有點不高明。

——如果我是流氓，勃朗多拉丘繼續說下去，一個混蛋，一個造假東西的，我只要打開我的背囊來，五蘇的錢便會雨也似地滾進去了。

——那麽在你的背囊裏，奧爾梭說，有什麽吸引他們的東西嗎？

——一點也沒有；可是如果我像有人幹過的一樣寫一封信給一個有錢的人：『我要一百個法郎，』他們便會急忙地送來給我。可是我是一個規矩的人啊，我的中尉。

——你知不知道，代拉·雷比阿先生，那個被自己的伙伴稱爲敎士的強盜說，你知不知道在這人情單純的地方，却有幾個混蛋，利用着人們因我們的護照（他指點着他的鎗）而對我們所起的敬意，來假造我們的筆跡而騙取付欵單嗎？

——我知道，奧爾梭急急地說。可是什麽付欵單呢？

——六個月之前，那強盜繼續說下去；我在奧萊沙附近散步，忽然有一個大傻瓜遠遠地向我脫帽，走過來對我說：『啊！敎士先生（他們老是這樣稱呼着我），對你不起，請你寬限我一些時候吧；我只能找到五十五個法郎；可是，眞的，我所能弄到的一共只有這些。

我十分驚奇：

——你說些什麼，傻瓜！五十五個法郎？我對他說。——我的意思是說六十五個，他回答我；可是你要我一百個，那是無論如何也沒有辦法。——怎樣，混蛋！我向你要一百個法郎！我認也不認識你，』——於是他拿出一封信，或者不如說是一片骯髒的破紙，交了給我，信上說請他在指定的地點上放一百個法郎，否則喬岡多·加斯特里高尼——這便是我的名字——便要燒掉他的房屋，殺掉他的牛。他假造我的簽名，眞可惡極了！而那尤其使我可恨的，就是那封信是用土話寫的，滿是文法上的錯誤……我這得過大學的一切的獎的人，我會犯文法上的錯誤！我先打了我的那個傻子一個嘴巴，打得他團團地轉。——『啊！你當我是一個賊，你這混蛋！』我這樣對他說，我便又狠狠地在他某部份踢了一腳。氣稍稍平了一點的時候，我對他說：『——你什麼時候帶了錢到那個指定的地方去？——就是今天。——好吧！帶了錢去。』——那是在一棵松樹下，地點是說得很仔細。他帶着錢去，把它埋在樹腳下，然後回來找我，我便在附近埋伏着，我和我那個傢伙在那兒十十足足地等了六個鐘頭。代拉·雷比阿先生，就是要等三天我也會等。六個鐘頭之後，一個巴斯諦阿小子(62)出現了，是一個可惡的放印子錢的人，他彎身下去取錢，我開出鎗去，我描得那麼準，使他倒下去的時候，他的頭恰巧落在他所掘起來的錢上『現在傻子我對那個鄉下人說，拿回你的錢去吧，再不要亂疑心喬岡多·加斯特里高尼有這種卑鄙行爲吧。』那個可憐蟲混身發着抖拾起了他的六十五個法郎，揩也不揩一揩，他向我道謝，我便請他吃了一脚作爲告別，他便飛奔而去了。

——啊！教士，勃朗多拉丘說，我羨慕你這一鎗。你一定痛快地大笑過一場吧？

——我正打中了那個巴斯蒂阿小子的鬢角，那强盜繼續說下去，這使我記起維吉爾底這詩句：

……Liquefacto tempora plumbo

Diffidit, ac multa porrectum extendit arenâ.（63）

Liquefacto！奥爾梭先生，你想一個鉛彈在空中飛馳過去的速度，會使鉛彈熔化了嗎？你是研究過彈道學的，你應該對我講，這是一個錯誤呢還是一件事實？

奥爾梭與其和這位學士辯論他的行爲的道德問題，寧可歡喜和他討論那個物理問題。那個對於科學的論辯毫不感到興趣的勃朗多拉丘，打斷了他們的論辯，說太陽快下山了：

——既然你不肯和我們一塊兒吃飯，奧爾棱·安東，他對他說，那麼我勸你不要再使高龍芭小姐老姐着吧。而且在日落之後，走路總是不方便的。爲什麼你不帶着鎗出門？附近有歹人；當心着他們。今天你用不到擠心；巴里豈尼家人把知事迎在家裏；他們在路上碰到了他，於是他便要先在比愛特拉納拉住一天，然後到高爾特去下所謂基石……一件混蛋的事！今天晚上他睡在巴里豈尼家裏；可是明天他們却有空了。那個文山德羅，是一個壞蛋，還有那奧爾朗杜丘，也不是好東西……設法分別地去找他們，今天這一個，明天那一個；可是你須得謹防着，我的話盡於此矣。

——多謝你指敎，奧爾棱說；可是我們之間並沒有什麼糾葛；除非他們來找到我，我沒有什麼話要對他們講。

那強盜把自己的舌頭貼着內頰，諷刺地發出一個聲音來，但是他並不回答。奧爾棱站起來想走了：

——對啦，勃朗多拉丘說，我還沒有謝謝你的火藥；它來得正在我得用的時候。現在我什麼也不缺少了……可是我還少一雙鞋子，……但是這幾天裏我要用羚羊皮來做一雙。

奧爾梭拿了兩個五法郎的錢輕輕去放在那强盜的手裏。

——送你火藥的是高龍芭；這點是給你買鞋子的。

——別胡鬧啦，我的中尉，勃朗多拉丘喊着把錢還了他。你當我是一個化子了嗎？麵包和火藥我是收的，可是別的東西我却什麼也不要。

——我們都是老兵，我想我們是可以互相幫忙的。好吧，再見！

可是，在出發之前他不讓那强盜覺得，偷偷地把錢放在他的背囊裏。

——再見吧，奧爾梭·安東！那神學家說。這幾天裏我們或許可以在草莽裏見面，那時我們再繼續我們的維吉爾研究吧。

奧爾梭別了他的出色的伴侶一刻鐘之後，忽然聽見有人在自己的後面拼命地跑上來。那是勃朗多拉丘。

——這眞太難了，我的中尉，他氣也喘不過來地喊着，眞太難了！這裏是你的十法郎。如果別人這樣做，我是一定不會寬放過這種惡作劇的。高龍芭小姐那兒請多多致意。你害我氣也喘不過來了！晚安。

十二

奥爾棱發見高龍芭對於自己的久久不返很爲擔心；可是看見了他的時候，她便恢復了她的悲哀的平靜狀態——這是她平時的表情。在晚飯的時候，他們只談着些無關緊要的話，而那被自己妹妹的平靜的神氣所鼓起了勇氣的奥爾棱，便對她講他和那兩個强盜會面的經過，而且甚至還對於那小豈里娜由她的叔叔及其出色的同僚加斯特里高尼君那裏所受的，道德的和宗教的教育，放膽地開了幾句玩笑。

——勃朗多拉丘是一個規矩人，高龍芭說，可是那加斯特里高尼呢，我聽說是一個荒唐的人。

——我想來，奥爾棱說，他是像勃郎多拉丘一樣有價値，而勃郎多拉丘也像他一樣有價値。他們兩人都對社會公開挑戰着。第一次的犯罪每天地把他們牽到別的罪犯；然而他們或許是並不和那些許多不住在草莽裏的人們同樣地有罪。

他的妹妹的額上顯出了一道快樂的光。

——是呀，奧爾梭說下去；這些壞傢伙也有着他們自己的道義。那把他們驅到這種生活裏去的，不是一種卑劣的天性，而是一種殘酷的偏見。

靜沉了一會兒。

——哥哥，高龍芭在爲他掛着咖啡的時候說，你恐怕已知道夏爾－巴諦斯特·比愛特里已在昨夜死了吧？是呀，他是害沼澤的熱病死的。

——那比愛特里是誰？

——是一個本村人，那個從我們垂死的父親手上接了文書夾的瑪德蘭的丈夫。他的寡婦來請我參加她的守屍禮，還要我唱一點什麼。你也應得去。他們是我們的鄰人，而且在像我們這裏這樣小的地方，這種禮節是不能免的。

——這種守屍禮給我算了吧，高龍芭，我不願看見我的妹妹在羣衆中出頭露面。

——奧爾梭，高龍芭回答，每個地方都照自己的方式禮敬他的死者。ballata 是我們的祖先遺傳給我們的，我們應得把它當古禮尊敬。馬德蘭沒有這種「天賦，」而那本地最好的 voceratrice 老婁奧爾提絲比娜又病了。一定要有一個人去唱 ballata。

——你以爲如果沒有人在夏爾-巴諦斯特靈前唱着壞的歌，他便不能在黃泉之下找出自己的路來嗎？高龍芭，你要去便去吧；如果你以爲我是應該和你同去的，那麼我便和你同去吧，可是不要即席吟歌；那是和你的年紀不相宜的，而且……我的妹妹，我請你不要這樣。

——哥哥，我答應別人了。這是本地的習慣，你是知道的，而且，我再對你說一遍，即席吟歌的只有我。

——傻習慣！

——這樣唱很使我痛苦。這使我引起了我們一切的不幸。明天我會因此而生病；但是我却應該這樣，哥哥，請你允許了我吧。你想一想，在阿約修你是曾經叫我即興吟歌來取樂那位嘲笑我們的舊習慣的英國姑娘過的。現在我難道不能爲那些會感謝我，我會因而減輕悲痛的可憐的人們即席吟歌嗎？

——好，隨你怎樣辦吧。我賭咒說你已經做好了你的ballata，你不願意白白地丟了它。

——不，我不能預先做，我的哥哥。我站在死者的前面，我想着留存在世上的人，眼淚來到我眼裏，那時我便把那打到我的心頭的東西唱出來。

這些話全是那麼單純地說出來的，使人怎樣也不能懷疑高龍芭小姐是存着一點詩才的自負心。奧爾梭被說動了，便和他的妹妹一同到比愛特里家裏去。在屋子的一間最大的房裏，那死者是橫陳在一張桌上，臉兒露出着，沒有遮布。門和窗都開着，桌子的四周點着許多蠟燭。那寡婦站在死者的頭邊，在她後面，許許多多的婦女佔着房間的整整的一隅；另一隅是一排排的男子，直站着，除下了帽子，注視着屍身，深深地沉默着。每一個新來的客人都走到桌子邊，吻着死者，(64)向死者的寡婦和兒子點了一點頭，然後一句話也不說地退到人羣裏去。然而間或有一個弔客，對死者發了幾句話，破了這莊嚴的沉默。『你為什麼離開了你的好妻子呢？一個婆子說。她可不是小心服侍着你的嗎？你缺少什麼啊？你的媳婦會給你養一個孫子，你為什麼不再等一個月呀？』

一個高大的青年人，比愛特里的兒子，握着他父親的冰冷的手，喊着『哦！你為什麼不暴死啊？我們是會給你報仇的啊！』

這便是奧爾梭走進房間去的時候所聽到的第一句話。看見他進來，人們便讓出了一條路，一片好奇的低語聲，洩漏出了那被 vocératrice 的來臨所激起的來客們的期待之心。高龍芭吻着那個寡婦握住了她的一隻手，垂下了眼睛沉思了幾分鐘。接着她便把披肩向後一拋，定睛望着那死者，，於是彎身向着屍身，臉色靑得差不多和死者一樣，她便這樣地開始了：

『夏爾—巴諦斯特！願上帝收容了你的靈魂！——生活就是受苦。你到了一個地方——一個既沒有太陽又沒有寒冷的地方。——你已用不到你的鐮刀，——也用不到你的沉重的鋤頭。——你已不用勞動了。——從今以後你每天都是禮拜日了。——夏爾—巴諦斯特，願基督收容了你的靈魂！——你的兒子會治理你的家。——我曾經看見那橡樹——被西南風摧枯而倒落。——我以爲它已枯死了。——我再經過的時候，它的根——已抽出了新芽了。——那新芽變成一棵橡樹，——有着廣大的濃蔭。——在它的有力的枝葉下，瑪德蘭，你休息着吧，——你想着那已經沒有了的橡樹吧。』

這時候，瑪德蘭高聲嗚咽起來，兩三個有時會向基督教徒像向竹雞一樣若無其事地開鎗的男子，也拭着他們黑臉上的粗眼淚起來了。

高龍芭這樣地繼續唱了些時，有時向死者發言，有時向死者的家庭發言，有時照着那 ballata 裏常有的擬托法借托着死者說話來安慰他的朋友或是指教他們。在她信口歌吟着的時候，她的臉兒帶着一種卓絕的表情；她的臉色暈上了一重透明的薔薇色，把她的皎潔的牙齒和她的擴大了的光輝的瞳子格外襯托得鮮明了。這簡直是坐在三脚椅上的希臘的巫女。除了幾聲歎息，幾聲窒住的嗚咽外，在擠在她四周的羣衆中一點輕微的聲音都聽不到。奧爾樓雖則對於這種野蠻的詩比別人不容易受感觸一點，不久却也被一般的情緒所感動了。他躱到客廳的一個暗隅裏，像比愛特里的兒子一樣地哭泣着。

突然在聽衆中起了一種輕微的騷動：人圈子讓出了一條路，於是便有幾個陌生人走了進來了。從人們對他們所表示的敬意看去，從人們爲他們讓路的慇懃態度看去，他們顯然是重要的人物，他們的光降在這一家是很榮幸的。然而爲尊敬 ballata 起見，沒有人對他們說一句話。那第一個進來的人，看過去有五十歲光景。他的黑色的禮服，他的綴着玫瑰花形結的紅綬帶，他臉上所帶着的權貴和自負的神氣，先就使人猜出他是知事來。跟在他後面的是一個傴背的老人，帶着易怒的臉色，戴着一副藍眼鏡，但並未把他的膽怯而不安的目光好好地掩住。他穿着一件太太不合身的禮服。這件禮服雖則還很新，但顯然可以看出是許多年之前做的了。他老是走在知事的身旁，你簡直可以說他是想躲在知事的影子裏。最後，在他後面進來了兩個高大的青年人，臉兒是被太陽所曬黑了，頰兒是被密密的鬍子遮住了，目光是傲慢而驕矜，顯露着一種無禮的好奇心。奧爾梭早已把本村的人們的面相忘記了；可是一看見這戴藍眼鏡的老人，老舊的記憶便立刻在他心頭醒來了。他底跟着知事的到來，已足够使奧爾梭認出他來了。他便是巴里豈尼律師，比愛特拉納拉的市長。他帶着他的兩個兒子同來，讓那位知事看一看那所謂 ballata 者是什麼。在這時候，奧爾梭的心靈狀態是難以形容的；但是他的父親的仇人的來臨使他生了一種憎惡之心，他覺得自己傾向於那和他長久糾葛着的懷疑了。

至於高龍芭呢，當她看見了那個她所深惡痛絕的人的時候，她的易感的面相便立刻呈着一種凶色了。她的臉發青了；她的聲音變啞了，而那剛開始的詩句，也在她脣間中止了……可是她不久又開始了她的 ballata，她帶着一種新的奮激繼續唱下去：

「當那隻蒼鷹——在空巢前悲鳴，——掠鳥們在周圍飛翔，——侮辱着它的沉哀。」

這時人們聽到了一片忍住的笑聲；這無疑地是那兩個新來到的青年人覺得了這比喻的大膽，纔這樣地笑着的：

「那隻蒼鷹將醒來，它將展開它的翅翼，——它將在血裏洗它的嘴！——而你，夏爾·巴語斯特，——讓你的朋友們來向你作最後之告別。——他們的眼淚也流够了。——只有可憐的孤女不會哭你。——她爲什麼要哭你呢？——你是在你的家庭間——活够了而長眠，——預備好了——去見「全能」的。——那孤女却哭着她自己的父親，——他是爲懦怯的暗殺者所襲，——從後面被打死的；——她的流着赤血的父親，——現在是在青枝的堆下。——可是她已收起了他的血，——那尊貴而無辜的血；——她把血傾在比愛特拉納拉上，——使它成一種致命的毒物。——比愛特拉納拉會永遠留着印跡，——一直到那罪犯的血——拭去了無辜的血跡。」

唸完了這些詞兒，高龍芭便倒在一張椅上，她把披巾掩住了臉，於是人們便聽到她在嗚咽着了。那些流着眼淚的婦女們都擁擠在那即席歌人的周圍；許多男子都狠狠地向那市長和他的兒子望着；有幾個老人因他們的來臨而開始說起他們的醜事來。那死者的兒子在羣衆的擁擠中分開了一條路，想去請那市長趕快離開此地；可是那市長不等他來請，已走了出去，而他的兩個兒子也已經在路上了。那位知事向小比愛特里致了幾句弔慰之詞，便立刻跟着他們出去了。至於奧爾梭呢，他走到他妹妹的身旁，挽着她的臂，把她扶出客廳去。

——去伴送他們，小比愛特里對他的幾個朋友說。當心不要叫他們出了什麼事！

兩三個青年人急急地把短刀放在左手衣袖裏，把奧爾梭和他的妹妹一直伴送到他們的門口。

十三

氣盡力竭的高龍芭是一句話也說不出來了。她的頭是靠在她哥哥的肩上，她緊緊地握住了他的一隻手。奧爾梭雖則暗地裏不滿她的結句，但他竟連稍稍責備她幾句的勇氣都沒有。他正在靜靜地等待着那好像困住了她的神經的急變狀態停止，忽然門外有人敲門，莎凡麗亞驚惶失措地跑了進來通報：「知事先生！」聽到了這句話，高龍芭好像對於自己的不中用害羞似地，站了起來，倚身在一張椅子上。那張椅子在她的手下面顯然地顫動着。

那知事先說了一篇不速來訪的告罪的客套，安慰了高龍芭小姐，談着强烈的情感的危險，責斥着那 voceratrice 的天才益使來客難堪的哭靈的習慣；他巧妙地轉過來對於最近的這次即席吟歌的蓄意，輕微地責備了幾句。接着，換了一個口氣，他說：

代拉·雷比阿先生，你的英國朋友們托我向你道候奈維爾姑娘向令妹多多致意。我還爲她帶了一封信來給你。

——一封奈維爾姑娘寫的嗎？奧爾棱喊着。

——不幸我沒有帶在身邊，可是你五分鐘之後就可以拿到它。她父親曾經身體不適意過。我們一時覺以爲他害了我們的那種可怕的熱症。幸虧他現在已好了，這你可以親自觀察出來，因爲我想你不久就可以看見他了。

——奈維爾姑娘一定很擔憂吧？

——幸虧她只在危險過去了的時候纔知道危險。代拉·雷比阿先生，奈維爾姑娘對我不斷地談起你和令妹。

奧爾梭鞠躬作答。

——她和你們二位都很友善。她在風度翩翩的輕飄的外表下，藏着一種善良的意識。

——她是一個可愛的人，奧爾梭說。

——我差不多是爲了她的請求纔到這裏來的，先生。我知道一件不幸的故事比誰都淸楚一點，可是我很不願使你提起它來。旣然巴里豈尼先生還是比愛特拉納拉的市長而我是這區的知事，那麼我可以不必對你說，我對於某種懷疑是看得多少重大；這些懷疑，如果別人告訴我的沒有錯，那麼有些不謹愼的人們也早已告知你了，而這種懷疑，我想來，你必然已經在恚怒之下拋開了，因爲你的地位和你的性格都使我們相信你會這樣做的。

——高龍芭，奧爾梭在椅子上不安地動着說，你已很累了。你應該去睡了。

高龍芭搖頭否認。她已恢復了她的平常的平靜，燗燗地向知事望着。

——巴里豈尼先生，那知事繼續說下去，很希望消去這種嫌隙，……或是說在你們之間的那種疑惑狀態……在我呢，我是很歡喜看見你和他建立起一種互相尊敬的人們所有的友誼關係來的。……

——先生，奧爾梭帶着一種感動的聲音說，我從來沒有冤枉巴里豈尼暗殺我的父親過，可是他有一種行爲使我不得不和他斷絕往來。他假造了一封某一個强盜署名的恐嚇信……至少他暗暗地使人相信是家父寫的。這封信，先生，可能地是他的被殺的間接的原因。

那知事沉思了一會兒。

——尊大人脾氣急躁，相信是這樣，而抗訴他，那事是可以原諒的；可是在你呢，這種盲目的行爲是不可原諒的了。想一想吧，巴里豈尼假造這封信於自己是毫無好處的……我不來向你講他的性格，……你是不知道他的性格的，你已存了一種不滿他的偏見，……可是你不能假定一個懂得法律的人……

——可是，先生，奧爾梭站起身來說，請你想一想，在對我說那封信不是巴里豈尼先生假造的時候，那便是說那是我父親假造的了。他的名譽，先生，也就是我的名譽。

——代拉·雷比阿上校的名譽，先生，那知事接下去說，是沒有人不佩服的，尤其是鄙人……可是……寫那封信的人現在已查出了。

——是誰？高龍芭向知事走過去說。

——一個歹人，一個犯過許多案子的罪人，……這些罪案你們高爾斯人是決不饒恕的，是一個賊，一個現在關在巴斯諦阿牢裏的，名叫什麼多馬索・皮昂西的，他承認了他是寫這封不幸的信的人。

——我不知道這個人，奧爾梭說。他寫這封信的目的是什麼呢？

——他是一個本地人，高龍芭說，是我們從前管磨坊的人的兄弟。他是一個刁惡的說謊的人，我們不值得相信他。

——他這樣做的好處，知事說下去，你們就可以曉得了。令妹所說的那個管磨坊的人，——我想他名叫戴奧陀爾吧，——是尊大人的一個磨坊的租用人，那個磨坊是坐落在一條水流上，就是巴里豈尼先生和尊大人爭着主有權的那條水流上。尊大人是一向寬宏大量的，他並不靠自己的磨坊來賺什麼錢。那時多馬索以爲如果巴里豈尼先生得到了那條水流的主有權，則他一定要付他一大筆租錢，因爲大家知道巴里豈尼先生是很愛錢的。總而言之，爲要替自己的哥哥盡力，多馬索便假造了一封強盜的信，就是這麼一回事。你是知道的，在高爾斯家族關係是那麼地密切，有時竟會因而犯罪……請你看一看這封高等檢察官寫給我的信，這封信將對你證

實我剛纔所說的話，

奧爾梭看着那封詳細地寫着多馬索的供狀的信，而高龍芭也同時從她哥哥的肩後讀着它。

當她讀完了這封信的時候，她喊着：

——一月之前，當人們知道我哥哥快要回來的時候，奧爾朗杜丘·巴里豈尼到巴斯諦阿去了一趟。他一定見過多馬索，而從他那裏買了這篇謊話來。

——小姐，奧那知事不耐煩地說，你總從惡意的假說來解釋一切事情；這難道是闡明事實的方法嗎？你，先生，你是平心靜氣的；請你對我說，你現在是如何設想的？你是否也像令妹一樣，以爲一個罪並不很重的人會爲一個自己不認識的人賣力來擔當一個假造的罪名嗎？

奧爾梭把高等檢察官的信字字用心地再看了一遍；因爲自從他看見過那巴里豈尼律師以來，他覺得自己是比前幾天更不可輕信了。最後他不得不承認這種解釋在他看來是滿意的了。——可是高龍芭使勁地喊着：

——多馬索·皮昂西是一個刁滑的人。他不會被定罪的，否則他便會逃獄出來，我可以肯定地說的。

那知事聳着肩。

——先生，他說，我已把我所得到的消息告訴了你。現在我要告退，讓你自己去思索一下。我期待着你的理智使你淸楚了，我希望這理智克服了……令妹的假使。

奧梭爾在把高龍芭責備了幾句後，便又申說他現在相信多馬索是惟一的罪人了。

那知事站起來預備走了。

——如果天不是很晚，他說，我一定會請你和我同去拿奈維爾姑娘的信……趁此機會，你可以把你剛纔對我講的話對巴里豈尼先生講了，那就什麼事都沒有了。

——奧爾梭·代拉·雷比阿決不會踏進巴里豈尼家門去的！高龍芭猛烈地喊。

——小姐好像是一家的 tintinajo（65），那知事帶着一種嘲諷的神氣說。

——先生，高龍芭堅決地說，你受了別人的欺騙了。你還沒有知道那律師是何等樣人。他是最狡猾的，最奸刁的人。我請求你，不要使奧爾梭做一件大丟面子的事。

——高龍芭！奧爾梭喊着，熱情使你失去理性了。

——奧爾梭奧爾梭！憑着那我交給你的小匣子，我請求你聽我的話吧在你和巴里豈尼家人之間，是有血在着；你不能到他們家裏去啊！

——妹妹！

——不，哥哥，你不能去，否則我便離開這裏，永遠不和你相見了……奧爾梭，請你可憐我吧。於是她倒跪了下來。

——看見代拉·雷比阿小姐那麼不懂事，那知事說，我心裏很難受。我相信你一定能說服了她。

他把門開了一半，站住了，好像在等着奧爾梭跟着他出去。

——我現在不能離開她，奧爾梭說……明天如果……

——我很早就要動身的，那知事說。

——哥哥，高龍芭喊着，那麼至少請你等到明天早晨吧。讓我再去看看我父親的文件……這點你總可以容應我的吧。

——好！今晚你去看看吧，可是至少不要接着再用那種狂妄的憎恨來麻煩我吧……知事先生，千萬請你原諒……我自己也覺得很不適意……還是明天好一點。

——一覺醒來萬事淸，那知事在告退的時候說，我希望明天你一切的猶豫都解決了。

——莎凡麗亞，高龍芭喊着，拿燈籠送知事先生過去。他有一封信交給你帶來給我哥哥。

她又加了幾句只有莎凡麗亞一人聽得到的話。

——高龍芭，在知事已走了的時候奧爾梭說，你使我很苦痛。你難道是永遠不願明事理的嗎？

——你已約我到明天了，她回答。我沒有充分的時間，但是我總還希望着。

接着她便拿了一串鑰匙，跑到最高一層樓的一間房裏去了。在那裏你可以聽到她在急急忙忙地開着抽屜，又在代拉·雷比阿上校從前安放重要文件的寫字檯裏翻尋着。

十四

莎凡麗亞出去了很長久，當她拿着一封信回來的時候，他已等得很不耐煩了。跟在她後面的是那個小豈里娜，她在擦着眼睛，因爲她是被從好夢中喚醒的。

——孩子，奧爾梭說，你這個時候到這裏來做什麼？

——小姐叫我來的，豈里娜回答。

——她要她來幹什麼鳥事？奧爾梭想着；可是他急急地拆開李迭亞小姐的信，而在他讀信的時候，豈里娜便上樓到高龍芭房裏去了。

『先生，家父略有不適，奈維爾姑娘的信上說，而他又懶得寫信，所以我不得不爲他盡書記的職務了。那一天，你是知道的，他沒有和我們一起去玩賞風景，却在海邊弄濕了他的脚，而在你們的這可愛的島裏只爲了弄濕了脚這點點事，就可以使一個人發熱了。我這裏看見你所扮着的鬼臉兒；你一定在找着你的短刀，可是我希望你已沒有那短刀了。是囉，家父發了一點熱，而我却受了許多驚；那位我現在還堅持到底說是很有趣的知事，派了一個也是很有趣的醫生來給我們，他在兩天之內竟把我們都從困難中救了出來：熱不再發了，而家父又要去打獵了；可是我還不許他去。——你覺得你的山間的家怎樣？你的北方的堡壘可還老是在原處沒有走動嗎？那裏有鬼嗎？我問你這些問題，就是因爲家父記起你答應他有斑鹿，野猪，羚羊……那些野獸的名字是這樣的嗎？到巴斯諦阿去登舟的時候，我們打算到你們家裏來作客，我希望你所說的那麼舊那麽破的代拉・雷比阿府第，不掷下來壓在我們的頭上。雖則那位知事是那麽有趣，和他談話起來，我們總是有題材的，——可是 by the bye，(66) 我自喜着把他弄得很伏貼了。——我們談起你過。巴斯諦阿的法界中人送了他們關在牢裏的一個無賴的一些供狀給他，這些供狀當然是可以消滅了你最後的懷疑的；你那有時使我擔憂的嫌隙從此以後可以消除了。你不想到這是使我多麽快樂啊！當你手裏拿着鎗，眼睛發着愁，和那位美麗的 voceratrice 一同上路的時候，我看來你是比平時格外像一個高爾斯人了……簡直是十足的高爾斯人了。够了！我寫着這樣長的信給你，就因爲我實在空得膩了。知事快出發了，啊！當我們要上路到你們的山間來的時候，我們將再送一封給你，我要任意寫信給高龍芭小姐，向她討一塊 bruccio ma solenne (67)。現在，請你多多向她致意。我重用着她的短刀，我用它來裁我所帶來的一本小說；可是這厲害的刀不適宜做這種事，它把我的書弄成破碎不堪。再見吧，先生；家父向你們致 his best love。聽聽這位知事吧，他是一個有好主意的人，而他，我想來，是爲了你而繞道的；他要到高爾特去下基石；我想來這一定是一個很重要的儀禮，我不能去參加很引爲憾事。一位先生穿着繡禮服，絲襪子，披着白腰帶，手裏拿着一把鏝！……還有一篇演說；儀禮將由衆口高呼着「國王萬歲」做結束。——你一定要因爲我滿滿地寫了四張信紙給你而自命不凡起來；可是，先生，我再對你說一遍，我實在閑得發膩了啊，爲了這個原故，我纔寫這樣長的信給你。不錯，我覺得很奇怪，你爲什麽沒有通知我你已安抵比愛特拉納拉堡了。

李迭亞。

附筆：我請你聽聽那位知事，又請你照他的說話做。我們大家都以爲你應該那樣辦，而且這樣會使我快樂。』

奧爾梭把這封信讀了三四遍，每讀一遍心裏總加了無數的註解上去；接着他便寫了一封長長的回信，他叫涉凡麗亞送到一個村裏的人那兒，叫他連夜送到阿約修去。他已經不想和他的妹妹爭論對於巴里豈尼的自己的眞或假的損害了，李迭亞小姐的信已使他對於什麼都抱樂觀了；他已沒有了疑慮和怨恨。他等了一會他妹妹下樓來，可是總不看見她下來，他便去睡了，心裏已比一向輕鬆得多了。高龍芭在把秘密的話囑托給豈里娜之後，便把整半夜都化在老舊的文件的翻讀上。快天明的時候，有人丟了幾塊石子到她窗上；得了這個暗號，她下樓來走到園子裏去，開了一扇暗門，把兩個樣子很難看的男子領進屋子裏來；她第一樁事情便是把他們帶到廚房裏請他們吃。這兩個男子是誰，不久你們便會分曉。

十五

早上六點鐘光景，知事的一個僕人來敲奧爾梭家的門。高龍芭爲他開了門，他對她說知事就要出發了，在等她的哥哥去。高龍芭毫不躊躇地回答他說，她的哥哥剛從樓梯上跌了下來，扭傷了脚；因爲不能走路，所以他請求知事原諒他，如果知事肯親勞玉趾光臨，則他不勝感激之至。這個話傳過去後不久，奧爾梭走下樓來，問他的妹妹，知事有沒有差人來請他。

——他請你等在此地，她泰然自若地說。

半點鐘過去了，巴里豈尼家那邊還沒有什麼動靜；這時奧爾梭問高龍芭可有什麼發見；她回答說她會向知事面陳。她矯飾着十分平靜，可是她的臉色和她的眼睛却洩漏出一種劇烈的騷亂來。

最後，人們看見巴里豈尼家的門開了；那位穿着旅行裝的知事第一個走出來，後面跟着那位市長和他的兩個兒子。那些自從日出的時候起便窺探着，去參與本區的高官的出發的比愛特拉納拉的百姓們，當看見他和三個巴里豈尼家的人，一直穿過廣場，走進代拉·雷比阿家的時候，他們是多麼地驚愕啊。『他們講和了！』村裏的政客們喊着。

——我常對你講，一個老人靡上去說，奧爾梭在大陸上住得太長久了，做起事來不會像一個有火氣的人似的。

——然而，一個雷比阿派的人回答，你要注意，那是巴里豈尼家的人去找他的啊。他們去討饒。

——是知事給他們周轉的，那老人說；現在勇氣是沒有的了，靑年人不把父親的血放在心上，好像他們都是私生子。

當那位知事看見奧爾梭好好地站着，走路也毫無痛苦的時候，不覺十分驚怪。高龍芭簡單地告了說謊之罪，又請求他原諒。

——如果你是住在別地方，知事先生，她說，我的哥哥昨天早就會來向你請安了。

奧爾梭不斷地道歉，聲明對於這種可笑的狡計他是完全沒有與聞，他對於這事深以爲恥。那知事和老巴里豈尼好像相信他的抱歉的誠心，因爲那是可以從他的失措和他的向他的妹妹的責備中看得出來的；可是市長的那兩個兒子却不很愜意：

——別人拿我們來開玩笑，奧爾朗杜丘說，聲音高到使人可以聽得出。

——如果我的妹妹鬧了這種把戲，文山德羅說，我一定給她點顏色瞧瞧，叫她下趟不敢。

這些話語和說這些話語的口氣，都使奧爾梭不高興，又使他有點發怒。他和那兩個巴里豈尼家的青年人互相狠狠地望了幾眼。

那時除了高龍芭以外，大家都坐了下來。她是站在通廚房的那扇門邊。於是知事發言了。在把本地的偏見泛泛地說了幾句之後，便說起大部份的最根深蒂固的嫌隙都是由誤解而起的。接着，他向那位市長，對他說代拉·雷比阿先生從來也沒有以為巴里豈尼家對於那使他父親喪生的不幸的事件有直接或間接的份兒過；他說奧爾梭先生的久客他鄉和他所接到的傳言，都可以作這種懷疑的解辯；現在最近的發現已使他恍然大悟，他已覺得完全滿意，而希望與巴里豈尼先生和他的兩位世兄恢復了友誼和鄰居的關係。

奧爾梭勉強地鞠着躬；巴里豈尼先生說了幾句沒有人聽得到的話；他的兒子們望着天花板上的樑木。那位繼續饒舌着的知事正要對奧爾梭說那一套他剛纔對巴里豈尼先生說過的老話的時候，忽然高龍芭從圍巾裏抽出幾張紙片來，嚴肅地走到締約的兩方面之間。

——我能看見兩家之間的爭端消滅，她說，當然是不勝欣喜；可是為要使和解誠實起見，應該把什麼都解釋得淸淸楚楚，而不要牘下一點懷疑。——知事先生，多馬索·皮昂西的聲明，因爲那是從一個名聲那麼不好的人那兒得來的，所以我懷疑也很應該的了。——我說過你的兒子或許在巴斯諦阿的牢裏見過那個人……

——這是胡說，奧爾朗杜丘羼進來說，我絕對沒有看見過他。

高龍芭輕蔑地望了他一眼，表面很平靜地繼續說下去：

——你曾經解辯過，多馬索用一個厲害的强盜的名義恐嚇巴里岦尼先生的目的，是在希望替他的哥哥戴奧陀爾保留住那所我父親廉價租給他的磨坊，是嗎？……

——這是顯然的事，知事說。

——從像皮昂西那樣的壞人想來，什麼都可以解釋了，那被自己的妹妹的緩和的神氣所欺的奧爾棱說。

——那封假造的信，那個眼睛已漸漸烱烱發光起來的高龍芭繼續說下去，寫的日期是七月十一日。那時多馬索是在他哥哥那兒，在磨坊裏。

——是的，那位有點不安的市長說。

——多馬索·皮昂西能有什麼好處呢？高龍芭凱旋地喊着。他的哥哥的租約已經滿期了；家父在七月一日已打發他走了。這裏是家父的簿籍，解約的原稿，一位阿約修的經理人薦一個新的管磨坊人給我們的信。

這樣說着，她便把她拿在手裏的文件交給了知事。

大家都驚愕了一會兒。那位市長的臉兒眼見得發青了；奧爾梭皺着眉走上前去認認知事拿在手裏仔細看着的那些紙片。

——別人拿我們開玩笑！奧爾朗杜丘怒氣衝衝地站起身來喊着。走吧，父親，我們不該到這裏來的！

巴里昱尼先生是只要一會兒就能恢復他的冷靜態度的。他請求讓他仔細看一看那些文件；知事一句話也不說遞了給他。於是，把藍眼鏡移到額上，他便若無其事地把文件看了一遍，在這時候，高龍芭用一種雌老虎看見一頭斑鹿走到自己的幼虎的洞邊來時的目光注視着他。

——但是巴里豈尼先生移下了眼鏡，把文件還給了知事說，——知道已故的上校先生良心很好……多馬索以為……他準會以為……上校先生會打消了打發他走的決意……事實上，他現在也留在那磨坊裏，所以……

——留住他的是我，高龍芭帶着一種輕蔑的口氣說，我的父親已經死了，在我的地位，我應該對於我們一家的雇傭的人加以謹慎。

——然而，知事說，那多馬索已承認寫了那封信，……那是顯然的。

——我覺得顯然的，奧爾梭夾進去說，就是在整個事件裏有很大的不名譽的事隱藏着。

——我對於諸君的肯定的話還得抗辯，高龍芭說。

她開了通廚房的門，於是勃朗多拉丘，那個神學學士和那隻狗勃魯斯哥便立刻走進客廳裏來。那兩個強盜沒有帶武器——至少表面上看去是這樣；他們腰間束着子彈囊，可是他們的隨身法寶手鎗，却是沒有。在走進客廳來的時候，他們很有禮地脫下他們的小帽。

他們的突然的出現所發生的效果，我們是可以想像得出來的。那位市長幾乎仰天跌下去；他的兩個兒子勇敢地跳到他面前去，把手放進衣袋裏去在摸着短刀。知事想望門邊跑，那時奧爾梭揪住了勃朗多拉丘的項頸，向他喊着：

——你到這裏來幹什麼，混蛋？

——這是一個圈套！那市長喊着想開門出去；可是涉凡麗亞聽了强盜的話已在外面把門牢牢地閂住了，這是後來纔知道的。

——好人！勃朗陀拉丘說，請你們不要怕我；我雖則樣子很難看，可是人却並不是那樣壞。我們絕對沒有什麼惡意。知事先生，我是惟命是聽的。——我的中尉，輕一點，你要扼死我了。——我們是到此地來做證人的。噲，教士，你是口若懸河的，你說吧。

——知事先生，那學士說，我沒有蒙你認識的榮幸。我名叫喬岡多·加斯特里高尼，人們通常都稱我爲「教士」……啊！說到本題吧！這位我也不幸沒有認識的小姐，請我告訴她一些關於那個多馬索·皮昂西的事，那人便是在三星期以前和我同關在巴斯諦阿的牢裏的下面便是我要對你們說的話……

——請不用勞神吧，知事說；像你那樣的人所說的話，我一句也不要聽……代拉·雷比阿，我希望這種可恥的陰謀你是沒份的。但是你是不是一家之主啊？叫人把門開了吧。和這些强盜有這種奇怪的關係，令妹或許要受處份的。

——知事先生，高龍芭喊着，請你聽聽這人要說的話吧。你是到這裏來對大家下公平的判斷的，而你的責任是探討實情。說吧，喬剛多·加斯特里高尼。

——不要聽他！三個巴里豈尼家的人同聲喊着。

——如果大家都一齊說着，那個強盜微笑着說，便什麼話也聽不到了。且說，在牢裏，我和那個多馬索做着伴兒，却並不是做朋友。奧爾朗杜丘先生時常去找他……

——謊話，那兩兄弟同聲喊着。

——二負等於一正，加斯特里高尼冷靜地說。多馬索有錢；他大吃大喝。我是愛吃的（這是我的小小的毛病）(68)所以，雖則我和那個傢伙道不同不相爲謀，我依舊和他一同吃了好幾頓。爲報答起見，我向他提議和我一同逃獄……一個女孩——我是待她很好的——已把逃獄的用具供給了我……我不願連累別人。多馬索却拒絕了我，對我說他對於他自己的事很有把握，他說律師巴里豈尼已爲他在各位法官那裏疏通過，他會一身無罪滿囊金錢地出獄的。至是我呢，我想我是應該出來舒舒氣的。Dixi(69)。

——這人所說的完全是謊話，奧爾朗杜丘頑強地說着。如果我們是在曠野裏，各人都帶着鎗，他便不會這樣說了。

——這就是一句傻話！勃朗多拉丘喊着。不要和教士吵起來吧，奧爾朗杜丘。

——代拉·雷比阿先生，你可以讓我出去了嗎？那知事頓着脚不耐煩地說。

——涉凡麗亞！涉凡麗亞！奧爾棱喊着，鬼曉得，開門啊！

——等一會兒，勃朗多拉丘說。我們得先走一步。知事先生，當人們在共同的朋友家裏互相碰到的時候，照習慣在分別的時候是應該互相空半點鐘的。

知事向他射了一眼輕蔑的目光。

——我是惟諸位之命是從的，勃朗多拉丘說。接着他彎彎地舉起了手臂，對他的狗說：喰，勃魯斯哥，給知事先生跳一跳吧！

那隻狗跳了一跳，那兩個強盜便很快地在厨房裏取了他們的武器，從園子裏溜出去了，一聲尖哨聲一起，客廳的門便像仙術一般地開了。

——巴里豈尼先生，奧爾棱盛怒地說，我認爲你是一個贋造的人。從今天起，我要向檢察官控訴你的僞造罪，控訴你的和皮昂西的同謀罪。或許我還要控告你一件更大的罪。

——我呢，代拉・雷比阿先生，那位市長說，我要控告你的奸謀罪和你的和強盜的同謀罪。現在，知事先生會把你交給憲兵。

——本知事將盡自己的本份，那位知事嚴厲地說。他將不使比愛特拉納拉的秩序擾亂，他將秉公辦理，弄一個水落石出。諸君，我對你們大家說！

那市長和文山悳羅已經走出了客廳，奧爾朗杜丘正跟着他們退出去，忽然奧爾棱向他低聲說。

——你的父親是一個不中用的老頭子，我只要一個耳括子就打死他了；我放在眼裏的是你們，你和你的兄弟。

奧爾朗杜丘也不回答，拔出了短刀像狂人一樣地向奧爾棱撲過來；可是還不及使用他的兵器，高龍芭已把他的臂膊抓住，使勁地拗着，這時奧爾棱便拔出拳頭，照着他臉上打過去，打得他倒退了幾步，猛烈地撞在門框上。短刀從奧爾朗杜丘手裏掉了下去，可是文山悳羅却握着他自己的短刀回到客廳裏來，這時高龍芭攫起了一桿鎗，使他知道自己不是對手。同時那位知事也羼進來排解。

——後會有期，奧爾梭·安東！奧爾朗杜丘喊着；於是他便使勁地拉着客廳的門，把門閂上了，以便退出去。

奧爾梭和知事各人佔着客廳的一端，相對默然地有一刻鐘之久。高龍芭臉上現着凱旋的驕矜之色，靠着那桿決定了勝利的鎗，把他們一個個地望着。

——簡直是什麼地方！簡直是什麼地方！最後那知事躁急地站起來大聲說着。代拉·雷比阿先生，這是你的錯處。我請你發誓不施一切暴行，靜候法律制裁。

——是，知事先生，我不應該打那個混蛋；可是我畢竟已打了他，而我又不能拒絕他要求我的事。

——呃！不，他不願和你決鬪！……可是如果他暗殺你便怎樣呢……你實在做得過份了。

——我們會防衛自己，高龍芭說。

——在我看來，奧爾梭說，奧爾朗杜丘是一個有膽量的人，我想他並不那麼壞，知事先生。他很快地拔出短刀來，可是假如我處着他的地位，我或許也會那樣的；我幸喜舍妹的腕力並不像

小姐們的

——你們不能相決鬪！知事喊着；我不准你們相決鬪！

——請你允許我對你說，先生，關於名譽的事，我是只聽我的良心吩咐的。

——我對你說你們不得決鬪！

——你可以叫人把我拘捕起來的，先生……那當然是說如果我讓你拘捕的話。可是，如果那種事一出來，你也不過把這一樁現在是免不掉的事延擱多少時候而已。知事先生，你是一位講面子的人，你是很知道沒有別的辦法的。

——如果你拘捕了我的哥哥，高龍芭說，半村的人都會起來幫他，那時我們便可以看到一場混戰了。

——先生，我先通知你，奧爾梭說，我請你不要當我誇口；我先對你說，如果巴里豈尼先生濫施他的市長的威權來拘捕我，我是要抵抗的。

——從今天起，知事說，巴里豈尼先生是停止職權了……我相信他會到公庭去對簿的……

……喳，先生，我覺得你很有興味。我要求你的只有一點點小事：安安靜靜地住在你家裏，一直等到我從高爾侍回來。我只離開此地三天。我將和檢察官一同回來，那時我們可以把這件不幸的事完全解決了。你能答應我一直到那個時候爲止不去尋隙嗎？

——我不能答應下來，先生，如果照我所想，奧爾朗杜丘來向我挑釁，便怎樣呢？

——怎樣，代拉·雷比阿先生，像你這樣的法蘭西軍人，你會和一個你疑心是僞造者的人決鬪嗎？

——我已打了他，先生。

——可是如果你打了一個囚徒，而那個囚徒向你挑釁，你也就和他決鬪嗎？噲，奧爾梭先生！我要你答應我一件更輕微的事：不要去找奧爾朗杜丘……如果他來找你，我便准你們決鬪。

——我絕對相信他會來向我挑釁的，可是我答應你，我不再打他幾個耳括子挑起他和我決鬪了。

——簡直是什麼地方！知事踱着大步又這樣說着。我什麼時候可以回法國去啊？

——知事先生，高龍芭用最柔和的聲音說，時候不早了，你肯在我們這裏用早飯嗎？

知事不禁笑起來了。

——我在這裏已逗留得太長久了……這好像是有所偏袒……還有那討厭的基石！……我應該走了……代拉·雷比阿小姐，……今天你或許已安排了許多不幸的事！

——知事先生，至少請你相信舍妹的辯證是深有根據的吧；我現在確切不疑了，你自己也相信那種辯證是很有根據的。

——再見吧，知事攤着手說。我先通知你，我要命令憲兵隊長監察你們的一切行動。

當知事出去了的時候，高龍芭說：

——奧爾梭，你在此地不比得在大陸上。奧爾朗杜丘一點不懂得你的什麼決鬬，況且像那種無賴，就是死也不應該死在光明正大的決鬬中的。

——高龍芭，好妹妹，你是一個有力的女子。你把我從狠狠的一刀之下救出來，我是非常地感謝你的。拿過你的小手兒來讓我吻一吻。可是，聽着，你讓我來處置吧。有些事情你是不懂得的。拿早飯來給我吃；而且一等知事上了路，你便立刻差人給我去叫了小豈里娜來，把事情托她去辦，她好像是很能勝任的。我需要她給我送一封信。

高龍芭在料理早飯的時候，奧爾梭跑到樓上自己的房間裏寫了下面的這封信：

『你準會急着和我晤面；我也正和你一樣。明晨四時，我們可以在阿加維華谷裏相會。我是擅於放手鎗的，所以我不主張你用這種武器。別人說你很會開鎗：我們每人帶着一桿兩響的鎗吧。我將伴着一個本村的人同來。如果令弟要和你同來，那麼請再請一位證人並請先通知我一聲。只有在這種場合，我要帶兩個證人來。

奧爾梭·安東·代拉·雷比阿』

那位知事，在市長的助理那裏逗留了一點鐘，到巴里豈尼家裏去了幾分鐘之後，便只帶着一個憲兵出發到高爾特去了。十五分鐘以後，豈里娜帶着那封我們剛纔看過的信，送交給奧爾朗杜丘親手。

回信等了半天，一直到晚上纔到。信是老巴里豈尼署名的，他對奧爾梭說他要把這封寫給他兒子的恐嚇信交呈給檢察官。『我理直氣壯，他在信尾這樣結束，我靜候着法律裁判你的譭謗之罪。』

這時候高龍芭叫來防衛代拉・雷比阿傑的五六個牧人到了。奧爾梭反對也沒用，他們已在臨着廣場的窗子上搭起了 archere，整個下午他接受着村子裏的各種人物的幫忙。甚至那位强盜神學士也來了一封信，用他自己的名義和勃朗多拉丘的名義說，如果市長叫憲兵出場，則他們便會來加以干涉。他在「附筆」上說：『對於我的朋友所給那隻狗勃羅斯哥所受的良好的教育，那位知事先生以爲怎樣，你可以使我知道嗎？除了豈里娜，它是最柔順前途最有希望的弟子了。』

十六

第二天平平靜靜地過去。兩方面都取着守勢。奧爾梭沒有出門，而巴里豈尼家的門也老是緊閉着。人們看見那留守在比愛特拉納拉的五六個憲兵，會同了鄉村保安巡警——全市兵隊的惟一的代表——在廣場上或是村子的四周徘徊着；市長的助理老是全身披掛着；可是，除了兩家仇家窗上的 archere 外，什麼戰爭的現象都沒有。只有一個高爾斯人能注視到在廣場上，在橡樹周圍，只有婦女而沒有男子。

在吃晚飯的時候，高龍芭帶着一種快樂的神氣，拿着一封她剛收到的奈維爾姑娘給她的信給她的哥哥看。信上這樣寫着：

『我親愛的高龍芭小姐，從你哥哥給我的一封信上，我很欣忭地知道你們的嫌隙已經消除了。請接受我的祝賀吧。家父現在沒有你的哥哥在這裏和他談戰爭打獵，他在阿約修實在住不下去了。我們今天就得出發了，我們將住在你們的親戚家裏。我們是有着一封介紹信的。後天在十一點鐘光景，我要來請你讓我嘗嘗那你說是比城裏的乾酪好得多的山間的乾酪。

再見吧，親愛的高龍芭。——你的朋友，

李迭亞·奈維爾。』

——她難道沒有收到我的第二封信嗎？奧爾梭喊着。

——從她發信的日期，你可以看出，在你的到信阿約修的時候，李迭亞小姐準已在路上了。你請她不要來嗎？

——我對她說我們是處在戒嚴狀態中。我覺得這不是接待客人的境況。

——咄！那些英國人是奇怪的人。我住在她房間裏的那夜，她對我說過，如果不看見一件漂亮的復仇而離開高爾斯，她是會抱着遺憾的。如果你肯的話，奧爾梭，我們可以把對我們仇家的攻襲的光景讓她瞧一瞧。

——你知道嗎，高龍芭，奧爾梭說，人把你造成一個女子實在是一件錯誤？否則你一定會成一個傑出的軍人。

——或許是的。總之現在我得去製我的 bruccio 了。

——用不到了。因該差一個人去通知他們，在他們啓程之前止住他們。

——是嗎？你要在這樣的天氣差一個人去，讓他連人帶信都捲到急流裏去嗎？……我多麼可憐着那些在這暴風雨中的强盜！幸虧他們有着好 pilone (70)。奧爾梭，你知道應該怎樣辦嗎？如果暴風雨停止了，明天你很早便動身，在我們的朋友們沒有出發之前到了我們的親屬家裏。這在你是容易辦的，李迭亞小姐老是起來得很遲的。那時你便把我們這裏所發生的事講給他們聽；如果他們堅執着要來，我們也是非常歡迎的。

奧爾梭立刻同意了這個主張，而高龍芭在沉默了一會兒之後，便說：

——奧爾梭，當我對你說到向巴里豈尼家攻擊的時候，你或許以為我是在開玩笑吧？現在我們是實力充足，至少是兩個對一個之勢，你知道嗎？自從那市長被停止了職權以來，本地的人都幫我們了。我們可以把他們劈得粉碎。着手進行這種事是很容易的。如果你願意，我便走到泉邊去，我譏諷他們的女人；他們或許會走出來……因爲他們是那樣的懦夫！他們或許會從他們的 archere 向我開鎗；他們會打我不中。那時什麼事情便辦成了：先動手的是他們。打敗的便吃虧：在這種混戰中誰知道誰是理直理屈呢？奧爾梭，相信你妹妹的話罷；那些將到來的法官會在紙上塗了許多字，會說出許多廢話。一點結果也不會有。那隻老狐狸會對他們無中生有地巧辯。啊！如果那知事不來到文山德羅和我們之間來排解，我們至少也幹掉他們一個了。

這些話全是用着那她剛纔說預備做 bruccio 時的冷靜態度說出來的。

奧爾梭吃了一嚇，帶着一種混合着驚怕的歎賞望着他的妹妹。

——我的好高龍芭，他從桌邊站起來說，我怕你簡直就是魔鬼；可是你安靜點罷。如果我不能使巴里豈尼家的人縊死，我總也能用另一種方法達到目的的。熱彈或是冷鐵！（71）你瞧我還沒有忘記了高爾斯話。

——越快越好，高龍芭太息着說。明天你騎那一匹馬，奧爾梭·安東？

——那匹黑的，你爲什麽要問我？

——這樣可以叫人給它餵大麥。

奧爾棱回自己的臥房去後，高龍芭吩咐莎凡麗亞和牧人們都去睡，她獨自個留在廚房裏做bruccio。她不時地傾聽着，好像不耐煩地等待她的哥哥就寢。當她覺得他已睡着了的時候，她拿了一把小刀，試了試刀鋒利不利，把大鞋子套在她的小小的脚上，一點聲息也沒有地走進園子去。

那個圍着牆的園子，是和一片圍着籬笆的很不小的空地連接着的。那便是放馬的地方，因爲高爾斯的馬是從來也不關在馬廐裏的。通常人們總把它們放在一片野地上，聽它們自己設法去找食料，避風雨。

高龍芭小心地開了園子的門，走進那片圍場去，她輕輕地吹着口哨，把馬一匹匹地牽到身邊來。她是時常拿麵包和鹽餵它們的。一等那匹黑馬來到她身邊的時候，她使勁地抓住了它的鬣毛，用她的小刀割碎了它一隻耳朵。那匹馬拼命地跳了起來，發出了這類牲口受到了劇烈的苦痛時而發出來的那種尖銳的呼聲。如願以償之後，高龍芭回進了園子，那時奧爾棱開了窗喊着:『誰在那兒!』同時,她聽到他裝鎗的聲音。幸虧園子的門是隱在完全的暗黑之中,而一部份又被一棵大無花果樹遮住了。不久,從她哥哥臥房裏閃着的明明滅滅的火光看去,她推測出他在點亮他的燈了。她急急地關上了園子的門,沿着牆走着,使她的黑色的衣服和列樹的暗黑的樹葉混在一起回到了廚房裏。不久奧爾梭下來了。

——什麼事啊?她問他。

——我好像,奧爾梭說,有人開了園子的門。

——沒有的事。狗會叫起來的。可是讓我們去瞧瞧罷。

奧爾梭在園子裏走了一圈,在察驗出裏面的門是關得好好的之後,他覺得這種虛驚有點可羞,便要回到臥房裏去了。

——哥哥,高龍芭說,我看見你謹慎起來很高興,處着你的地位是應該如此的。

——是你養成我的,奧爾梭回答。晚安。

早上天剛亮,奧爾梭已起身預備出發了。他的裝束,一方面顯出一個要去見自己想求愛的女子的男子的風度底留意,一方面又顯出一個在復仇中的高爾斯人的謹慎。在一件貼身的青色的禮服的上面，他斜掛着一個用一條絲絲帶繫着的裝着子彈的白鐵小盒；他的短刀是放在腰邊的衣袋裏，手裏拿着那實彈的漂亮的芒東鎗。當他忽忽忙忙地喝着一杯高龍芭給他斟上的咖啡的時候，一個牧人走出去為馬加鞍索絡。奧爾梭和他的妹妹緊緊地跟上去，走進了圍場。那牧人帶住了馬，可是忽然他鬆手墜落了鞍和韁絡，好像嚇呆了，而那匹馬呢，它記起了昨夜的傷創，恐怕第二隻耳朵也遭難，便奔跳着，踢着，嘶着，鬧得一團糟。

——喂，快點！奧爾梭向他喊着。

——啊！奧爾梭·安東！啊！奧爾梭·安東！那個牧人高喊着，聖母的血啊！以及其他等等。這是數不清說不盡的一大串詛咒，一大半是不能翻譯出來的。

——出了什麼事了啊？高龍芭問。

大家都走到那匹馬旁邊去，當他們看見它流着血割裂了耳朵的時候，大家都驚訝而憤怒地喊了起來。我們須要曉得在高爾斯人傷害仇人的馬是一種復仇，是一種挑戰，更是一種死的恐嚇。「除了一鎗殺死之外，是沒有別的方法贖這種大罪的。」雖則在那在大陸上住得很長久的奧爾梭看來，這種侮辱是比別人所感覺到的稍稍不重大一點，可是如果那時他面前來了一個巴里豈尼派的人，他準會立刻叫那人贖了這他歸之於他的仇人的侮辱之罪。

——懦怯的無賴！他喊着，他們不敢當面來碰我，却在一頭可憐的牲口身上復仇！

——我們還要等什麽啊？高龍芭急躁地喊着。他們來向我們挑釁，傷害了我們的馬，而我們却不回答他們！你還是人嗎？

——復仇！收人們回答。我們牽着這匹馬到村裏去走一遭，向他們的屋子進攻。

——貼近他們的堡有一間茅草倉房，那個老保羅·格里福說，我頃刻就可以叫它燒起來。

另一個人出主意去找了教堂的鐘梯來；還有一個人出主意拿那放在廣場上的造屋子用的木樑去轟巴里豈尼家的門。在這些發怒的聲音之間，你可以聽到高龍芭對她的手下人說在動手之前先到她那兒去喝一大杯茴香酒的聲音。

不幸地——或者毋寧說是幸虧——她對於這匹可憐的馬的殘忍行爲所希望收到的效果，在奧爾梭大部份已失去了。他確信這種野蠻的傷害是他的一個仇人做的事，他特別疑心是奧爾朗杜丘；可是他想不到這個被他激怒被他毆打過的靑年人會割了一隻馬耳來掩羞的，適得其反，這種卑鄙而可笑的復仇格外增加了他的對於敵人的鄙視，現在他和那位知事一樣地想着他是不值得和這種人較量的。在稍稍靜一些的時候，他向他的氣昏了的黨徒宣說，他們必須放棄了攻擊的意向，對他們說那即將到來的法官會給這馬耳作一個好好的報復。

——我是這裏的主人，他用一種嚴厲的口氣補說，我要你們服從我。那第一個再敢說殺人或是放火的人我便會把他拿來燒死。！噲爲我給那匹灰色的馬架上鞍子。

——怎樣，奧爾梭，高龍芭把他拉到一旁說，你讓別人侮辱我們嗎！我們的父親在世的時候，從來沒有巴里豈尼家裏的人敢傷害我們的一頭牲口過。

——我答應你要他們後悔無及；可是這種只敢向我們的牲口報復的無賴們，是要叫憲兵和獄卒去罰他們的。我對你講過了，法律會爲我報復他們……否則……也用不到你提起我我是誰的兒子的。……

——多大的耐心啊！高龍芭歎息着說。

——妹妹，你須得記住，奧爾梭接下去說，如果在我回來的時候，我發現你們對巴里豈尼家示過了什麼威，我是無論如何不能原諒你的。接着他用一種柔和的口氣說：我會同上校和他的女兒一起回到此地來，那是很可能的事，那甚至是很或然的事；把他們的房間收拾得乾乾淨淨，把他們的早飯弄得好一點，使我們的客人一點也不感到不舒適。高龍芭，有勇氣是很好的，可是一個女子更應該有治家的能力來吧。吻我一下。乖一點。這兒灰馬已架好鞍子了。

——奧爾梭，高龍芭說，你不要獨自一個人去。

——我用不到別人，奧爾梭說，我對你說，我不會讓別人割碎我的耳朵的。

——哦！在這種緊急的時候，我決不放你獨自個去的。噲！保羅·格里福！季昂·法蘭斯麥莫！拿起你們的鎗來；送我的哥哥去。

爭論了一會兒之後，奧爾梭便不得不答應帶着人去了。他在他的那些最興奮的牧人之間，選了那幾個最主張啓釁的；接着，向他的妹妹和剩下的牧人們再叮囑了他的命令之後，他便出發了，可是這次繞道避過了巴里豈尼家。

他們已經離開比愛特拉納拉很遠了，他們急急地奔馳着，忽然，在跑過一條流入一片澤沼的小溪的時候，那個老保羅·格里福看見有許多隻猪安安逸逸地躺在泥濘裏，在享受着陽光和水的清涼。他便立刻瞄準了一隻最肥的，他對着它的頭開了一鎗，把它當場打死了。那些死猪的同伴都站了起來，輕快驚人地逃走了；雖則另一個牧人也開出鎗去，它們却已平平安安地躲進一個茂林裏去了。
——傻子！奧爾棱喊着；你們把家猪當做野猪了。
——不，奧爾棱·安東保羅·格里福回答；可是這些猪是那個律師的，這是爲了敎他們學學傷害我們的馬。
——怎樣，無賴！奧爾棱盛怒着喊，你學我們仇人的醜事的樣！無賴，離開我！我用不到你們。你們只配去和猪打。我向上帝發誓，如果你們敢跟着我，我便要打碎你們的頭顱！
那兩個牧人面面相覷着，一句話也不敢說。奧爾棱用刺馬輪刺着馬飛馳而去了。
——好吧！保羅·格里福說，這眞是好買賣！你去愛那些這樣對待你的人吧！他的父親上校先生，因爲有一趟你向那律師瞄準了鎗而對你發脾氣……那時你不開出鎗去眞是個大傻子！……而那個兒子……我爲他做的事你是看見的……他倒說要打碎我的頭顱，像對付一個空酒甕一樣。麥莫，這就是在大陸上學來的東西！
——是呀。可是如果別人知道你打死了這隻猪，別人會控告你的，而奧爾棱·安東却不會肯對裁判官去講話，也不肯爲你賠償那律師。幸虧沒有人看見你，聖女拿加（72）會救你出難的。

經過一番短短的討論後，那兩個牧人便決定最好是把那隻猪丟到一片窪地裏去；他們便把這個主意實行了，不用說，在實行之前他們先從這代拉·雷比阿家和巴里豈尼家之間的嫌隙的犧牲者身上，各人取了幾塊炙肉。

十七

奧爾梭在擺脫了他的不聽話的扈從之後，便繼續前進，心裏只想着重逢奈維爾姑娘時的快樂，而不大擔心顧到碰見他的仇人。『爲了要去控訴那些巴里豈尼混蛋，他心裏想着，我便不得不到巴斯諦阿去。我爲什麼不伴着奈維爾姑娘同去呢？我們爲什麼不一同從巴斯諦阿到奧萊沙(73)的泉水去呢？』忽然，童年的回憶使他淸淸楚楚地想起了那個勝遊之地。他覺得自己已移身到了那一片蔭着幾百年的橡樹的芳草地上。在那一片點綴着像是向他微笑着的眼睛的靑色花的芳草地上，他看見李迭亞小姐坐在自己身旁。她已把帽子除下了，而她的比絲更輕更軟的金色髮絲，像黃金一般地在那從樹葉間射過來的陽光中閃耀着。她的那雙純靑色的眼睛，在他看來是比穹窿更靑。她支頤沉思地靜聽着他戰顫着向她訴說的纏綿的情話。她穿着他在阿約修末一次看見她穿的那件輕羅衫子，在那件衫子的襞積下，露出着一隻穿着黑色的緞鞋的纖足。奧爾梭想，把這隻纖足吻一下，他便很幸福了；可是李迭亞的一隻手是沒有帶着手套，它拿着一朶雛菊。奧爾梭拿了她的那朶雛菊，李迭亞的手便握住了他的手；於是他吻着那朶雛菊，接着吻那隻手，而她却不發脾氣……這些思想使他忘記了他所走着的路，可是他老是前進着。他正要在想像中第二次去吻奈維爾姑娘的纖纖玉手的時候，忽然他却得他實際上吻着了那匹突然停下來的馬的頭。那是因爲小豈里娜攔住了它的路，又抓住了它的繮繩。

——你到那裏去，奧爾梭·安東？她說。你不知道你的仇人就在附近嗎？

——我的仇人！奧爾梭被人打斷了一個這樣有趣的時光，怒喊着。他在那兒？

——奧爾朗杜丘在附近。他等着你。回轉吧，回轉吧。

——啊！他等着我！你看見他嗎？

——看見的，奧爾梭·安東，他走過的時候，我是躺在蕨薇叢裏。他戴着眼鏡向四面張望着。

——他是向那一面去的？

——他向那面下去，就是你要過去的那一面。

——謝謝你。

——奧爾梭·安東，請你等一等我的叔父吧。他立刻就到了，和他在一起你就安全了。

——不要怕，豈里，我用不到你的叔父。

——那麼讓我走在你前面吧。

——謝謝你，謝謝你。

於是奧爾梭便催馬向那女孩子指點他的那一面急馳過去了。

他的最初的衝動是一種盲目的暴怒，他對自己說，命運給了他一個教訓那傷害一匹馬來報復一掌之仇的懦夫的好機會。接着，想到了他對那知事答應下來的話，特別是想到了怕遇不見奈維爾姑娘，他便變更了他的意向，他幾乎是不希望碰到奧爾朗杜丘了。可是不久他父親的記憶，那對於他的馬的侮辱，和巴里豈尼家人的恐嚇，又燃起了他的憤怒，激動了他去找他的仇人，而挑起他和他的仇人決死。他這樣地受着相反的決意的騷擾，繼續前進着，可是他現在是小心謹愼地了，他察看着灌木叢和籬垣，有時甚至停下馬來聽着那在原野上可以聽到的天籟之聲。離開了小豈里娜十分鐘之後（那時是早上九點鐘光景），他來到了一座非常險峻的山邊。

他所走的那條道路——或再還不如說是一條狹窄的小徑是在一片新近燒過的草莽之間的在那個地方，土地上滿是白慘慘的灰燼，被火所燒黑的木葉脫盡的一些大樹和一些小樹，雖然都已枯死了，却還東一株西一株地直站着。在看見一片被摧燒過的草莽的時候，人們是總覺得已置身於仲冬時候的北地，而那被火焰所延及過的地方的荒涼和周圍草木的榮繁的反映，使那個地方顯得格外悲涼淒絕了。可是在這片景物之間，那時奧爾梭只注意到一件事情，一件在他的地位實在是重要的事情：那是一片不毛之地，不能設一個埋伏，而那時時刻刻害怕從密樹間露出一個鎗管瞄準自己的胸膛的人，便把這一片沒有什麼可以留連的地方視爲一種綠洲了。接連着摧燒過的草莽，是許多片耕地；照本地的習慣，那些耕地都是圍着用燥石砌成的高可及肩的短牆圍着的。那條小路便從那些耕地之間經過的，耕地上亂生着巨大的栗樹，遠遠地望過去好像是一座茂林。

因爲山坡險峻，奧爾梭不得不走下馬來。他把繮繩丟在馬頸上，便踏着灰燼很快地滑下去；而當他離開一帶石圍牆只有二十五步的光景，他突然迎面看見路的右手先是一個鎗管，接着是一個在牆稍露出着的頭。那桿鎗已放平了，他認出了那是正要開鎗的奧爾朗杜丘。奧爾梭立刻準備自衞，於是這兩個人便互相瞄準着，帶着那種最勇敢的人在決生死的時候所感受的劇烈情緒，互相望到幾秒鐘。

——無恥的懦夫！奧爾梭喊着……

他這句話剛出口，便看見了奧爾朗杜丘的鎗的火光；而差不多是在同一個時候，他的左面，從小路的那一面，又發過了一鎗來；那是一個他沒有看到的，躲在另一道牆後瞄準着他的人所開的。兩粒子彈都打中了他：奧爾朗杜丘的那一粒，打穿了他的左臂，因爲奧爾梭瞄準他的時候左臂剛迎着他的子彈；另一粒打在他的胸膛上，打穿了他的衣服，可是幸虧撞在他的短刀的鋒上，鉛彈便在上面撞扁了，只使他受了一點微傷。奧爾梭的左臂動彈不得地落到腿邊，他的鎗管便垂下了一會兒；可是他立刻把它舉起來，單單地用他的右手使運着他的武器，他向奧爾朗杜丘開了一鎗。那只露到眼睛的他的仇人的頭，便在牆後不見了。奧爾梭轉身向左，對着那個他不大看得清楚的在煙霧中的人又開了一鎗。那個臉兒也不見了。這回鎗是以一種驚人的速度相繼着的，就是最有訓練的兵也從來不會這樣快地連射。在奧爾梭的最後一鎗之後，一切都歸於沉寂了。從他的鎗裏冒出來的烟，慢慢地向天上昇去；在牆後面一點動作也沒有，最輕微的聲音都沒有。如果他沒有臂上的痛楚，他準會相信那些他剛纔開鎗過的人，是他想像中的鬼怪了。

奧爾梭走了幾步，置身於那依然立在草莽中的一棵燒毀的樹後，等待着第二次開鎗。他在這蔽身處後面，把鎗擱在他的兩膝間，急急地裝了子彈。那時他的左臂使他痛楚難當起來，他好像自己支撐着一件極重的東西。他的敵人們怎樣了呢？他不能知道。如果他們逃了，如果他們傷了，他一定會聽到一點在樹葉間的動作和聲音的。難道他們已死了嗎？或是更可能一些，他們是躲在牆後面，等着一個再向他開鎗的好機會嗎？在這樣的疑慮中，他感到自己的氣力消滅了。下去，他把他的右膝跪在地上，把他的受傷的臂膊擱在左膝上，用一條從枯樹上伸出來的樹枝托住了他的鎗。手指按在鎗機上，眼睛注視着石牆，耳朵留心着輕微的聲音，他這樣一點也不動地等了幾分鐘，而這幾分鐘在他竟好像是一世紀了。最後，在他後面很遠的地方，發出了一種遼遠的呼聲，不久一隻狗便像箭一樣快地跑下斜坡，搖着尾巴在他身旁站住了。這便是勃魯斯哥，那兩個強盜的伴侶和弟子，它無疑地在通報着它的主人的到來；而一位有禮貌的人是不會叫人更不耐煩地等着的。那隻狗嘴向着天，向最近的園場轉過頭去，不放心地嗅着。它突然發出了一種沉着的嗚嗚聲，一躍跳過了短牆，差不多立刻又跳回到牆頂上，定睛注視着奧爾梭，它的眼睛裏表現着一隻狗所能明顯地表現出的驚愕；接着它又在空中嗅着，這一次是向着另一個圍場那面了，於是它又跳過那面的牆去。不一刻它又在牆頂上出現了，表示出同樣的驚愕和不安來；接着它便跳到草莽中尾巴挾在後腿間，老是注視着奧爾梭，慢慢地離開了他，橫走着一直到離開他有一段距離的地方。那時它便再跑着，像它下來時一樣快地上了山坡，去迎那一個不顧山坡的險峻拼命地前進的人。

——救我，勃朗多拉丘！奧爾梭在以爲他能聽得到他的聲音的時候喊着。

——哦！奧爾梭·安東！你受傷了嗎？勃朗多拉丘氣都喘不過來地跑過來問他。傷在身上還是手脚上？……

——在臂膊上。

——在臂膊上！那不要緊。還有一個傢伙呢？

——我想已打中他了。

勃朗多拉丘跟着他的狗跑到那最近的圍場邊，俯身望着牆的那邊。於是，他脫了他的帽子：

——奧爾朗杜丘少爺，我向你行禮，他這樣說着。接着，他轉身向奧爾梭，用一種正經的神氣也向他行禮：

——這便是，他說，我所謂活該。

——他還活着嗎？奧爾梭呼吸很困難地問。

——哦！他那裏還想活；你打進他耳裏去的那粒子彈他實在當不起了。聖母的血啊，那樣的一個窟窿啊！憑良心說，那眞是好鎗！那樣大小的一粒彈丸啊！那簡直給你打碎了一個腦髓！噲，奧爾梭・安東，當我先聽到「比夫比夫」的聲音的時候，我對自己說：媽的！他們在向我的中尉開鎗了。接着我聽到「蓬！蓬！」的聲音，我便說，呵！現在那桿英國鎗在說話了：他在回手了……可是，勃魯斯哥，你要對我說什麼啊？

那隻狗領他到那一個圍場邊。

——對不起！那驚呆的勃朗多拉丘喊着。連發連中！眞有這種事！見了鬼！火藥眞是很貴的，因爲你用得那麼省。

——天呀！什麼事啊？奧爾梭問。

——噲！別開玩笑啦，我的中尉！你把野獸打在地上，却要別人給你拾起來……今天有人將有一頓希奇的壓桌菜了！那個人就是律師巴里豈尼！你要肉莊裏的肉嗎？要多少就拿多少！現在那一個鬼東西來做他的嗣續人呢？

——什麼！文山德羅也死了嗎？

——死得骨頭也硬了。願我們大家康健吧！(74)你的好處是沒有叫他們受苦痛。來瞧瞧文山德羅吧：他現在還跪着，頭靠在牆上。他好像是熟睡着。這個場合就可以說「鉛的睡眠」(75)可憐的小子！

奧爾梭恐怖地轉過頭去。

——你擔保他已經死了嗎？

——你簡直像那從來不開第二鎗的桑必羅・高爾梭(76)一樣。你瞧見嗎，在胸膛上，在左邊？正像文西劉奈在滑鐵盧中彈一樣。我很可以賭說子彈離心臟不遠。連發連中！啊！我以後再也不要放鎗了。兩鎗兩個！……中彈！……兩弟兄！……如果他開第三鎗，他一定把那爸爸也打死了……下一趟運氣會再好一點，……那樣的鎗法啊，奧爾梭・安東！……想一想吧，像我這樣的好漢，把憲兵連發連中地打死的事，我是永遠也不會碰到的！

那個强盜一邊說話，一邊察看奧爾梭的臂膊，又用短刀割破了他的袖子，

——不要緊，他說，可是這身禮服却又要叫高龍芭小姐費功夫了……嗯！我看見的是什麼？胸膛上的這個破洞？……沒有什麼打進去嗎？沒有的事，否則你不會這樣神氣活現了。嗆，把你的手指動一動看……我咬着你的小手指的時候你感覺到我的牙齒嗎？……不很厲害嗎？……那沒有關係，一點也不要緊。讓我拿過你的手帕和領帶來……你瞧，你的禮服毀了……你爲什麼要打扮得這樣漂亮？你去吃喜酒嗎？……嗆，喝一點葡萄酒吧……你爲什麼不帶着水壺啊？難道有一個不帶着水壺出門的高爾斯人的嗎？

接着，在綳紮的時候，他還停下來喊着：

——連發連中兩個都死得挺硬！……「敎士」一定要大笑了……連發連中！……啊！這個拖延時候的小豈里娜終於來到了。

奧爾梭並不回答。他臉色像死人一樣地慘白，四肢都顫動着。

——豈里，勃朗多拉丘喊着，去看看這牆後面吧。嗯？

那女孩子連手帶脚地攀到牆上去，她立刻看到了奧爾朗杜丘的屍身，她劃着十字。

——這不算什麼，那強盜繼續說：到那邊去瞧一瞧吧。

那女孩子又劃了一個十字。

——是你嗎，叔父？她怯生生地問。

——我！我已變成一個不中用的老東西了。豈里，這是先生的成績。去向他道賀吧。

——小姐一定會因此很快樂，豈里娜說，而她知道你受了傷，她準會很着急，奧爾梭·安東。

——喻，奧爾梭·安東，那強盜在綳紮好之後說，豈里娜已把你的馬帶住了。騎上了馬和我一同到斯達索拿草莽去。在那裏能找得到你的人可纔算狡猾了。我們可以在那裏盡力地調護你。當我們到了聖女克麗絲丁十字架的時候，我們便應該下馬。那時你把你的馬給了豈里娜，她便可以去通知小姐，在路上的時候，你可以把你的事情囑托了她。你可以把一切都告訴了那女孩子，奧爾梭·安東：她是不會賣友，寧可吃劈死的。接着他柔和地對那女孩說：走吧，無賴，該擯逐的，該詛咒的流氓！這位像許多別的強盜一樣迷信的勃朗多拉丘，是恐怕對孩子祝福或稱讚會蠱惑了孩子的，因為人們知道那些管轄 Annocchiatura（77）的神秘的魔道，是有反着我們的祝頌執行的習慣的。

——你要我到那裏去，勃朗多拉丘？奧爾梭用一種沒力的聲音說。

——天啊！你自己選吧：到牢裏去或是到草莽裏去。可是一個代拉·雷比阿家裏的人是不進監牢的。落草莽去吧，奧爾梭·安東。

——那麼，我一切的希望，永別了！那個受傷的人沉痛地喊着。

——你的希望？！嘿你希望用一支雙彎的鎗再辦得好一點嗎？……啊！他們怎樣打着你的？這兩個流氓應該要有比貓還硬的性命纔行。

——他們先開鎗的，奧爾梭說。

——眞的，我忘記了……「比夫比夫！！！蓬蓬」……連發連中只用一隻手！(78)……如果有人能更勝過你，我一定去上吊了！嚕現在你已騎上了馬了……在上路之前，先去看一看你的成績吧。這樣不別而行是不客氣的。

奧爾梭用刺馬輪刺着他的馬；他絕對不要去看那兩個他剛纔打死的壞蛋。

——聽我說吧，奧爾梭·安東，那強盜抓住了馬繮說，我可以坦直地對你說嗎？！呃不是冒犯你的話，這兩個可憐的年輕人使我傷心。請你原諒我……他們是那麼漂亮，那麼強壯……那麼年輕！……奧爾朗杜丘，他是曾經和我打獵過許多次……在幾天之前，他還送了我一捆雪茄烟……文山德羅，他脾氣老是很好的！……你實在已做了你應該做的事……況且鎗法又太好了，使人不能懊悔……可是我呢，我是和你的復仇沒有關係的……我知道你是很對的；一個人有了一個仇人，是應該把這仇人剪除了的。可是巴里豈尼是一家舊家……又是一家完了！偏又是連發連中而死的那眞是刺心的事。

這樣地唸着對於巴里豈尼家的祭文，勃朗多拉丘急急地引導着奧爾梭、豈里娜和那隻狗勃魯斯哥向斯達索拿草莽而去。

十八

且說高龍芭在奧爾梭出發不久之後，便從她的探子那裏知道了巴里豈尼家已有了舉動，從那時候起，她便十分擔憂起來，你可以看見她在滿屋子裏到處奔走着，從廚房裏走到爲她的賓客預備的房間裏，什麼事也不做，可是老是很忙碌，又不斷地停下來看看在村莊裏有沒有什麼異乎尋常的騷動。十一點鐘光景，有一隊人數並不少的馬隊進了比愛特拉納拉；那便是上校，他的女兒，他們的僕人，和他們的引路人。在歡迎他們的時候，高龍芭第一句話便是：「你們看見了我的哥哥嗎？」接着她便問引路人他們走的是那一條路，他們是在什麼時候出發的；聽到了他的答話，她不懂得為什麼他們會沒有遇見。

——或許你的哥哥是走的山路，那引路人說，而我們呢，我們是走的山下的路。

可是高龍芭搖着頭又提出了許多問題。雖則她天性剛毅，又加上了對於客人掩藏一切的怯弱的傲氣，她却怎樣也不能掩飾了她的不安，不久，當她把那得到一個很不幸的結果的講和的事實，對上校和李迭亞姑娘講了之後，他們便也和她一樣地擔憂起來，特別是李迭亞姑娘。奈維爾姑娘心煩意亂着，她要差人到各方去找，而她的父親也自願騎着馬和那引路人一同去尋奧爾梭去。她的賓客的擔憂使高龍芭想起了她的主人的義務。她勉强微笑着，催着上校就席，對於她的哥哥的遲到，找出了許多能使人以為然的原故來，這些解辯的話，一刻之間她又親自推翻了。那位上校覺得設法安慰女子是自己的責任，便也提出了他的解辯，他說：

——我敢打賭說代拉·雷比阿會碰到了獵物了；他禁不住手癢起來，我們就可以看見他滿載獵物而回了。天呀！他又說，在路上我們聽到了四響鎗聲。其中有兩聲格外比別的響，那時我對我的女兒說：我賭說這是代拉·雷比阿在打獵。只有我的那桿鎗會發出那麽大的聲音。

高龍芭臉色發靑了，而那個深深地注意着她的李涘亞，便很容易地看出了上校的猜度使她引起了某種疑慮。在沉默了幾分鐘之後，高龍芭興奮地問着那兩聲很響的鎗聲是在其餘的兩聲之先，還其在其餘的兩響之後。可是上校，她的女兒和引路人，對於這重要的一點都沒有很留意。

在一點鐘光景，高龍芭差出去的人都還沒有回來，她集聚起她的全盤的勇氣，强邀她的賓客入席；可是除了上校之外，沒有一個人吃得下飯。聽到廣場上有一點輕微的聲音，高龍芭便立刻跑到窗邊去，接着便回到席上來憂愁地坐下，又更憂愁地勉强和她的朋友們繼續着那些無意義的，沒有人注意，又夾着長久的靜默的談話。

不意忽然聽到了一匹馬的奔跑聲。

——啊！這趟是我的哥哥了，高龍芭站起來說。

可是一看見埕里娜跨在奥爾梭的馬背上的時候，她用一種尖銳刺耳的聲音喊着：

——我的哥哥已經死了！

上校擲下了他的酒杯，奈維爾小姐發了一聲呼喊，大家都跑到門邊去。豈里娜還來不及跳下馬來的時候，高龍芭已將她輕如鴻毛地一把提了起來；她把她抓得那麼緊，幾乎要窒死了她。那女孩懂得了她的可怕的目光，她的第一句話便是那奧西羅(79)的合唱『他活着！』高龍芭放鬆了她，於是豈里娜便像小貓一樣輕捷地跳到地上。

——其餘的人呢？高龍芭嗄聲地問。

豈里娜用食指和中指劃着十字。立刻，在高龍芭的臉上顯出了一種鮮紅的顏色，代替了她的慘白的顏色。她烱烱地向巴里豈尼家望了一眼，微笑着向她的賓客說：

——回去喝咖啡吧。

這個强盜們的飛行使者要講的話很長。那由高龍芭直譯爲意大利話，接着又由奈維爾姑娘譯爲英國話的她的土話，使上校發了幾多驚嘆之詞，使李迭亞姑娘發了幾多嘆息；可是高龍芭却毫不感動地聽着；只是她扭着她的織花的食巾，好像要把它撕成片片。她把那女孩的話打斷了五六次，使她反覆地說：勃朗多拉丘說過傷創並不危險，他說過傷得更厲害的人，他也見得多。最後，豈里娜說奧爾梭一定要紙寫信，他又要他的妹妹懇求一位或許在他家裏的女子，在沒有接到他的一封信之前不要動身。——這便是，那女孩補說，最使他煩惱的；我已經上路了，他還叫我回轉去，再三把這事囑咐我。他叮囑我那是第三次了。聽了他哥哥的這個囑咐，高龍芭輕輕地微笑着，又使勁地握着那個英國女子的手。她流着眼淚，覺得不便把故事的這一段翻譯給她的父親聽。

——是呀，你們該留在這兒和我一起，我的親愛的人，高龍芭吻着奈維爾姑娘說，你們該幫助我們。

接着，從一口櫃裏拉出了許多舊蔴布，她便開始把布剪開來做繃帶和裹傷布。看見她的發着光的眼睛，她的興奮的臉色，這種憂慮和鎮靜底交替，我們簡直難說她是感觸着她的哥哥的受傷呢，還是喜慶着她的仇人的死亡。有時她爲上校斟着咖啡，又向他誇口她製咖啡的才幹；有時把工作分給奈維爾姑娘和萱里娜，要他們縫繃帶又將繃帶裹纏起來；他一遍遍地問着傷是否使奧爾梭很苦痛。她不斷地停下工作來對上校說：

——兩個那麼機巧的，那麼厲害的人！……他却只有獨自一個，受了傷，只用一隻手……他把他們兩個全打倒了。上校，多麼勇敢啊！可不是一位英雄嗎？啊！奈維爾姑娘，住在一個像你們的家鄉一樣平靜的地方眞幸福啊！……我可以斷言你還沒有認識我的哥哥！……我說過：蒼鷹將展開它的翼翅！……你誤認了他的溫柔的外貌了……奈維爾小姐，那是因爲和你在一起……啊！只要他能看見你現在爲他的做着手工就好了……可憐的奧爾梭！

奈維爾小姐不工作又不說一句話。她的父親問爲什麽不趕快去向法官控訴。他說着驗屍和許多在高爾斯同樣不爲人所知道的事。最後他要知道那位救受傷者的善良的勃朗多拉丘先生的鄉居，是否離比愛特拉納拉很遠，是否他不能親自去探望他的朋友。

於是高龍芭用着她的平時的平靜態度回答說奧爾梭是在草莽裏；有一個强盜照顧着他；如果他在知事和法官沒有處置停當之前露面，他會冒着很大的危險；最後她說她會安排一個老練的外科醫生祕密地去照顧他。

——上校先生，她說，最要緊的是你不要忘記你曾聽到過四響鎗聲，而你又對我說奧爾梭後開鎗的。

那位上校對於這事一點也不懂得，他的女兒儘歎息着，拭着眼睛。

當一排哀悽的行列走進村莊裏來的時候，天色已不早了。人們把那横躺在鄉下人牽着的驢子的背上的，巴里豈尼律師的兒子的屍身，帶來給巴里豈尼律師。一羣的雇傭和閑手跟在這淒慘的行列之後。接着人們看見了那老是來得太遲的憲兵，和那個舉起兩臂不停地喊着『知事先生要怎樣說啊！』的市長的助理。幾個婦人，就中有一個是奧爾朗杜丘的奶媽，都拔着自己的頭髮，發出野蠻的喊聲來。可是她們的騷擾的哀痛，比到那一個惹人注目的人物底靜默的失望，所給人的印象是稍稍不深刻一點。這便是那個不幸的父親；他從這一個屍身跑到那一個屍身，捧起了他們的沾着泥土的頭，吻着他們的發紫的嘴唇，托起了他們的已經殭硬了的肢體，好像爲他們蘇解路上的顚簸似地。不時地人們看見他張開了嘴想說話，可是他却並不呼號，一句話也沒有。眼睛老是注視着那兩個屍身，他向石頭撞，向樹撞，向一切碰到他的障礙物撞。

婦女的啼哭和男子的咒罵，在看見奧爾梭家的時候格外加倍厲害了。有幾個雷比阿派的牧人竟大膽地發出一種勝利的歡呼來，他們的敵人的激怒是容忍不住了。『報仇啊！報仇啊！』有幾個聲音喊着。人們擲着石子，而兩響向高龍芭和她的賓客在着的客廳的窗開過來的鎗，打穿了百葉窗，使木片一直飛射到那兩個女子坐着的桌子邊。李迭亞姑娘發出了驚呼之聲，上校拿起了一桿鎗，而高龍芭呢，她在上校未及止住她之前，一直奔到門口，猛烈地把門開大了。在那裏，獨自個站在高門檻上，伸開了兩手咒詛她的敵人們：

——懦夫！她喊着，你們向女子，向異鄉人開鎗！你們還算是高爾斯人嗎？你們還算是男子嗎？你們這些只知道在後面暗算別人的無恥之徒，上前來啊！我向你們挑戰。我只有一個人；我的哥哥不在這裏。打死我吧，打死我的客人吧；你們是配做這種事的……你們不敢，你們這些懦夫！你們知道我們要復仇。去吧，去吧，去像女人一樣地啼哭，再謝謝我們不更要你們的血了吧！

在高龍芭的聲音和姿態中，是有些威嚴和可怕的東西存在着；一看見了她，羣衆都害怕地向後退下去，好像是看見了那高爾斯的人們冬夜所講的那些怕人的故事中的惡仙女一樣。那市長的助理，憲兵們，和一些的婦人，趁着這個時候夾到兩派之間去；因爲雷比阿派的牧人們已經預備好他們的武器，一時人們竟害怕廣場上會有一場混戰發生了。可是兩方面都沒有主腦，而那些高爾斯人，他們就是激怒也是受紀律的統御的，在他們的私鬥的主要人物不在的時候，昧然動手的事是不大有的。況且那因成功而變成乖覺了的高龍芭又止住了她的手下的人：

——讓那些可憐的人們去啼哭吧，她說；讓那個老頭子搬了他自己的血肉進去吧。何苦殺死那隻沒有牙齒咬人了的老狐貍呢？——優第斯·巴里豈尼！回想一回想八月二日(80)吧！回想一回想你用你的膺造者的手寫上去的染血的文書夾吧！我的父親在那裏記下了你所負的債；你的兩個兒子已經償還了。我把還債收據給了你，老巴里豈尼！

高龍芭交叠着兩臂，嘴脣邊現着輕蔑的微笑看着屍身被擡進她的仇人的屋子裏去，接着看見羣衆慢慢地散開了。她關上了門，回到飯廳裏去，對那位上校說：

——我替我的同鄉人向你道歉，先生。我從來也想不到高爾斯人會向一所有異鄉人在着的屋子開鎗的，我對於我的本鄉覺得很慚愧。

晚上，當李迭亞姑娘進臥房去的時候，那位上校也跟了進去，問她要不要第二天就離開了這個時時刻刻有吃子彈的危險的村莊，要不要愈快愈好地離開了這個只看到殘殺和叛亂的地方。

奈維爾姑娘過了一些時候沒有回答，顯然地，她的父親的提議使她很爲難。最後，她說：

——我們怎樣能夠在這個不幸的青年的女子很需要安慰的時候離開了她？父親，你不覺得這在我們是太忍心嗎？

——女兒，我是爲了你纔說這些話的，那位上校說；如果我知道你在阿約修的旅舍裏會平平安安的，我向你斷言，不握一握那位勇敢的代拉·雷比阿的手便離開這個該咒詛的島，我是會很不樂的。

——好吧！父親，再等着吧，而且，在出發之前，我們一定要爲他們効一點勞。

——好良心！那位上校吻着她的女兒的前額說。你這樣地犧牲自己來緩和別人的不幸，使我看了很快活。留在這兒吧；做了一件好的事情是決不會後悔的。

李迭亞在牀上輾轉反側着不能睡着。有時那些她所聽到的夜間的種種聲音，在她覺像是攻襲的預備；有時，定下了心，她想起了那個在此時必然躺在寒冷的地上，除了受一個強盜的仁慈之外沒有別的救助，可憐的受傷的奧爾樣。她想像他通身是血，在異常的痛楚中掙扎着；奇怪的是奧爾樣的影像每一次呈顯到她心頭的時候，他總是現着她所見到的他出發時的那種樣子，把她送給他的護符指環緊貼在嘴唇邊……接着她想着他的勇敢。她對自己說，他新近所脫身出來的那個可怕的危險，是爲了她的原故，爲了想早一點看見她，他纔冒着那樣的危險。她差一點就會自信奧爾樣是爲了護衛她而傷了他的臂膊了。她自責着爲了自己而使他受傷，可是她因此而格外崇拜他了；而且如果那出色的連發連中在她看來並沒有在勃朗多拉丘和高龍芭看來那麼偉大，那麼她總也在小說中不大找得到有幾個英雄能够逢到這樣大的危險而這樣地勇敢，這樣地鎮定。

她所住的房間就是高龍芭的房間。在一個橡木做的祈禱用的跪凳的上面，在一枝祝福的棕櫚的旁邊，牆上掛着一張奧爾梭的穿着少尉的制服的細畫像。奈維爾姑娘除下了這張畫像，把它仔細地看了長久，最後不把它掛在原處，而把它放在她床邊。她一直到黎明纔睡熟，而她醒來的時候太陽已經很高了。她瞥見高龍芭站在她床前，靜待着她張開眼來。

——呃！小姐，在我們這鄙陋的屋子裏你覺得很不適意嗎？高龍芭對她說。我怕你沒有睡着吧。

——好朋友，你得到他什麼消息嗎？奈維爾姑娘坐起來說。

她瞥見了奧爾梭的肖像，急忙丟一塊手帕過去遮住它。

——是的，我得到他的消息了，高龍芭微笑着說。

於是，她便拿起了那張肖像：

——你覺得像他嗎？他還要比較好一點呢。

——天啊！……奈維爾姑娘羞愧地說，我胡亂地……把這張肖像……除了下來……我有這種翻亂一切而什麼也不整理好的壞脾氣……你的哥哥怎樣了？

——還好。喬岡多今天早上四點鐘到這兒來過。他給我帶了一封信來……是給你的，李迭亞小姐；奧爾梭沒有寫信給我。信封上果然是寫着：給高龍芭；可是下面卻寫着：致N小姐……姊妹們是不妒嫉的。喬岡多說他寫信的時候很痛苦。喬岡多筆下是很不錯的。他請奧爾梭唸出來他替他代筆。他却不肯。他是用一枝鉛筆仰臥着寫的。勃朗多拉丘爲他拿着信紙。我的哥哥老是想起身，可是只要稍稍一動，他的臂膊上便感到難堪的苦痛。喬岡多說那眞可憐。這就是他的信。

奈維爾姑娘讀着那封無疑是爲了特別的謹愼而用英文寫的信，信上是這樣寫：

『小姐，

『一個不幸的定命驅策着我；我不知道我的仇人將怎樣地說我，他們會造出什麼誹謗來。小姐，只要你不去相信他們，那我就沒有什麼關係了。自從我看見了你以來，我不停地爲痴愚的夢想所哄騙着。必須要這種不幸，我纔能看出我自己的癡妄來。現在我的理智已經清楚了。我知道等待着我的是怎樣的一種前途，對於那種前途，我是要忍耐着的。這個你所送我的，而我視爲一種幸福的護身符的指環，我不敢收留着。奈維爾小姐，我怕你會懊悔你將禮物送得那麼不適當。或是更說得妥當一點，我怕這指環會使我回想起我癡妄的時候。高龍芭會把它交還你……永別了，小姐，你將離開了高爾斯，而我從此不能再看見你了：可是請你對我的妹妹說，我還是崇拜着你，而且我堅決地說，我是永遠崇拜着的。

奧·代·雷。』

李迭亞姑娘背過臉兒去看着這封信，而那用心觀察着她的高龍芭，把那個埃及的指環交還她，用一種懷疑的目光問她這些算什麼意思。可是李迭亞姑娘不敢擡起頭來，她悲哀地凝看着指環，把它戴在指上，接着又把它除了下來。

——親愛的奈維爾小姐，高龍芭說，我不能知道我哥哥對你說些什麼話嗎？他對你說起他的健康嗎？

——眞的……李迭亞姑娘紅着臉兒說，他沒有對我說起…… 他的信是用英文寫的……他叫我對我的父親去說…… 他希望知事能夠安排……

高龍芭狡猾地微笑着，坐到床邊去，握着奈維爾姑娘的兩隻手，用她的烱烱的眼睛凝看着

——你可以仁善點嗎？她對她說。你可不是要寫回信給我的哥哥嗎？你將大大地加惠與他！當他的信送到的時候，一時我竟想來喚醒了你，你可是我却不敢。

——你大錯了，奈維爾姑娘說，如果我的一句話能夠使他……

——現在我不能送信給他了。知事已來到，而比愛特拉納拉已佈滿了他的巡丁。將來我們再看吧。啊！如果你是了解我的哥哥的，奈維爾小姐，你會像我愛他一樣地愛他……他是那麼善良！那麼勇敢！請你想一想他所做的事吧！獨自一人，又是受了傷却對付兩個人！

那位知事已經回來了。市長的助理派了一個專差去通知了他，他便帶着憲兵和巡兵，又邀了檢察官書記和其外一行人等一同來到，來調查這件使比愛特拉納拉的大族的嫌隙更發生糾紛，或者也可以說是使那種嫌隙終止的，新發生的驚人的不幸事件。在他來到之後不久，他見到了奈維爾上校和他的女兒，他並不對他們把他的對於事情的愈變愈壞的憂慮掩藏起來。

——你是知道的，他說，這次的互鬥並沒有證人；而那兩個不幸的青年人的機巧和勇敢的名聲是大家都知道的，誰都不肯相信代拉·雷比阿沒有那兩個強盜（別人說他是躲避在他們那兒）的幫助能獨自個殺死他們。

——這是不可能的，上校喊着；奧爾梭·代拉·雷比阿是一個非常正直的人；我可以代他回答。

——我也這樣想，那位知事說，可是那位檢察官（那些先生們老是懷疑着的）我看來是很不容易安排的。他手裏有一張對你的朋友不利的文件。那是一封寫給奧爾朗杜丘的恐嚇信，信裏他約他去決鬥，而那約會他覺得是一個埋伏。

——那個奧爾朗杜丘，上校說，不像一個講面子的人，他已拒絕了決鬥。

——這不是這兒的習慣。人們設埋伏，人們從後面襲殺，這便是這兒的本地風光。然而却有一個有利的證據；便是有一個女孩子斷言她聽到過四響鎗聲，後面的兩聲是比前兩聲更響，是從像代拉·雷比阿先生的鎗的那種粗徑口的鎗裏發出來的。不幸那個女孩子是被人疑為同謀犯的一個強盜的姪女，別人已教好她怎樣說了的。

——先生，李迭亞小姐臉兒一直紅到耳根來進來說，開鎗的時候我們是在路上，我們也聽到同樣的鎗聲。

——眞的嗎？這是重要的一點。你呢，上校，你當然也注意到的吧？

——是囉，奈維爾小姐很快地說；我的父親是慣聽鎗聲的，他說：你聽，代拉·雷比阿先生在開我的鎗了。

——那麽你們辨出的兩響鎗聲，的確是在後的嗎？

——是後面的兩鎗，可不是嗎，父親？

那位上校的記心是不很好的；可是無論什麽時候，她的女兒所說的話，他總是唯唯稱是的。

——應該立刻把這事去講給檢察官聽，上校。此外，我們今晚等一個外科醫生來檢驗那兩具屍身，驗明傷口是否是那桿鎗所打的。

——那桿鎗是我送給奧爾梭的，上校說，而我希望徹底地知道它……那就是……那個勇敢的人……我幸喜那桿鎗在他手裏；因爲如果沒有我的芒東鎗，我眞不知道他如何能脫險呢。

十九

那位外科醫生到得遲了一點。在路上他碰到了他自己的奇遇。他被喬閣多·加斯特里高尼確到了，他非常客氣地請他去看一個受傷的人。他被引到奧爾梭那裏，給他的傷口作了第一次的醫治。接着那個強盜遠遠地送了他一程，和他談着比斯的最著名的教授們——他說他們是他的密友——而深深地感化了他。

——醫生，那位神學學者在和他分別的時候對他說，你使我引起了很大的敬意，所以我覺得不必再叮囑你說一個醫生是應該和一個替人懺悔的教士一樣地謹慎的了。（他在說着這話的時候玩弄着鎗機。）你已經把我們相遇的地方忘記了。再會吧，得識先生，我是不勝榮幸啊。

高龍芭懇求上校去參加驗屍。

——你認識我哥哥的鎗比誰都清楚點，她說，你出場是很有用的。況且此地壞人又很多，如果我們沒有人去擁護我們的利益，我們是會受到很大的危險的。

當獨對着李迭亞姑娘的時候，她說她頭痛得非常厲害，向她提議到村外去散步一會。

——新鮮空氣會使我好的，她說。我那麼長久沒有呼吸新鮮空氣了！她一壁走一壁對她談着他的哥哥；而那對於這個話題很感到興味的李迭亞小姐，沒有覺得她已離比愛特拉納拉很遠了。當她注意到的時候，太陽已快下山了，他要求高龍芭回去。高龍芭說她認識一條捷徑，可以省了許多路：於是離開了她所走着的小路，而向一條看去不大有人走的小路走去。不久她便開始攀登一座山，那座山是很險峻，使她不得不常常一隻手抓住樹枝撐住自己的身體，一隻手牽着那在後面的她的伴侶。苦苦地十足攀登了一刻鐘，她們來到了四面亂石嵯峨的一片漫生着桃金孃和雜樹的小小的高原上。李迭亞姑娘已很疲乏了，村莊還不出現，天差不多已黑了。

——親愛的高龍芭，她說，你知道嗎，我怕我們已迷路了？

——不要害怕，高龍芭回答。儘管走，跟着我。

——可是我對你說你一定走錯路了；村莊不會在這一面的。我賭說你是背道而馳了。瞧，那麼遠的地方的那些燈火，比愛特拉納拉一定在那一面。

——我親愛的朋友，高龍芭神色騷亂地說，你的話是不錯的；可是從這裏再走二百步……在這草莽裏……

——嗯？

——我的哥哥是在那裏；如果你願意，我可以去看他，去吻他。

奈維爾姑娘吃了一驚。

——我不知不覺地走出了比愛特拉納拉，高龍芭繼續說下去，因爲你是和我在一起……否則人們會尾隨着我了……和他離得那麼近而不去看他！……你這個能使他十分快樂的人！你爲什麼不和我同去看我的可憐的哥哥呢？

——可是，高龍芭……這在我是不適當的啊。

——我懂了。你們這些都市的女子，你們老是掛慮着適當不適當；我們這些村莊的女子呢，我們只想着有沒有好處。

——可是天已那麼晚了！……而且你的哥哥會對我如何設想呢？

——他會想着他並沒有爲他的朋友所棄，這便使他有勇氣吃苦了。

——而我的父親呢，他會那麼地擔心……

——他知道你和我在一起……唸！下一個決意吧……你今天早晨還凝看着他的肖像的，

她帶着一種狡猾的微笑說。

——不……眞的，高龍芭，我不敢……那些在那兒的强盜……

——呃！那些强盜不認識你，有什麼要緊呢？你是希望着見他的！……

——天啊！

——喑，小姐，打一個主意吧。把你獨自個賸在這裏，我是辦不到的；誰知道會出了什麼事。去看奧爾梭，或是一同回村莊去……天知道我能在什麼時候看見我的哥哥……或許永遠不會看見他了……

——你說什麼，高龍芭？……呃！我們去吧！可是不要長久，我們立刻就回來。

高龍芭握着她的手，於是也不回話，她便立刻飛快地走上去，李迭亞姑娘幾乎不大跟得上她。幸虧高龍芭不久便站住了，對她的伴侶說：

——在未通知他們之前不要再走上前去；我們或許會吃到鎗彈的。

她把兩隻手指放在脣邊吹着口哨；不一刻就聽到了一隻狗的吠聲，而那走在强盜前面的巡哨便立刻出來了。這是我們的老相信勃魯斯哥，它立刻認識了高龍芭，便來爲她做引導。在草莽中的狹窄的小徑裏拐彎抹角了許多次後，兩個全身武裝的人上來迎她們了。

——是你嗎，勃朗多拉丘？高龍芭問。我的哥哥在那裏？

——在那邊！那個强盜回答。可是請輕輕地走過去：他睡着，這還是他受傷以來的第一次。天啊！這是顯然的魔鬼走得過的地方，女人也一定走得過的。

那兩個女子小心地走過去，而在一盞四周用乾石砌成一圈小牆謹愼地把强烈的光遮住了的燈邊，她們瞥見了奧爾梭躺在一堆薇蕨上，蓋着一件 Pilone。他臉色很慘白，而他的呼吸又很急迫。高龍芭在他身旁坐了下來，合着手默默地望着他，好像在暗暗地祈禱。李迭亞姑娘用手帕掩着面緊貼着她；可是她不時地擡起頭來，從高龍芭的肩頭望着那個受傷的人。大家緘口了一刻鐘。那位神學學者打了一個暗號，勃朗多拉丘便和他一同穿進草莽裏去了，這使那第一次覺得那兩個强盜的大鬍子和武裝是地方色彩太重了的奈維爾姑娘，大爲安心。

最後奧爾梭動彈了一下。高龍芭便立刻向他俯身下去，吻了他好多次，滔滔不絕地問着他的傷創，他的苦痛，他的需要。奧爾梭在回答說他勉强還可以過得去之後，便問起奈維爾姑娘是否還在比愛特拉納拉，她有沒有寫信給他。高龍芭是彎身在她的哥哥上面，把她的伴侶全部遮住了，況且那地方又是那麼暗黑，簡直使他難以辨認出來。她一隻手握住了奈維爾姑娘的手，一隻手輕輕地扶起了受傷者的頭。

——不，哥哥，她沒有叫我把信拿給你……；可是你老是想着奈維爾小姐，你很愛她嗎？

——我當然愛她的啊，高龍芭！……可是她……她或許現在瞧我不起了！在這個時候，奈維爾小姐使勁想抽出手來；可是要使高龍芭放鬆是不容易的事；她的手雖則是小而美，却具有一種力量那種力量我們是已經見到過的了。

——瞧你不起！高龍芭喊着，在你做了那樣的事後會瞧你不起！……却相反，她說你好呢……啊！奧爾櫢，我會有許多關於她的話對你講啊。

那隻手老是想擺脫出去，可是高龍芭老是把它愈拉愈近奧爾櫢。

——可是畢竟為了什麼不給我回信呢？……那受傷的人說只要短短的一行，已會使我快樂了。

高龍芭拉着奈維爾姑娘的手，終於把它放在她哥哥的手裏。那時便大笑着突然離開。

——奧爾櫢，她喊着，當心不要說奈維爾小姐的壞話，因為她很懂高爾斯話的。

奈維爾姑娘立刻縮進了她的手，喃喃地說了幾句聽不懂的話。奧爾櫢以為自己在做夢。

——你在這裏，奈維爾小姐！天呀！你怎樣地敢來的！啊！你使我多麼幸福！

於是，他苦痛地翻起身來，想靠近她去。

——我伴着你的妹妹同來的，李迭亞姑娘說……這樣可以使別人不疑心她到那裏去……

……此外，我也想……使自己放心，……啊啊！你在這兒多麼不舒服！

高龍芭坐在奧爾梭的後面。她小心謹愼地扶他起來，把他的頭擱在她自己的膝上。她用臂膊圍抱着他的頭，招手叫李迭亞姑娘過去。

——再過來點！再過來點！她說：一個病人是不可以把聲音提得太高的。

李迭亞姑娘正在躊躇的時候，高龍芭便抓住了她的手，强迫她很貼近地坐下來，她的衫子碰到了奧爾梭，而她的老是被高龍芭握住不放的手，擱在那受傷者的肩上。

——這樣很好，高龍芭高興地說。奧爾梭，像這樣的美麗的夜間露宿在草莽裏可不是很好嗎？

——哦！是呀！美麗的夜間！奧爾梭說。我永遠不會忘記的！

——你一定很苦痛吧，奈維爾姑娘說。

——我並不苦痛，奧爾梭說，我願意死在這裏。

於是他的右手移進到高龍芭老是不放的李迭亞姑娘的手邊。

——代拉·雷比阿先生實在應該把你送到一個可以好好地照料你的地方去，奈維爾姑娘說。我將不再能熟睡了，因爲現在我看見你睡得那麼不適意……在露天下……

——如果我不怕和你會面，奈維爾小姐，我早會設法同比愛特拉納拉，而我也早會成爲囚徒了。

——那麼你爲什麼怕和她會面呢，奥爾棱？高龍芭問。

——我沒有聽你的話，奈維爾小姐……就是現在我也不敢見你。

——李迭亞小姐，你要我哥哥做什麼他就做什麼，你知道嗎？高龍芭笑着說。我將不讓你來看他了。

——我希望，奈維爾姑娘說，那件不幸的事將水落石出，我希望你不久就可以無所恐懼了……如果在我們出發的時候，我知道了你已得到公正的裁判而別人又認識了你的磊落和你的英武，我準會十分快樂的了。

——你出發，奈維爾小姐！不要再說這句話吧。

——怎麼辦呢……我父親不能老是打獵的……他要出發。

奧爾梭墜下了他的觸到李迭亞小姐手上的手，一時大家都沉默了。

——嘿！高龍芭說了，我們不讓你們那麼快地出發。我們在比愛特拉納拉還有許多東西要領給你們看……而況你已答應我給我畫一幅肖像，而你却還沒有動手……此外我也答應爲你做一篇七十五韻的夜曲……還有……可是勃魯斯哥在叫些什麼？……勃朗多拉丘跟在它後面跑着……去瞧瞧是什麼事吧。

她便立刻站了起來，不客氣地把奧爾梭的頭擱在奈維爾姑娘的膝上，她跑在那兩個強盜後面。

奈維爾姑娘這樣地扶托着一個美麗的青年，在草莽之中獨對着他，心頭不免有點驚恐，她眞不知道如何辦纔好，因爲如果她突然地移身開去，她怕使那個受傷的人痛苦。可是奧爾梭却自己離開了這個他的妹妹剛才給他的溫柔的依靠，用右臂支撑着身體，說道：

——那麼你不久就要走了嗎，李迭亞小姐？我一向沒有想過你會在這不幸的地方長久地淹留下去的……然而……自從你來到此地以後，一想到要和你離別，我便更百倍地苦痛了……我是一個可憐的中尉……沒有前程……現在又是一個罪人……李迭亞小姐，這時候對你說我愛你眞是很不適當……可是無疑地這是我能向你說出來的唯一的機會。我已舒了我心頭之意，現在我覺得我的不幸已減少一些了。

李迭亞小姐背轉臉兒去，好像黑暗還不够掩住她的羞紅似地。

——代拉·雷比阿先生，她用一種顫動的聲音說，我會到這裏來嗎，如果……

說着她把那個埃及的指環放在奧爾梭的手裏。接着，她使了一個勁兒，又用着她所慣用的揶揄的口氣來說了：

——代拉·雷比阿先生，你這樣說是很不對的……在草莽之中，圍着你的强盜，你是很知道我是決不敢向你發脾氣的。

奧爾梭作勢去吻還指環給他的那隻手；因爲李迭亞小姐把手縮回得太快一點，他便坐不穩倒身下去，壓在自己的左手上。他禁不住發出一聲苦痛的呻吟來。

——你痛了嗎，我的朋友？她扶他起來說；這是我的錯處！請你原諒我……

他們還貼得很近地低聲密談了一些時候。那個急急忙忙地跑過來的高龍芭，看見他們還是像她離開他們的時候一樣地偎依着。

——巡兵來了！她喊着。奧爾梭，站起來走吧，我來幫助你。

——不用管我吧，奧爾梭說。叫兩個強盜快逃；……讓他們來捉我吧，我是不要緊的；可是把李迭亞姑娘帶去吧：天呀，不要讓別人看見她在此地！

——我不會丟下你的，那個跟在高龍芭後面的勃朗多拉丘說。巡兵長是那律師的乾兒子；他會不拘捕你而把你殺死，接着他會說他是失手打死你的。

奧爾梭試想站起來；他甚至還走了幾步；可是不久又停了下來：

——我不能走，他說。你們逃吧。再會吧，奈維爾小姐；把你的手拿給我，再會吧！

——我們決不離開你！兩個女子同聲喊着。

——如果你不能走，勃朗多拉丘說，那麼讓我來背你吧。噲，我的中尉，有勇氣一點吧；我們還來得及從山溪裏逃走。「教士」先生會對付着他們。

——不，別管我吧，奧爾梭又躺在地上，說着。天啊，高龍芭，把奈維爾姑娘帶了去吧！

——你是有力氣的，高龍芭小姐，勃朗多拉丘說；抓住他的肩，我抓住他的脚；好！上前走吧！

他們不管他肯不肯，很快地把他擡了起來；李迭亞姑娘跟在他們後面，十分驚嚇，忽然一聲鎗聲響出來，立刻又有五六響鎗聲回應着。李迭亞小姐發了一聲呼喊，勃朗多拉丘却吐出了一片咒詛，可是他却加快了速度而高龍芭也學着他的樣在草莽中漫跑着，也不顧樹枝打着她的臉或是撕碎她的衣衫。

——俯身下來，俯身下來，好人，她對她的伴兒說，子彈要打着你了。

這樣地走了——或者不如說跑了——五百步光景，勃朗多拉丘忽然說他已氣盡力竭了，他倒在地上，高龍芭勸他責備他都沒有用。

——奈維爾姑娘那裏去了？奧爾梭問。

奈維爾姑娘，爲鎗聲所驚，爲草莽的叢樹所阻，已不久失去了那幾個逃避者的踪跡了，她祇賸下獨自個陷於異常苦痛的狀態中。

——她賸在後面了，勃朗多拉丘說，可是她不會失踪的，女人們總是找得到的。聽啊，奧爾梭·安東，「敎士」用着你的鎗弄出那麼大的聲音來。不幸天是那麼黑，在黑夜裏互相開鎗是沒有多大傷害的。

——噓！高龍芭喊着；我聽到一匹馬的聲音，我們有救了。

眞的，一匹在草莽裏吃草的馬，爲鎗聲所驚，走到他們那邊去。

——我們有救了！勃朗多拉丘又說了一遍。

在那個强盜有了高龍芭幫忙，跑到那匹馬邊去，抓住它的鬣毛，用一根繩子穿在它嘴裏當繮繩，簡直是一瞬間的事。

——我們現在通知那「敎士」吧，他說。

他作了兩次口哨；一聲遠遠的口哨回答了這種暗號，於是芒東鎗的巨大的聲音便停止了。那時勃朗多拉丘跳上馬去。高龍芭把她的哥哥放在那强盜的前面。那强盜一隻手使勁地揪住了他，一隻手指揮他坐的騎。雖則有了這雙倍的擔負，那匹馬在肚子上狠狠地吃了兩脚，便被激起來輕捷地馳出去，奔下那一片巉峭的山坡去。如果不是一匹高爾斯的馬，在這樣巉峭的山坡上，是早已跌死一百回了。

高龍芭那時便回身轉去，使勁呼喚着奈維爾姑娘，可是竟沒有一聲回答她的聲音……在尋找着她所走過的路，胡亂地走了一會兒之後，她在一條小路上碰到兩個巡兵，向她喊着：「誰在那兒？」

——呃！諸君，高龍芭用一種譏諷的口氣說，鬧得一天星斗了。打死了幾個人啊？

——你是和强盜在一起的，一個兵說，你應該跟我們去。

——無不樂從，她回答；可是這兒我有一個朋友，我們得先把她找到了。

——你的朋友已經抓住了，你們今夜都要睡在牢裏。

——牢裏？瞧着吧；可是現在把我帶到她那邊去吧。

於是那些巡兵把她帶到那强盜們屯駐過的地方。在那裏，他們收集起了他們的遠征的戰利品，那就是遮蓋奧爾梭的 pilone，一隻舊鍋子和一個盛滿了水的水甕。奈維爾姑娘也在那裏。她碰到了巡兵，嚇得半死，他們問她强盜有幾人，向那裏逃的時候，她只是啼哭而已。高龍芭投到她的懷裏，附耳對她說：『他們已經逃走了。』

接着，她向那些巡兵長說：

——先生，你可以看出，你所問她的事她是一點也不知道。讓我們回村去吧，有人在那裏不耐煩地等着我們。

——我們會把你們帶了去，比你們所希望的還快，我的人兒，那巡兵長說，你們將解釋這時候你們在草莽裏和那些剛逃走的强盜幹些什麼，我不知道那些無賴鬧些什麼鬼把戲，可是他們一定使女子們着了魔，因爲有强盜的地方，總一定有漂亮女子的。

——你是漂亮人，巡丁長先生，高龍芭說，可是請你說話留神些，這位小姐是知事的密友，不該和她去饒舌的。

——知事的密友！一個巡兵輕聲對他的頭目說，眞的，她戴着一頂帽子。

——帽子算不了什麼的，那巡丁長說。她們兩個都和那本地的大騙子「敎士」在一起，我的責任是把她們帶了去。眞的，我們在這裏沒有什麼事要做了。如果沒有那個該死的都班連長……那個法國醉鬼早在我圍草莽之前露面了……如果沒有他，我們早把他們一網打盡了。

——你們是七個人嗎？高龍芭問。諸君，你們要曉得，如果碰巧保里三兄弟——岡比尼、沙羅豈和代奧陀爾——是和勃朗多拉丘和「敎士」一起在聖女克麗絲丁十字架邊，他們準會給你們點顏色看呢。如果你要和「鄉野司令」（81）談話，我是可以讓開的。在黑夜裏子彈是不認人的。

高龍芭所提起的和那些厲害的强盜相遇的可能性，好像在那些巡兵的心頭起了作用。一壁兒駡着那都班連長，狗法國人，一邊發了收隊的命令，於是他的小隊伍，便帶着 pilone 和鍋子，取道向比愛特拉納拉而去了。至於那個水甕呢，已一脚踢破了。一個巡兵想抓住李迭亞小姑娘的臂膊，可是高龍芭立刻推開了他，說道：

——誰都不准碰她一碰！你們以爲我們想逃嗎？噲，我的好李迭亞，靠着我，不要像孩子一樣地啼哭。我們碰到了一個奇遇，可是它的結果不會壞的；半點鐘之後我們就可以吃晚飯了。在我呢，我是非常希望着這樣啊。

——別人不知對我如何設想啊？奈維爾姑娘低聲說。

——別人想你是在草莽裏迷了路，如此而已。

——那知事會怎樣說啊？……尤其是我父親，他會怎樣說啊？

——知事嗎？……你可以回答他，請他管他自己的事就是了。你的父親嗎？……照你對奧爾梭談話的樣子看來，我想你已有對你父親說的話了。

奈維爾姑娘緊緊地抓住了她的臂膊，沒有回答。

——可不是嗎，高龍芭在她耳邊低聲說，我的哥哥是值得愛戀的？你可不是有點愛他嗎？

——啊！高龍芭，那個雖則驚恐失措但還微笑着的奈維爾姑娘回答，我是那麼相信你的，你却賣了我！

高龍芭一手摟住了她，吻着她的前額：

——我的小妹妹，她很低地說，你可以原諒我嗎？

——眞應該原諒的呢，我的厲害的姊姊，李迭亞還吻着她回答。

知事和檢察官是住在比愛特拉納拉的市長的助理家裏，那位上校，十分爲自己的女兒擔憂着，不斷地去向他們問消息，那時，巡丁長派來先報信的一個巡兵，對他們講了那一篇攻强盜的劇戰的經過，那場劇戰果然是沒有死傷，可是却帶了一個鍋子，一件 pilone 和兩個少女來，這兩個少女，據他說，是强盜的情婦或是奸細。這樣通報過之後，那兩個女俘虜便到了，四面圍着她們的武裝的扈從。高龍芭的滿面春風，她的伴侶的羞態，知事的驚奇，上校的快樂和驚愕，這些你們是可以想見的。那檢察官想把那可憐的李迭亞審問一下，使她狼狽失措纔甘心。

——我覺得，那知事說，我們可以把她們都釋放了。這兩位小姐一定是出去散步。這樣好的天氣，散步是很自然的事。她們偶然碰到了一個可愛的受傷的青年，也是很自然的事。

接着，他把高龍芭拉過一邊說：

——小姐，你可以通知你的哥哥，說事情已有了好的轉機。屍身的檢驗，上校的證言，都證明他祇不過是還擊，證明他在動手的時候只有一個人。一切都將安排停當，可是他應該趕快離開草莽，前來到案。

當上校，他的女兒和高龍芭對着一桌冷菜就席吃晚飯的時候，差不多已是十一點鐘了。高龍芭胃口很好，一邊還嘲笑着知事，檢察官和巡兵。上校一言不發地吃着，老是望着他的不敢從菜碟上擡起眼來的女兒。最後，用着一種溫和，但是愼重的口氣：

——李迭亞，他用英國話對她說，那麼你已和代拉·雷比阿訂婚了嗎？

——是的，父親，從今天起的，她紅着臉，但是用一種堅決的口氣回答。

接着她擡起眼睛來，看見她父親的臉色上毫無怒意，她便投身到他的懷裏吻着他，像有教養的姑娘在這樣的情形中所做的一樣。

——那很好，上校說；他是一個好人，可是，天呀，我們不要住在他的這種該死的地方！否則我便不允許你。

——我不懂英國話，那帶着一種非常好奇的目光望着他們的高龍芭說；可是我賭說我已猜出了你們所說的話。

——我們說那位上校回答，我們要帶你去作一次愛爾蘭旅行。

——是的，我很願意；我將做高龍芭妹妹了。停當了嗎，上校？我們擊掌同意嗎？

——在這種情形中，是要互相接吻的，上校說。

二十

在那新聞紙上所謂使比愛特拉納拉至村陷於驚愕之中的連發連中幾個月之後，一位左手縛着吊繃帶的青年人，在一個下午騎着馬出了巴斯諦阿，向加爾多村進發。那加爾多村是以泉水出名的，在夏天，它將甘冽的水供給城裏的高雅的人們。一位身材頎長，容顏美麗的青年女子伴着他；她騎着一匹小小的黑馬，有眼光的人是會贊賞那匹馬的氣力和風度的，可是不幸它的一雙耳朵已因一件奇怪的意外事而被割碎了。到了村子，那位青年的女子輕捷地跳下馬來，在幫助她的同伴下馬來之後，她把那繫在他的馬鞍架上的幾隻不很輕的皮包卸了下來。馬已交給一個鄉下人去看管於是那個負着用披巾遮住了的皮包的女子，那個帶着一桿雙響鎗的青年男子，便取道向山間而去；他們走着一條峻峭的小徑，那條小徑是不像通到任何人家去的。到了葢爾旭山的一片高坡上，他們站住了，兩人都在草上坐了下去。他們好像在等候什麼人，因爲他們的眼睛不停地向山間轉望着，而那位年輕的女子還時常看着一隻漂亮的金錶，爲的是看約會的時候有沒有到，或許也爲的是鑑賞一件她新近得到的珍飾。他們等了不久，一隻狗便從草莽間出來了。它聽到了那青年女子喊着勃魯斯哥的名字，便急忙跑過來和他們親熱。不久兩個生着鬍子，挾着鎗，纏着彈囊帶，腰邊佩着手鎗的男子，也出現了。他們的補滿了補綻的破衣裳，正和他們的大陸名廠所製的光亮的鎗造成一個反映。這一幕的四個人物，雖則外表的地位是不相同，却親密得像老朋友似地招呼着。

——喑！奧爾梭·安東，年歲較長的那個强盜向那青年男子說，現在你的事已結束了。不起訴的裁定。我向你道賀。那律師已不在這島裏了，我不能看見他發狂，眞有點不快意。你的臂膊呢？

——他們說在半個月之後，那青年男子說，我就可以解了吊繃帶了。——勃朗多拉丘，我的好人，我明天要出發到意大利去了，我想向你和「敎士」先生握別。這就是我請你們到這裏來的原故。

——你眞太性急了，勃朗多拉丘說；昨天纔了淸宿債，明天就要走了嗎？

——有事情要做啊，那個靑年女子快樂地說。諸君，我帶了點東西來請你們：吃吧，還不要忘記了我的朋友勃魯斯哥。

——你寵壞勃魯斯哥了，高龍芭小姐，可是它是知恩的。你瞧着吧。喑，勃魯斯哥，他平平地舉起了他的鎗說，給巴里昰尼家跳一跳吧。

那隻狗却一動也不動，舐着自己的嘴，望着它的主人。

——那麼給代拉·雷比阿家跳一跳吧！

於是它高高地跳了起來，比它所必要的更高兩尺。

——聽着吧，我的朋友們，奧爾梭說，你們幹的不是好事；如果你們不在那邊我們所看見的那塊空場上(82)斷送了你們的生命，你們至多也不過在草莽裏中了一個憲兵的子彈而死。

——呃，加斯特里高尼說，這總也不過一死而已，而且這種死法是比躺在床上害熱病而死，聽着你的承繼人的眞誠或是不眞誠的啼哭好一點。當像我們這樣過慣了曠野生活的人，除了如我們村子裏的人所謂「死在自己的鞋子裏」之外，是沒有再好的死法了。

——我願意你們離開了這個地方，奧爾梭說下去而過度一種更平靜的生活。譬如，你們爲什麼不像你們的許多伙伴一樣地到沙爾代涅去安身呢？我可以幫助你們。

——到沙爾代涅去！勃朗多拉丘喊着。Istos Sardos！(83) 魔鬼把他們和他們的土話一同帶去吧。和他們在一起眞太糟了。

——在沙爾代涅沒有餬口的方法，那位神學學士補說着。我呢，我瞧不起那些沙爾代涅人。他們有一隊專事搜捕强盜的馬隊；這是强盜和地方上的污名。(84) 他媽的沙爾代涅！代拉·雷比阿先生，你是一個有眼力有知識的人，你嘗過了我們的草莽生活的味兒還會不接受我們的生活，那眞使我驚奇了。

——可是，奧爾梭微笑着說，雖則我幸得和你們共食過，我却並不很能領略你們的地位的逸趣，而且當我一回想到我像一個袋子似地被橫放在我的朋友勃朗多拉丘騎着的一匹沒有鞍子的馬上，在一個可愛的夜間奔馳的時候，我的腰便還會感到酸痛。

——而那脫逃了追趕的快樂，加斯特里高尼說，你難道不把它當做一會事了嗎？對於像我們那樣的在一個美麗的地方中的絕對的自由底逸趣，你怎樣會漠然無所動呢？有了這個防身具（他指着他的鎗），在彈丸能達到的遠近，我們到處是南面之王了。我們發號令，我們除暴安良……先生，這是我們捨不下的一種很道德的又是很有趣的行樂。當一個人比吉訶德先生(85)更聰敏，武裝得更好的時候，還有什麼比浪游騎士更美的生活嗎？聽着，那一天，我知道了那個小麗拉·露伊姬的叔叔（他簡直是一個老守財奴），不肯給她嫁裝，我便寫了一封信給他，可是並沒有威嚇，因爲我不是那樣的人；呃，他立刻承服了；他便嫁了她。我便使兩個人幸福了。相信我吧，奧爾梭先生，强盜的生活是什麼都比不上的。嘿！如果沒有某一個英國女子，你或許會入我們的夥了。那位英國女子我只瞥見過一眼，可是在巴斯諦阿大家都歎賞地談說着她。

——我的未來的嫂子不歡喜草莽，高龍芭笑着說，她在那裏十分受驚過。

——那麼，奧爾梭說，你們決意要留在此地嗎？好吧。對我說我能替你們做點什麼事嗎？

——沒有什麼，勃朗多拉丘說，只要你稍稍保留一點對於我們的記憶就够了。你待我們已經太好了。現在豈里娜已有了一筆嫁資，用不到我的朋友「教士」寫沒有威嚇的信，已可以好好的把她嫁出去了。我們知道你的佃戶會在我們需要的時候給我們麵包和火藥：這樣，再會吧。

我希望有一天在高爾斯再看到你。

——在緊急的時候，奧爾梭說，幾塊金錢是很有用的。現在我們是老朋友了，請你們哂納了這點錢吧。你們可以用來置備彈藥的。

——我們之間不要有金錢的關係，我的中尉，勃朗多拉丘用一種堅決的口氣說。

——在世界上，金錢是萬能的，加斯特里高尼說；可是在草莽裏呢，需要的只是一顆勇敢的心和一桿放得出的鎗而已。

——如果不留下一點紀念品給你們，奧爾梭說，我是不願離開你們的。噲，我送你點什麼呢，勃朗多拉丘？

那個強盜搔着頭，斜斜地望着奧爾梭的鎗：

——哎，我的中尉，如果如果我敢……不，你放不下手的。

——你要什麼？

——沒有什麼……沒有什麼……還得要有使用的本領。我老是想着那獨隻手的連發連中……哦！這是不會再發生一次的。

——你要這桿鎗嗎？……我是帶了它來送你的；可是請你越少用它越好。

——哦！我不預先對你說我能像你一樣地使用它；可是，放心吧，我決不會丟了它的。如果別個人得到了它，你便很可以說：勃朗多·沙凡里已經歸天了。

——那麼你呢，加斯特里高尼，我給你點什麼呢？

——既然你一定要送我一點物質的紀念品，那麼我也就老實不客氣地請你寄一本版本越小越好的何拉斯集給我。它可以給我做消遣品，又可以使我不忘記了我的拉丁文。在巴斯諦阿港口上有一個賣煙的小姑娘；你把書交給她，她會轉交給我的。

——學者先生，你可以得到一本愛爾賽維爾(86)版的；恰巧在我要帶走的書裏有這樣的一本書。——好吧！我的朋友們，我們應該分別了。握一握手吧。如果你們有一天想到沙爾代涅去，請寫信給我就是了。N律師會把我在大陸上的通訊處告訴你們。

——我的中尉，勃朗多說，明天當你出港的時候，請你望一望山上這個地方；我們將在這裏，我們將用我們的手帕向你打招呼。

於是他們便分別了；奧爾梭和他的妹妹取道向加爾陀而去，而強盜們也取道向山間去了。

二十一

在一個可愛的四月之晨，陸軍上校多馬·奈維爾爵士，他的結了婚沒有幾天的女兒，奧爾梭和高龍芭，駕着輕車出了比斯，去尋訪一個異國人都去看的新發掘出的愛特魯里（87）的古跡。走下到古跡的裏面之後，奧爾梭和他的妻子便抽出他們的鉛筆，開始摹繪起古蹟的壁畫來；可是上校和高龍芭兩人對於考古學都是毫不關心的，便離開了他們，到附近去散步。

——我的好高龍芭，上校說，我們是決不能回比斯去吃中飯了。你餓了嗎？現在奧爾梭和他的太太是埋頭在古蹟之中，當他們一起畫起圖畫來的時候，他們是沒有完結的時候的。

——是呀，高龍芭說，然而他們却連一片畫屑也不帶回來。

——我想，那上校繼續說下去，我們不妨到那裏那個小農莊去。我們可以在那邊找到麵包，或許還有甜酒，誰知道呢，或許竟會有乳酪和莓子。我們便在那裏耐心地等候我們的畫家。

——你說的不錯，上校。在一家之中有理性的人你和我，我們如果做了這兩個只生活在詩意中的情人的犧牲者，那可太糟了。讓我挽着你的手臂吧。我可不是改良了嗎？我挽着手臂，我戴着帽子，我穿着時式的衣衫；我有手飾；我學會了不知道多少漂亮的事情；我現在已絕對不是一個野蠻的女子了。瞧一瞧我披這條肩巾的風度吧，……那個金髮的人，那個來吃喜酒的你部下的軍官……天啊！我記不起他的名字了；那個我一拳可以打倒的生着鬈髮的高大的人。……

——戚特吳士嗎？上校說。

——不錯正是！可是我永遠唸它不出來。呃！他是發狂地戀愛着我。

——啊！高龍芭，你已變成很會弄情的了。我們不久又可以吃喜酒了。

——我！我嫁人嗎？如果奧爾梭給我養了一個姪兒，那麼誰去教養他呢？誰教他說高爾斯話呢？……是呀，他將說着高爾斯話，而我還要給他做一頂尖帽子，叫你看了發脾氣。

——先等你有一個姪兒吧；那時，如果你願意，你便敎他使短刀吧。

——永別了吧，那些短刀，高龍芭高興地說；現在我手裏有了一把扇子，如果你說我們家鄉的壞話，我便會用它來打你的手指了。

這樣閑談着，他們走進了農莊。在那裏，他們找到了酒，莓子和乳酪。在上校喝着甜酒的時候，高龍芭幫着農家女去採莓子。在一條小徑的拐角上，高龍芭瞥見了一個老人坐在一張草椅上曝日，好像是害着病的因爲他的頰和眼睛都陷了下去；他是非常地瘦，而他的寂然不動，他的慘白的臉色，他的不轉動的目光，都使他像一個屍體而不像一個活人。高龍芭十分好奇地凝望了他幾分鐘；她的好奇的目光竟引起了那農家女的注意。

——這個可憐的老人，她說，是你們的一位同鄉，小姐，因爲我聽你說話的聲音，辨出你是高爾斯人。他在他的本鄉受了很大的不幸；他的兒子們死得眞慘。別人說——小姐，請你原諒我——你的同鄉人是睚眥必報的。因此這位只剩下一個人的可憐的先生，便到比斯來，寄寓在他的一個遠親家裏。他的這位遠親便是這農莊的主人。這位先生有點神經錯亂！那便是因他的不幸和他的哀傷而起的……這在那不時有客來的太太是不方便的；所以她把他送到這裏來。他是很溫和的，並不麻煩別人；他每天說不到三句話。可是他的頭腦已經不淸楚了。醫生每禮拜來看他，說他是不久於人世了。

——啊！他已沒有希望了嗎？高龍芭說。在這種情形中，死了倒是福氣。

——小姐，你該和他去談幾句高爾斯話；或許聽到了鄉音他會快樂一點。

——那倒是不一定的，高龍芭帶着一種冷嘲的微笑說，她向那老人走過去，一直到她的影子遮住了他。那時那可憐的白癡便擡起頭來定睛望着高龍芭。高龍芭也同樣地望着他，他老是微笑着。一刻之間，他把手放到前額上去，把眼睛閉上了好像是躲避高龍芭的注視似地。接着他又把眼睛張開了，張得非常地大；他的嘴唇顫動着；他想伸出手來；可是被高龍芭所攝住了，他便好像被釘住似地呆坐在椅上，既不能說，又不能動。最後他的眼睛裏流下了幾點粗眼淚，他的胸間發出了幾聲嗚咽。

——我還是第一次看見他這樣呢，那個農家女說，這位小姐是貴處的人；她是來看你的，她對那老人說。

——仁慈點吧！那老人嗄聲說；仁慈點吧！你還沒有滿意嗎？那張我燒了的紙頁……你怎樣看出來的？……可是爲什麼要兩個人？……奧爾朗杜丘，你不會看出什麼來和他爲難的……應該賸一個給我啊，……祇要賸一個……奧爾朗杜丘……你不會看到他的名字的……

——我要兩個人，高龍芭用高爾斯方言低聲對他說。枝幹已斬下了；而且如果根還沒有腐爛，我是會拔了它的。噲，別哀訴了吧；你不會受苦得長久了。我呢，我却受苦了兩年！

那個老人喊了一聲，他的頭垂到他的胸前。高龍芭背着他轉身過去，慢慢地回去，唱着一個

ballata 裏的幾句不可解的句子：「我要那開鎗過的手，那瞄準過的眼，和那盤算過的心……」

在那農家女忙着去救護那個老人的時候，高龍芭臉色興奮着，眼睛發着光，在上校對面坐下來就食。

——你怎樣了？他說，我覺得你帶着一種像在比愛特拉納拉我們吃飯時別人向我們射過子彈來的那天的神色。

——那是因爲高爾斯的回憶又來到我的腦裏的原故。可是現在已經完了。我要做乾媽了，可不是嗎？哦！我將給他取些多麼漂亮的名字：季爾富丘——多馬梭——奥爾梭——萊奥納！

在這個時候，那農家女回轉來了。

——噲！高龍芭很鎭靜地問，他還是死了呢，還是祇不過暈倒了？

——不要緊的，小姐；可是你的目光竟會使他這樣，這眞奇怪。

——醫生說他不會久長了嗎？

——或許兩個月也不到吧。

——這不會是一種大損失吧，高龍芭說。

——你在說些什麼鬼東西？上校問。

——我在說一個寄寓在此地的我們家鄉的白癡，高龍芭若無其事地說。我常常差人去打聽他的消息。可是，奈維爾上校，賸點莓子給我的哥哥和李迭亞吧。

當高龍芭出了農莊上車去的時候，那個農家去追望了她一些時候。

——你瞧這位這樣漂亮的姑娘，她對她的女兒說，呃！我斷定她是生着毒眼的。(88)

註解

(1)意大利語，意爲「須要不屈不撓地實行你的復仇；它也是巨大的」

(2)何拉斯（Quintus Horatius Flaccus），爲羅馬大詩人，生於紀元前六十五年，死於紀元前八年。nil admirari 見所作韻文尺牘（Epistulae），其全文爲：

Nil admirari prope res est una, Numici, Solaque quae possit facere et servare beatum.

意爲：唯一的事情就是並不對於什麼東西覺得驚奇，奴密西葛思，這才能够使人快活而且常常快活的。

(3)「變容」爲拉斐爾未完成的名畫，今在教王廳畫館。

(4)茹爾丹先生（M. Jourdain），是莫里艾（Molière）著名五幕喜劇鄉紳（Bourgeois Gentilhomme）中之主要人物，他是一個拚命想學上流的，「說了三十年散文而自己還不知道是在說散文的」暴發戶。

（5）「遷怒復仇」（vendetta transversale）。這是一種加到仇主的近親或遠親身上去的復仇。（作者原註。）

（6）那是在阿約修（Ajaccio）的 Place du Casone 的巖岩中。傳說拿破崙幼時常到那裏去默想和讀書。但這恐怕也祇是一種傳說罷了。因為拿破崙在十歲的時候就離開了高爾斯島，而且那個洞的所在地那時也是屬於教會並不開放的。

（7）指拿破崙。

（8）從七百十三年起，高爾斯幾世紀都受着摩爾人的侵犯。傳說在那一個時期人們選舉了幾位首領守治地方，這些首領，名為「連長」（caporali）。高爾斯是在教王的統治之下的，在八百十六年，教王派雨果・高洛納（Hugo Colonna）來驅逐異教，他由 caporali 的幫助而得到成功，於是高洛納和他的伙伴便在島裏做了藩主。可是這些藩主（Signori）的統治很不固，在一千零一年，各鄉對藩主的壓迫起了一個公然的反抗。到一千零七年，一個聯盟是形成了，那些首領還是襲用着 caporali 那個舊名稱。所以在高爾斯，一個 caporali 世家是很受人尊視的。上校和奈維爾姑娘把這 caporali 誤會為一個軍隊裏的普通的 caporali（連長）了。

（9）「如果我進了神聖的神聖的天堂，而我在那裏找不到你，我便會出來的。」（Serenata di Zicavo）（作者原註。）

（10）Capisco 是意大利語動詞 capiscere（懂得）的第一人稱現在直陳格，意為「我懂得」。

（11）維多里阿（Vittoria）之役是在一千八百十三年六月二十一日，是役惠靈吞（Wellington）戰勝，拿破崙在西班牙的勢力便因而失去。

（12）義為「對準那白帽子！」

（13）Campo-Santo 比塞的大伽藍及其古墓地，教堂的四壁有奧爾加格拿及其他名畫家之壁畫。

(14) Dôme是比塞的一個著名的大伽藍。

(15) 用大理石建造的一個圓形的傾斜的塔是一個著名的古跡。

(16) 奧爾加格拿(Andrea Oreagna)是十四世紀的大畫家和雕刻家。Campo-Santo 裏的壁畫：末日審判地獄和死之凱旋，據伐沙里(Vasari)說是奧爾加格拿所畫的。

(17) 見 Flippini 卷十一。——維多羅之名至今猶爲高爾斯人所共棄。在今日這是叛賊的同義字(作者原註)。譯者按：自一二九九年起在熱那亞共和國之統治中之高爾斯，時受壓迫，因而時起來反抗。桑必羅・高爾梭(Sampiero Corso)是高爾斯傳說中的英雄，是熱那亞人的最厲害的對頭。熱那亞人在高爾斯的勢力竟有一時因他而大減。他在一千五百六十七年爲人所賣而死。他的死狀，文人所傳各有不同，不過大都說他是在一場攻打那圍住他的熱那亞人的戰爭的開始中，被他自己的僕人維多羅(Vittolo)殺死的。人們說這惡人得了一百五十個 scudi 纔來幹這個勾當。他顯然是躲在他主人的背後，把他一鎗打死的。

(18) 當一個人死了的時候，特別是當一個人是被暗殺死了的時候，人們便把那個人的屍身放在桌子上，於是那人家裏的女子，如果那家沒有女子則女友或甚至以詩才著名的不相識的女子，均可便在許多來客之前用當地方言即座唱着悼歌。那種女子稱爲voceratrici或照高爾斯的口音稱爲buceratrici；那種悼歌在東岸稱爲vocero, buceru, buceratu，在西岸則稱爲 ballata。vocero這字以及從而變化出來的 vocerar, voceratrice 自經拉丁字 vociferare 來的。有時好幾個女子輪流地即興唱着，而死者的妻子或女兒也往往自己唱着那悼歌。(作者原註)

(19) Rimbeccare 一字在意大利文中意義是「撤回」，「還擊」，「拋還」。在高爾斯方言中，這字的意義是：加人以一種公然侮辱的譴責。——如果一個人對一個父親被人暗殺的兒子說他的父親之仇未報，便是加之以 rimbecco。在一個還沒有在血裏洗淸了一個侮辱的人，rimbecco 是一種催告。——熱那亞的法律對於一個 rimbecco 的主使者加以很嚴的處罰。

(20)華妮娜·陀爾娜夯(Vannina d'Ornano)，是桑必羅(見註17)之愛妻，當桑必羅在君士坦丁之時，熱那亞人怕他的陰謀，便設法想騙她和他的兩個兒子到熱那亞去，因為他們以為有了這人為質，他便不致有所舉動了。那時她是在馬賽，受了熱那亞人的游說，便決意逃走。可是她在盎諦勃(Antibes)被追獲了，一隻法國船的船長便把她帶到了愛克斯(Aix)。在那裏住了不多久，桑必羅從君士坦丁回來，到了亞爾吉(Alger)知道他妻子的逃走，大怒，立刻趕到了愛克斯，把他的妻子帶回馬賽，先跪在她面前為她禱祝，然後親手將她絞死。

(21)見沙士比亞悲劇奧塞羅(Othello)。

(22)民族固有的話，即 schioppetto, stiletto, strada，鎗，短刀，逃走。(作者原註。)

(23)毀艾斯基(Joseph Fieschi)，一千七百九十年生於高爾斯，以謀刺路易斐利普得名，事敗而死。

(24)赤血島羣(Les Sanguinaires)是在阿約修灣中的一羣小島，因為它的岩石都是紅色的，故名。

(25)邦達·第·吉拉多(Punta di Girato)是阿約修灣西部盡頭的一個岬。

(26)阿諦拉(Attila)是匈奴之王，約生於四百〇六年。他的疆域自萊茵河的邊界到中國。他的兵力逐出了高爾斯的羅馬人的勢力，而佔有那個島。

(27)拿波里是很美的城，米賽納岬(cap Misène)處於其北，加斯代拉馬雷(Castellamare)在其南。

(28)Cours，Corso 意大利語有「漫步場」「散步道」的意思。Ajaccio 市中一條大街的名字。

(29)「波拿巴特家」(La Casa Bonaparte)在城中舊區的一條小路聖夏爾路(St. Charles)裏，那是一所美麗的建築物高四層，門上的壁上刻着這種字樣「拿破崙一世於一千七百六十九年八月十五日誕生於此屋中。」

（30）指奧爾棱。

（31）李迭亞姑娘以爲奧爾棱在引借莫里愛的獨幕喜劇 Les Précieuses ridicules 中的話，但她是錯了，奧爾棱未必一定是在引借 Les Précieuses ridicules 中的話，雖然他的那句話的形式是和劇中的這句話相像的： Pour voir chez nous le mérite, il a fallu que nous l'y ayiez amené。但這也並不是馬斯加里爾（Mascarille）所說的話，而是加多斯（Cathos）對馬斯加里爾所說的話。

（32）芒東（Joseph Manton）是十九世紀初葉著名的鎗匠和發明者。

（33）見神曲地獄篇第五章。法朗賽斯加·達·波蘭達（Francesca da Polenta）是拉文拿（Ravenna）人，因爲政治的關係，她嫁給了里米尼（Rimini）的諸侯季昂丘多（Gianciotto）。她的丈夫發現了她和他幼弟保羅（Paolo）的戀愛，便將他們兩人都處死。在地獄篇中，她自述着她的故事。

（34）見註18。

（35）斐第阿斯（Phidias）是希臘最著名的雕刻家，約生於紀元前五百年。他的在雅典的 Acropolis 上的雅典娜（Athena，即米奈爾華 Minerve）銅像，爲其傑作。

（36）in medias res 義爲「到情節的中間」，全文見阿拉斯之詩學（Ars Poetica）：

Semper ad eventum festinat et in medias res

Non secus ac notas auditorem rapit.

義爲：「他急轉直下，把聽衆引到情節的中間，使他們好像覺得早就知道了的。」

(37)從拿破崙自愛爾巴（Elba）逃回復位至滑鐵盧戰後廢位之間的三個月（一千八百十五年三月至六月）。

(38)巴紐爾易(Panurge)是合勃萊(Rabelais)名著邦達格呂愛爾（Pantagruel）中的一個主要人物。邦達格呂愛爾第二卷第二十一章上這樣說：Et ce dict, s'en fouit le grand pas, de paour des coups, lesquelz il craignoit naturellement（說着他便大步奔逃了，因爲他是天生怕打的）。

(39)見註18。

(40)東印度公司一時頗爲印度人的「坐dharma」所苦，那些請願的印度人留在公司的門口不走，如果不得到允許，他們便絕食而死。

(41)一種熟乳酪製的乾酪。是高爾斯的國菜。（作者原註。）

(42)代奧道爾王（le roi Théodore）生於一千六百九十年，歿於一千七百五十六年，是一位貴族，又是冒險家。他在一千七百三十二年在意大利遇到了些亡命的高爾斯愛國者，他答應援助他們驅逐熱那亞人。一千七百三十六年他到了高爾斯，大大地受到歡迎，被推爲代奧道爾王一世。八月之後，取巴斯諦阿失利，他便到盎斯德當（Amsterdam）去，在那兒因債務被拘了一個時期。一千七百三十八年他又帶了軍費回到高爾斯去，可是那時高爾斯已在熱那亞的同盟法國人勢力之下了。在一千七百四十三年法國人走了之後，他想恢復舊有勢力，可是卻被迫離開了高爾斯。他到了英國，又以債務關係入獄，到了一千七百五十六年，得何雷思・華爾浦（Horaca Walpole）之助，始得自由。他就在這一年死了。

(43)這是一種高爾斯人的迷信，凡把利器送給別人而不取一點代價的人，自己是要因而受到危險的。

(44)那是阿爾美克（Almack）所築造的在聖傑克斯廣場的王街（King street）的一大批聚會室，在那地方出入的人們是最時式的人。

(45)那個時代在英國人們把這種名字給與那些以異常的容儀使人注意的人們。(作者原註)

(46)康拉特(Conrad)爲拜倫長詩海盜(The Corsair)中之主角。

(47)高爾斯的封建藩主的後代稱爲 signori signori 世家和 Caporali 世家是互相競爭着顯貴的。(作者原註。)

——參看註8。

(48)即指東岸 di la dei monti 這句習用的話，是隨着說話的人所處的地位而變易的。——高爾斯是以一帶自南至北的山脈劃分爲二的。(作者原註。)

(49)見 Filippini 卷二。Arrigo bel Missere 伯爵死於一〇〇〇年左右；人們說在他死的時候，在空中有一種聲音唱着這種預言的歌：

E morto il conte Arrigo bel Missere;

E Corsica sarà di male in peggio. (作者原註。)

譯者按亨利伯爵是雨果·高洛納(見註8)之孫，高龍芭所說桑步古丘在亨利伯爵的時代殺摩爾人是錯了。桑步古丘打敗了那些signari，和 caporali 同治高爾斯。他是爲了這事而出名的，並不是爲了他屠殺摩爾人，因爲那時摩爾人大部分已經被逐出高爾斯了。

(50)這個聖女在曆書上是找不到的。對聖女拿加(Saint Naga)發誓，便是打定主意什麼也不承認。(作者原註。)

(51)馬爾伯夫(Marboeuf)是一千七百六十八年熱那亞人將高爾斯的主權讓給法國時的，法國鎮守高爾斯的統兵主將。一些因避土耳其的壓迫而到高爾斯的希臘人，向他要求一個安身之處，他答應了他們，於是便在現在的加爾吉斯

(Carhègse)的地方造起了一百二十所屋子。那地方的街路房屋比高爾斯其餘的地方要整齊得多。

(52)四臂村(Quatre-Bras)在比利時境中。一千八百十五年六月十六日(滑鐵盧之役的前兩日)，奈易(Ney)和英國人在那裏血戰。

(53)alla campagna(落草)便是做强盜。强盜(Bandik)並不是一個不好聽的字眼；它的取義是 bann「被擯棄放逐的」那就是英國民歌中的 out law(作者原註)。

(54)昂比居—高米克劇場(l'Ambigu-Comique)是在巴黎聖馬爾丹大街(Boulevard St. Martin)，該劇場以演通俗傳奇劇著名，劇中常有强盜出現。

(55)Mucchio，意大利文義爲「堆」。

(56)西賽羅(Marcus Tullius Cicero)是羅馬的演說家和歷史家，生於紀元前一〇六年，死於四十三年。他的愛女都麗亞(Tullia)之死是他生命上的一個最重的打擊，他的書簡上常說到她。

(57)宣第(Shandy)是英國作家勞倫斯·施丹(Laurence Sterne)的著名小說屈里斯屈倫·宣第(Tristram Shandy)中的主角。

(58)盧加(Lucca)是比斯附近的一個鎮，那地方的人常到高爾斯去做短工。

(59)從前的子彈和現在的子彈不同。子彈和火藥是須得分兩次裝的。子彈盒裏盛着火藥和子彈。在裝鎗之前，必須先弄開子彈盒來。在滑鐵盧之役的決戰中，兵士不得不用牙齒咬開子彈盒來。

(60)指拿破崙。

(61)maxima debetur pueris reverentia 意爲「最大的敬意當歸之於青年」。

(62)山間的高爾斯人是憎惡巴斯諦阿的居民的，他們不把他們認爲同國人。他們從來不説 Bastiese(巴斯諦阿人)，却説：Bastiaccio 你是道知的，accio 這語尾通常總是帶着輕蔑的意思的。(作者原註)

(63)義爲「他用了熔鉛劈開了他的鬢角，使他直挺挺地躺在廣濶的沙地上」。見古羅馬大詩人維吉爾之艾耐伊特(Aeneid)第九章。

(64)這種習慣現在(一八四〇年)在保加湼諾還是有的。(作者原註)

(65)人們稱那繫着一個鈴的領羊羣的牡羊爲 tintinajo，因而人們便以此名比喻地給與那在一家中指揮一切重要事情的人。(作者原註)

(66)義爲「却説，」「又講」。

(67)意思是説「要特別的一塊」。

(68)這句話典出拉·封丹納(La Fontaine)的寓言蟬與蟻：

La fourmi n'est pas prêteuse,
C'est là son moindre défaut.

(69) Dixi，義爲「我説過了」，是表示話已説完的拉丁的程式。

(70)一種連風帽的很厚的呢大衣。(作者原註)

(71) Palla calda u farru freddu，是一句很習用的話。(作者原註)

(72)見註50。

(73)奥萊沙(Orezza)在高爾斯的東北，以泉水名。

(74) Salute a noi！是一種通常跟着「死」這個字的感歎詞，好像是用來做它的消解的。(作者原註。)

(75)「鉛的睡眠」(Sommeil de plomb) 在這裏有着雙關的意思—是睡得很熟—是因鉛彈而長眠。

(76) 見註17。

(77) 或眼睛或語言所加於人的不由自意的蠱惑。(作者原註。) 可參看註88。

(78) 如果有個不相信人的話的獵人對你否認代拉·雷比阿先生的連發連中，我便會請他到沙爾代納 (Sartène)，請他叫別人講着他聽在那地方的一個最有名最可愛的居民如何地用一隻受傷的左臂，獨自個脫免了一個至少也和這個同樣危險的境遇。(作者原註。)

(79) 這裏所說的奧西羅，是十九世紀意大利大音樂家羅西尼 (Rossini) 所作的歌劇。他的最有名的歌劇是塞維爾的理髮師 (Il Barbiere di Seviglia)。

(80) 代拉·雷比阿上校被暗殺死的日子。

(81) 這是代奧陀爾·保里的尊號。(作者原註。)

(82) 巴斯諦阿的刑場。(作者原註。)

(83) Istos Sartos 義為「那些沙爾代涅人啊！」沙爾代涅人從羅馬時代起就有壞名聲了。「那些沙爾代涅人啊！」是一種輕鄙的感歎辭。

(84) 這種對於沙爾代涅的批評，我是從我相識的一個歸正的强盜那裏得來的，言責當由他獨負。他的意思是說那些讓騎兵捕獲的强盜是傻子，那些騎着馬追强盜的馬隊簡直沒有碰到他們的機會。(作者原註。)

(85) 吉訶德先生 (don Quichotte)，西班牙賽爾房德斯 (Cervantes) 傑作吉訶德先生之主角。

(86)愛爾賽維爾（Elzevir）一個荷蘭的一家著名的印刷家，他們的美麗的版本是發行於一千五百八十三年和一千六百八十年之間。他們聲名是基於他們的縮版本的又美又沒有錯誤的古典名著上。西洋人之重視愛爾賽維爾版書，正如我們之重視宋版書一樣。

(87)愛特魯里（Etrurie）是意大利的極大的民族。

(88)毒眼（le mauvais oeil 即英文之 the evil eye）是西洋人的一種迷信。他們相信生着毒眼的人們，是有以注視給人惡運的能力，他們的眼睛是有魔力，而這種毒眼，據說是世代相傳的。

珈爾曼

女人總是好怒的。柔順的時候祇有兩次：一次是在洞房中，一次是在墓穴裏。——巴拉達思

一

那些地理學家常把蒙達戰場安插在巴斯都里·伯尼區域內，在馬爾倍拉以北約六哩的現代的孟達旁邊。我老是疑心他們連自己在說些什麼也不知道。照我自己根據了無名氏作的西班牙戰役一書，和一些蒐集在奧蘇納公爵的出色的藏書館裏的資料臆測起來，我便以爲該撒和共和國的戰士決一最後的死戰的那個可紀念的地方，是應該到孟諦拉的附近去找的。在一千八百三十年的初秋，我在昂達盧西作客，爲要弄明白那留在我心頭的懷疑起見，我便作了一次可以算很長的游歷。我不久將要發表一篇文章，我希望一切誠懇的考古家們讀了這篇文章之後，能消除了一切疑竇。在此刻我的論文尚未解決使全歐洲學術界懸疑的地理學上的問題之前，我要對你們講一件小小的故事；這故事對於決定孟達的地點那個有趣的問題是毫無

關係的。

我在高爾圖雇了一個嚮導和兩匹馬，於是我便帶着一部該撒戰記和幾件襯衫作爲行李，匆匆上路。有一天，我在加却拿平原的高地上徘徊着，身體十分疲累，口渴得要死，又受着烈日的直曬，正預備痛痛快快地把該撒也好龐倍的兒子們也好，都一齊丟開的時候，忽然看見我所走的那條路的遠處，有一塊漫生着蘆葦的小碧草地。這個使我猜出在附近一定有泉水。我走過去的時候，却看見那片所謂草地，實際上祇是一片沼地；有一條好像是從加勃拉山脈的兩爿嶂壁的峽谷間湧出來的溪水，流到那片沼地裏去。我便下了這樣的一個結論：如果我走上前去，我便可以找到更清涼的泉水，水裏水蛭和青蛙沒有那麼多，而且在岩崖之間還可以有點蔭涼的地方。到了夾谷口，我的馬嘶了起來，另一匹我沒有看見的馬，也發出嘶聲來應和。我走不到一百步，夾谷便豁然開朗，於是我便看見了那像是天然的競技場似的，一片四周密密地蔭着高高的岩壁的空地。在一個旅客看來，這眞是難得碰到的絕好的休息處。懸崖之下，泉水汩汩地湧出來，落到一個舖着潔白如雪的沙的小池裏去。五六株不受風侵雨打的櫧樹，得到淸泉的灌漑，在泉邊高聳着，披着密密的濃蔭；最後，在小池的四周，細草油然，供人作一片無上的茵席；這樣好的茵席，

是三十哩周圍的客店裏所找不到的

發現這個佳境的光榮，却並不是屬於我的。當我進去的時候，已經有一個人在那兒休息着，而且無疑地是睡着了。他被馬嘶聲所驚醒，跳了起來，跑到他的馬身邊去，因爲那匹馬已趁它的主人熟睡的時候，溜到附近去吃草了。那是一個果敢的漢子，中等身材，可是看去很壯健，目光深沉而驕矜。他的臉色，從前許是漂亮的，現在却因受了太陽的灼曬，比他的頭髮都更黑了。他一隻手牽住馬繮，一隻手拿起了銅製的短銃。老實說，那把短銃和那拿短銃的人的凶狠的神氣，最初使我有點吃驚；但是我是不相信有匪徒的，因爲我雖然聽人們說起，可是却沒有碰到過。況且我又看見過許多全身武裝着去趕市的規矩的農人，看見了一把短銃，那能就使我懷疑起那個陌生人的品行來。加之，我想着，我的幾件襯衫和我的愛爾賽維爾版的戰紀，他拿去有什麼用呢？所以我便向那拿短銃的人點頭招呼，還微笑着問他我可曾擾了他的清夢。他並不回答我，却把我從頭到脚地打量了一番；後來，好像對於這種省察滿意了似地，他又帶着那同樣的注意去觀察那上前來的我的嚮導。我看見我的嚮導露出了一種顯然的恐怖臉兒，也發靑了，站住了下來。『糟糕的遭遇！』我這樣想着。可是機警之心立刻就使我不露出一點不安的狀態來。我跳下馬來；

我吩咐嚮導解了韁頭，於是，我便在泉水邊跪了下去，把我的頭和手都浸在水裏；接着，像基甸的壞兵似地，我直挺挺地俯臥着，喝了一大口的泉水。

那時我觀察着我的嚮導和那個陌生人。前者很勉强地走上前去；而後者却好像對於我們並沒有懷什麼惡意，因爲他已放了他的馬，他那把平執着對準別人的短銃，現在銃口已向地垂倒了。

我以爲對於這點點的不客氣是不應該發脾氣的，所以便直躺在草地上，用一種從容不迫的態度問那個拿短銃的人可帶着打火盒。同時我拿出了我的雪茄煙盒來。那個陌生人，老是一句話也不講，在自己的袋子裏摸索着，取出了打火盒，急忙給我打火。顯然地，他柔順起來了；因爲他雖然沒有放了他的武器，却已在我面前坐了下來了。我點燃了雪茄烟，便在我所有的雪茄烟裏選了一枝最好的，問他抽不抽烟。

——抽的，先生，他這樣回答。

這是他第一次開口說話，我注意出他念S這個字的音，與昂達盧西人不同，(1)因此我便下了一個結論：他也和我一樣地是旅客，祇不見得是考古學者而已。

他。

——你抽抽瞧，你準會覺得它很不錯，我一面說着，一面把一枝哈伐那的老牌雪茄煙遞給他。

他向我微微地點了點頭，從我的雪茄煙上湊了一個火，又向我點頭道謝了一次，然後便樣子非常高興地抽起煙來。

——啊！我多久沒有抽煙了！他從嘴裏和鼻孔裏慢慢地漏出他的第一口煙來的時候喊着。在西班牙，授受一枝雪茄煙，正如在東方分食麵包和鹽一樣，便發生了友誼的關係。那傢伙當時便出於我意料之外地和我表示有說有笑了。他雖則自己說是孟諦拉地方的人，可是對於這地方他似乎很不熟悉。他簡直不知道那時我們所處的那個可愛的山谷的名字；周圍的村子的名稱，他一個也說不出；最後，我問他可曾在附近看見有什麼斷礀頹垣，廢墟殘瓦，他便說他從來也沒有注意這些東西過。可是，他對於相馬却是很高明。他批評着我的馬，這自然不是難事；接着他對我數說着他的那匹從高爾圖的著名的養馬場出來的名馬的系統：這實在是一匹良馬，那麼地耐疲勞，據它的主人說，它有一次曾在一日之中奔馳過九十哩。正在滔滔不絕的時候，他忽然停了下來，好像是吃了一驚，又好像是抱愧自己話說得太多了。『所以說奔馳得那麼快者，就是因爲那時我急着要到高爾圖去，』他有點窘急地說下去。『我那時爲了一件訴訟要去找法官……』說着這話的時候他望着我的嚮導安東紐，安東紐已垂下了眼睛。

涼蔭和淸泉是那麽地可愛，使我記起了我的孟誦拉的朋友曾送了我幾塊上等的火腿，放在我的嚮導的背囊裏。我叫我的嚮導把火腿拿了過來，便請那位陌生人來和我共饗這臨時的野宴。他果然是長久沒有抽過煙，而我看來，他還好像至少有四十八小時沒有吃過東西。他簡直狼吞虎嚥着。我心中暗想着：在這可憐蟲看來，碰到了我簡直是天賜之福。可是我的嚮導却吃得很少，酒喝得更不多，話呢，簡直一句也不說；要曉得，在我們最初上路的時候，他是曾向我顯出他是一個無雙的饒舌之人的。我們的這位客人在眼前似乎使他有點礙手礙脚，而且還有某一種懷疑使他們不能互相接進；爲什麽緣故會有那種懷疑呢？我簡直猜不出來。

麵包和火腿已經吃得一片也不賸了；我們每人便又抽了一隻雪茄煙；我吩咐嚮導把我們的馬配好鞍轡，正待向我的新朋友告別的時候，他忽然問我今天打算在那裏歇夜。

在未注意到我的嚮導的暗號以前，我已回答了他說我要到烏鴉客店去。

——先生，像你那樣的人，那個客店實在是太壞了……我也到那裏去，如果你答應我同行，那麼我們便一同上路罷。

——好極了，我說着騎上了馬。

那個正給我扶住踏鐙的嚮導，又向我用眼色打了一個暗號。我聳了聳肩作答，表示我是很不在意；於是我們便上路了。

安東紐的神祕的暗號，他的疑慮，那陌生人口裏漏出來的幾句話，特別是他所說的九十哩的奔馳，和他接着所說的難信的解釋，這些都已經形成了我的對於我旅伴的見解。我深信我已碰到了一個私販子，或許竟是一個刼賊；但這於我有什麼關係呢？我是很知道西班牙人的性格的，對於一個已和我一同吃東西抽煙過的人，我實在是用不着害怕的。有他在面前，甚至可以說是一種穩當的擔保，不會出什麼亂子了。況且，我倒還很想見識見識那所謂盜强者，究竟是何等人物。强盜並不是天天見得到的，而且，和一個危險人物在一起，也自有一種風趣的，特別是當你覺得那個人是溫和馴熟的時候。

我希望一步一步地使那個陌生人和我親近，所以，也不顧我的嚮導的擠眉弄眼，我便談起那些攔路的刼賊起來。我的話很客氣，那是當然的。那時候，在昂達盧西有一個著名的大盜，名叫何賽·馬里亞，他的事蹟是無人不曉的。『我現在是不是就在何賽·馬里亞的旁邊啊？』我想着……我便講着我所知道的這位好漢的故事，全是讚美之詞，我又高聲地表示出我的對於他的英武慷慨的欽佩之意。

——何賽·馬里亞不過是一個無賴小子罷了，那個陌生人淡然地說。

『這是實話呢，還是他過份的謙遜呢？』我心中暗自問着；因爲在仔細看着我的同伴的時候，我看出他的相貌和我在昂達盧西許多城門上所張貼着的何賽·馬里亞的圖像，實在是很相像。——對啦，正是他。……金髮，碧眼，闊大的嘴，美麗的牙齒，細小的手；精美的襯衫，銀紐扣的天鵝絨的上衣，白皮的脚絆，栗色的馬……毫無疑義了！可是我們且謹守着他的匿名的祕密吧。

我們到了那客店，這客店是正如他所對我描摹過的一樣，那就是說這是我第一次碰到的最壞的一家客店。一間大房間同時用來做廚房，飯堂和臥室。房間中央的一塊石板上燒着火，屋頂上鑿了一個洞，讓煙透出去，然而煙却不肯走，在離地幾尺高的地方凝成了一片煙雲。沿牆席地攤着五六張給騾子披的舊毛毯；這就是旅客的床褥。離開這所屋子——或者不如說就是這間我剛描摹過的唯一的房間——二十步遠近，有一個做馬廐用的草棚。在這可愛的寄寓中，至少在那個時候除了一個老婦人和一個年約十一二歲的女孩子以外，是沒有別的人，她們都是像煤烟一樣地黑，而且穿着異常襤褸的衣裳。——古蒙達·倍謫加的人口所遺留下來的全在這兒了！我想着。該撒啊！賽克斯都思·龐倍啊！如果你們重返人世，你們將多麼地驚訝啊！

看見了我的同伴，那個老婦人不禁驚呼起來。

——啊！何賽爺！何賽爺！她這樣喊着。

何賽爺皺了皺眉頭，舉起手來做了一個命令的手勢，立刻止住了那個老婦人。我轉身向我的嚮導偷偷地向他打了一個暗號，告訴他不要對我來講那將與我同歇夜的人的事。晚飯是比我所意料的更好。在一張一尺高的小桌上，端上了一盆老鷄和米的雜燴，還加上了許多辣椒，接着是油煎辣椒，最後是 Gaspacho，是一種放有辣椒的生菜。三盆這樣辣的菜使我們不得不向孟謫拉的葡萄酒去討救兵，那酒可實在很好。晚飯吃完之後，我看見有一張曼陀林琴掛在牆上，——在西班牙，曼陀林琴是到處都有的，——於是我便問那個侍候我們吃飯的女孩子可會彈琴。

——我不會，她回答；可是何賽爺是彈得那麼好！

——勞你給我奏一曲吧，我對他說；我是非常愛聽你們的國樂的。

——像你這樣送我上等的雪茄烟的有禮貌的先生，我是不能推辭的，何賽和藹地說。

於是，叫人拿過了那把曼陀林琴，他便自彈自唱起來。他的歌聲是粗大的，但却很動聽，曲子是憂鬱而奇怪;至於歌詞呢，我是一個字也不懂。

——如果我沒有猜錯，我對他說，那麼你剛纔所唱的一定不是西班牙的曲子。這曲子很像我以前在外省各地（2）聽到過的 Zorzicos，而歌詞也像是巴斯克方言的。

——正是，何賽爺帶着一種幽鬱的神氣回答。

他把曼陀林琴放在地上，交疊着手臂，帶着一種悲哀的奇異的表情，開始凝視着那垂滅的火焰。被放在那小桌上的燈，映照着的他那高貴而猙獰的面色，使我想起了密爾頓詩中的撒旦。（3）或許像撒旦一樣，我的伴侶是在想着所離去的天國，想着他因一件過失而生受到的流戍吧。我試想逗他談話，可是他却沉湎在他的悲思之中，一句話也不回答我。那個老婦人已經到這房間的一隻角落裏去睡了，那是用一塊掛在繩子上的破毯子遮隔着的。那個女孩子也已跟着她到那個爲婦女而設的安息處去。那時，我的嚮導便站了起來，請我跟他到馬廐裏去。可是，何賽爺一聽到這句話，便好像從夢中驚醒似地，厲聲問他到那裏去。

——到馬廐裏去，那嚮導回答。

——去幹嗎？馬吃的芻料還有着睡在這兒，先生一定許可的。

——我怕先生的馬病了；我想請先生去瞧瞧它：或許他知道怎樣辦好。

安東紐想私下和我談幾句話，這是顯然的事；可是我不願叫何賽爺起疑心，而且，在我們那個境地之下，我覺得最好的辦法是表示出絕對的信任。所以我便回答安東紐說，關於馬的事我是一點也不懂得，而且我很想睡覺。何賽爺跟着他到馬廐裏去，不久他獨自個回來了。他對我說，馬是一點也沒有什麼，可是我的嚮導却把它當做一隻那麼貴重的牲口，他竟用自己的上衣擦着它使它發汗，他還頗有整夜地做着這事之意，那時我是躺在騾子披的舊毛毯上，小心地用我的大衣裹住了身體，免得碰到毛毯。何賽在向我說了自由睡在我旁邊之歉詞之後，便在門前睡了下去；他把他的短銃重新裝過火藥，放在那他拿來做枕頭用的背囊之下。在我們互相道了安置之後不過五分鐘，便都呼呼地睡熟了。

我覺得自己實在太累了，就是這樣的安歇處也能睡着的；可是在一點鐘之後，有一種非常難受的癢痛，使我從熟睡中醒了過來。一懂得這癢痛的緣故之後，我便翻起身來，深信着與其在這難堪的屋子裏過完一夜，還不如露天宿一宵好。我躡足走到門邊，跨過了何賽爺的睡處，他正和正人君子一般安心地睡得很熟了，我便一點也不驚覺他，走出了那房間。在門旁有一條寬大的木長凳；我便躺在那條長凳上，安排過完這一夜。我正待再合下眼睛去的時候，忽然好像看見在我面前閃着一個人和一匹馬的影子，都毫無聲息地走過。我坐了起來，我便認出是安東紐。看見他在這個時候從馬廐裏出來，心中很驚訝，我便站了起來，向他走上前去。他已看見了我，便停步下來。

——他在那裏？安東紐低聲問我。

——在客店裏面他睡熟了；他不怕臭蟲。你爲什麼牽出這匹馬來？

那時我纔看出，爲了毫無輕息地走出草棚來起見，安東紐已小心地用舊毯子的碎片裹好了馬蹄。

——瞧上帝面上，請你說得輕一點！安東紐對我說。你原來不知道這人是誰。他就是何賽·納伐羅、昂達廬西的著名大盜。我今天儘向你打着暗號，你却老不肯注意。

——是强盜不是盜强，和我有什麼關係呢？我回答；他沒有搶我們的東西，而且我可以賭咒說他絕無此心。

——一點也不錯；可是捉住他可以得到二百杜加的獎金。我知道離此地四五哩的地方有一個槍騎兵的駐紮所，在天明以前，我要去帶幾個強健的大漢來。我原可以用他的馬的，可是那匹馬却是那樣地倔強，只有納伐羅能近它的身。

——鬼東西！我對他說。這可憐人有什麼對你不起的地方，你要告發他？況且，你能斷定他就是你所說的那個強盜嗎？

——斷然是的；剛纔他跟我走馬廐來，對我說：『你好像是認識的，如果你對那位好先生說了我是誰，我便得打碎你的頭顱。』——先生，你留在他身旁吧；你一點也用不到害怕。你在着的時候，他一點也不會疑起的。

說話之間，我們已經離開客店有一程路，馬蹄聲自然聽不到了。安東紐一瞬之間把那裹住馬蹄的破衣解了；他預備跨上馬去。我竭力用請求和恐嚇去阻止他。

——先生，我是一個窮光蛋，他對我說；我捨不得那二百個杜加的賞金，加之又可以爲地方上除了一個大害。你留心點吧；如果納伐羅醒了過來，他會攫起他的短銃來，那時你當心吧！我是事已至此，無可奈何了；你自己好自爲之吧。

那無賴已跨在馬鞍上了；他用兩脚的刺馬釘刺着馬腹，於是，在黑暗中我不久就看他不見了。

我對我的嚮導十分惱怒，而且心裏也頗不安。在思索了一下之後，我便打了一個主意，回到客店裏去。何賽爺還睡得很熟，無疑地，他這時在恢復他多日的疲累和警備。我不得不用力地推撼纔把他喚醒。我永遠不會忘記他的猙獰的目光和他的攫短銃的動作；那把短銃，我已爲了謹愼起見，放在他的臥處稍遠的地方了。

——先生，我對他說，請你原諒我擾醒了你；不過我有一個可笑的問題要問你：你是不是高興看見六個槍騎兵到這裏來？

他跳了起來，厲聲問我：

——誰對你講的？

——不管這話是從那裏來的，只要是有用的就好了。

——你的嚮導賣了我，可是我得和他算賬！他在什麼地方？

——我不知道……我想是在馬廄裏吧……可是有人對我說……

——誰對你說？……不見得是那老婆子吧……

——一個我不認識的人……不用多說了，你是否有不能等兵士前來的某種理由說一句：是，或者不是？如果是有的話，那麼不要空費時候了，否則請再睡吧，擾了你的清夢，我向你道歉。

——啊！你的嚮導！你的嚮導！我早就懷疑他了……可是……我總要向他算賬！……再見吧，先生。我受了你的恩惠，上帝一定會給我報答你吧。我並不是像你所想的那樣壞……是的，我心上還有點值得一位正直人憐惜的東西……再見吧，先生……我只有一椿憾事就是不能答報你。

——何賽爺，請你答應我，看在我爲你所効的微勞上，你不要懷疑任何人，不要想到報仇。噲，這裏是幾枝雪茄煙，你在路上可以抽抽；願你一路福星高照！

於是我向他伸出手去。

他一言不發地握了握我的手，拿起了他的短銃和背囊，在用我所不懂的暗語向那老婦人說了幾句話之後，他便跑到草棚裏去。過了些時，我聽見他在鄉野間奔馳着了。

我呢，我又在我的長凳上躺下去，可是我一點也不能睡去。我自問自道，我究竟應不應該救一個刼賊——或許是一個殺人犯——的性命，祇爲了我曾和他一同吃過火腿，和伐朗斯式的米飯。我可不是賣了那個維持法律的我的嚮導嗎；我可不是使他有受那暴徒的復仇的危險嗎？但是，對待客人的義務是怎樣的！……野蠻的偏見罷了，我對自己說；那强盜以後所犯的一切的罪，我是應該負責的了……然而，這抗拒一切的推理的良心的本能，難道就是偏見嗎？或許，在我所處的爲難的地位中，我是不能毫無遺憾地脫身出來的。我對於自己的行爲的道德問題，還在東想西想沒有解決的時候，忽然看見六個騎兵和那小心翼翼地隨在後面的安東紐，已經過來了。我向他們迎上去，通知他們說那個强盜已在兩小時之前逃走了。騎兵的隊長盤問着那個老婦人，她便回答說她的確是認得納伐羅的，可是因爲她只有獨自一人生活着，所以她從來也不敢冒着生命的危險去告發他。她還說，當他到她那兒去歇夜的時候，他總是在夜半走的，這是他的習慣。至於我呢，便不得不到離開那兒有幾哩路遠近的地方，去呈驗我的護照，又在法官之前立了字據，經過了這種手續，我纔得繼續我的考古學的探討。安東紐疑心着害他賺不到二百個杜加的賞金的是我，心裏總懷恨着我。然而，我們終於像好朋友似的在高爾圖分了手；在那裏，我儘我經濟之力所能及地給了他一筆不算少的賞錢。

二

我在高爾圖盤桓了幾天。有人告訴了我多密尼克教會的藏書室的某手稿，在那裏，我可以找到關於古蒙達的有味的事蹟。那些和善的神父很懇懃地招待我，於是我白天在他們的寺院度日，晚上便在城裏閒游。在高爾圖近日暮的時候，瓜達爾基維爾河的右岸的埠頭是有許多的游手好閒的人的。在那裏你可以嗅到一家還保留着這地方的製皮的舊名聲的硝皮廠所散出來的氣味；可是同時你也可以享受到一種堪賞的奇觀。在晚禱鐘未打之前幾分鐘，一大羣的女子都聚集在河岸上埠頭之下，那埠頭是不算很低的。沒有一個男子敢混進去。晚禱鐘一打，那便算是天黑了。聽到最後一響的鐘聲，一切的女子全脫去了衣裳下水去。那時你便可以聽到呼喊聲，歡笑聲，鬧得一團糟。男子們在埠頭上面望着那些洗澡的女子，睜大了眼睛，可是看不大清楚。然而那浮映在暗青色的河水上的隱約的玉姿，却使人引起了詩意，而且祇要稍稍的想像一下，你便不難想見狄安娜和她的水精們的洗浴的景像，也用不到怕受到和阿克代洪一樣的命運。

（4）——別人告訴我，有一天，幾個促狹少年醵資攏來去買通那個教堂裏的打鐘人，叫他在規定時間前二十分鐘打晚禱鐘。雖則天還很亮，瓜達爾基維爾的那些水精們却都毫不躊躇，覺得晚禱鐘比太陽更可信，便安心地去作那總是最簡單的淴浴的化妝。可惜我當時並不在場。我在的那個時候，那敲鐘人是不收賄賂的了，而且黃昏又很幽闇，只有貓纔能辨別得出誰是高爾圖的最老醜的賣橘子的老婦，誰是高爾圖最漂亮的買弄風騷的女工。

一天晚上，天色已黑，什麼也看不見了的時候，我靠在埠頭的欄干上抽煙，忽然有一個女子從那通到河裏去的石階走上來，到我身旁來坐下。她髮上簪着一大束茉莉花，——這種花在晚間是氤氳着熏人欲醉的芬芳的。她穿着得很簡單，或者可以說很寒傖，全身黑色，正如大部女工們在晚間所服飾的一樣。上流的女子們是只在早晨穿黑色衣裳的；晚間呢，她們御着法蘭西裝。到了我身旁的時候，我的那位浴女把她的遮頭的披巾滑到了她的肩頭，於是，在從零星墜下來的幽微的光裏，我看見她是一個長得很不錯的，身材苗條的青年女子，而且生着很大的眼睛。我立刻丟了我的雪茄煙。她懂得這是法國的儀節，便馬上對我說，她很歡喜聞煙的氣味，而且，她還說如果有很和淡的紙煙，她竟還會抽的。可巧我的煙盒子裏有着這種煙，我便急忙拿給她。她竟取了一枝，化了一個銅子，從一個孩子帶來給我們的燒着火的繩子上點着了煙。那個漂亮的洛女和我，一起抽着煙，談了那麼長久，一直到在埠頭上差不多祇剩下我們兩個人了。我覺得邀她到neveria（5）去吃冰並不能算是放肆。在經過一度謙遜的躊躇之後，她便答應了；可是在決定之前，她想知道現在是什麼時候了。我把我的打簧錶響了一下，而這打簧錶的聲音却似乎很使她驚奇。

——你們那些外國先生們國裏的發明多麼新鮮啊！先生，你是那一國的人？一定是英國人吧？（6）

——下走是法國人。而你，是小姐呢還是太太，大概是高爾圖人吧。

——不是的。

——那麼你至少是昂達盧西人。我似乎能從你的溫柔的口音中分辨出來。

——如果你能那麼仔細地分辨得出世界各國人們的口音，那麼你準能猜出我是什麼人了。

——我猜你是耶穌的同鄉，離天堂很近。

（這個意指昂達盧西的隱喩，我是從我的朋友著名的鬬牛家法朗西斯哥・塞維拉那裏學來的。）

——嘿！天堂……這裏的人說天堂是沒有我們的份兒的。

——那麼，你準是摩爾人，或是……我住口了，我不敢說猶太人。

——說呀，說呀！你已看出我是一個波希米人；你可要我替你談一談 la baji（7）嗎？你有沒有聽人講起過珈爾曼？那就是我。

離開現在十五年前，那時我是那樣的一個不信宗敎的人，看見我自己是在一個女巫的旁邊，我是決不會驚駭而退的。「好吧！」我對自己說；「一星期之前，我和一個攔路強盜一同吃過飯，現在，讓我們去和一個魔鬼的侍女去吃冰吧。在旅行中，應該什麼都見識見識。」而且我還有一個和她接近的原故。在出了大學的時候，——我老着臉皮承認——我曾經化了些時候去研究魔術，而且甚至有好多次試想驅魔召鬼過。這種探討的熱狂，雖然已冷了很久了，可是對於一切的迷信的好奇心，我總還保留着一點，而且我是非常高興知道，在波希米人之間魔術究竟高到了什麼程度。

一路談着，我們去進了飲冰室；我們在一張小桌旁坐了下來桌上點着一枝罩着玻璃罩的蠟燭。我那時得有充分的時間去觀察我的那個波希米姑娘，可是有些正在吃冰的正派的人們，看見我和這樣出色的人做伴兒都十分驚訝。

珈爾曼姑娘到底是不是純粹的波希米人，我很懷疑。總之她是比我所碰到過的一切她的同族女子要漂亮到萬倍。西班牙人說，一個女子，必須具備着三十個條件，換句話說便是能在她身體上的三個部分每一部分都能合得上十個形容詞，纔得算得上美麗。例如，她須有三樣黑的東西：眼睛、睫毛和眉毛；三樣細的東西：手指、嘴唇和髮絲，以及其他等等。其餘的請諸君去看勃朗多麥（8）的書罷。我的波希米姑娘不能說夠得上那麼完美。她的肌膚，雖則是很柔細，却很近乎銅色。她的眼睛却是斜視的，但却綻裂得很可愛；她的嘴唇是太厚了一點，可是輪廓非常好，又露出那比剝了皮的杏仁更白的牙齒。她的頭髮，或許是粗了一點，却是很黑，映着烏鴉的羽翼似的青光，而且又長又亮。爲了怕描摹得太冗長使諸君麻煩起見，我將總括地對諸君說一句：她有一個缺點，同時也總有一個美點，而這美點，一經對照，或許反而更顯著地烘托出來了。這是一種奇異而野生的美，一幅最初使你驚異，但以後使你不會忘記的面貌，特別是她那雙眼睛，帶着一種又妖艷又猙獰的表情，那種表情在人類的目光中我是從那以來未曾見到過的。『波希米人的眼睛，狼的眼睛，』這便是一句西班牙的諺語，確是一句經驗之談。如果你沒有功夫到萬牲園裏去研究狼的目光，那麽你不妨觀察一下你的在守捕麻雀時的貓吧。

我覺得在一家咖啡店裏叫人算命，一定要被當做笑話的。於是我便請求那個漂亮的女巫允許我和她一同到她的住所裏去；她毫無困難地答應了，可是她還想知道現在是什麽時候，請求我再把打簧錶響一次。

——那眞是金製的嗎？她非常留意地注視着我的錶說。

當我們重復上路的時候已經夜深了；店舖大部份都已收了市，路上幾乎是一個人也沒有了。我們經過了瓜達爾基維爾橋，在近郊街道的盡頭，我們在一所樣子絕對不像大廈的屋子前停了下來。一個孩子給我們開了門。那波希米姑娘用一種我所不懂的語言（我後來纔知道是波希米人的方言rommani，或chipe calli）對他說了幾句話。那孩子立刻走開了，讓我們兩人剩在一間廣大的房間裏；這房間裏有一張小桌子，兩把凳子和一個櫃，我不應該遺漏下說還有一個水甕，一堆橘子和一紮胡葱。

一等房間裏只有我們兩人的時候，那波希米姑娘從她的櫃裏取出了一副好像用過多次的紙牌，一塊磁石一條乾蜥蜴和幾件在她的法術上是必需的東西，接着，她叫我用一個錢在我的左手上劃一個十字，於是魔術的儀式便開始了。她的預言是沒有對諸君講的必要，至於她的施術的態度，那很可以證明她並不是一個三不像的女巫。

不幸我們不久就被人擾亂了。門忽然被猛烈地推開，一個把一件櫻色的斗篷一直裹到眼睛邊的男子，便走進房間裏來，用着一種不大雅致的態度呼喊着那波希米女子。我不懂他說些什麼話，可是從他的說話的音調上看來，他是正在大發脾氣。看見了他的時候，那波希米女子既不吃驚又不發怒，却向他跑過去，流利異常地用那她已經當我的面用過的神祕的語言，對他說了幾句話。那時常被說着的 payllo（外國人）這個字，是我所懂得的唯一的字。我知道這是波希米人用以指一切他們的族外人的。假定着這是關於我的事，我便準備着對付了；我的手已經抓住一張凳脚，心裏思量着推測出那把凳子丟到那闖入者的頭上去的正確的時候，那個闖入者猛烈地推開了那波希米姑娘，向我走上前來；接着，退了一步，他喊着：

——啊！先生！原來是你！

我也把他打量了一番，認出了他就是我的朋友何賽爺。在這個時候，我眞有點懊悔沒有讓他被捉了去絞死。

——啊！我的壯士，原來是你；我笑着（我竭力使這笑不成爲强笑）向他說；在姑娘正要將很有味的事告訴我的時候，你却來打斷了她。

——老是這種事！這總有一天要完結的，他喃喃地說，猙獰地向她望着。

那時那波希米女子繼續用她們的方言和他講着。她漸漸地興奮起來。她的眼睛發着紅，變得可怕的了，她的臉上的肉抽動着，她頓着脚。我覺得她好像在迫他做一件他表示着躊躇的事情；從她幾次很快地把她的小手放到她的頸下的動作看起來，我覺得我是很懂得那件事情是什麼。我不禁相信那是關於一件切斷某人的喉嚨的事，我有點疑心那個喉嚨就是我自己的。

對於這一大篇滔滔不絕的說話，何賽爺祇用兩三句乾脆的話回答。那時那個波希米女子便輕蔑地狠狠地望了他一眼；接着她便在房間的一隻角落裏盤脚坐了下去，揀了一隻橘子，剝了皮吃起來。

何賽爺挽着我的臂膊，開了門，把我領到路上。我們兩人一聲也不響地走了差不多有二百步。接着，他伸出手來，說道：

——儘一直走，你便可以走到橋邊。

說完，他便立刻轉身很快地走了。我有點羞窘又有點惱怒地回到了我的客店。最糟的是當我脫衣的時候，我發現我的錶已不見了。

各種的緣故阻止我第二天去報失，或是請求官廳替我尋覓。我結束了多密尼克敎會的手稿研究之後，便出發到塞維爾去了。在昂達盧西漫游了幾月之後，我便打算回到馬德里去，因而我不得不再經過高爾闘。我不打算在那裏躭擱長久，因爲對於那個美麗的城和瓜達爾基維爾的浴女們，我實在有點討厭了。可是有幾位朋友必須拜訪，有幾件事情必須措辦，我便不得在這回回敎的王侯們的古都中至少逗留三四天。

我一到了多密尼克的寺院裏，一個對於我的蒙達的地點的探討很有興趣的神父，張開了手臂歡迎我，一邊還喊着：

——謝天謝地！歡迎啊，我的好朋友。我們大家都當你已經故世了，而且我還親自爲你念了許多經，（這我現在倒並不懊悔）超渡你的魂靈。那麼你沒有被殺死嗎？因爲我們知道你是被强盜打搶過了。

——怎麼說？我有點驚訝地問。

——啊，你不是有一隻漂亮的打簧錶的嗎？在藏書室裏，當我們問你到聖堂裏去的時候到了沒有的時候，你可不是常常把那隻打簧錶響一次的嗎？！呃那隻錶現在已找到，可以還給你了。

——那是……我有點狼狽地插嘴說，那是我遺失了的……

——那匪徒現在已關在監牢裏了，因爲他是一個爲了搶一個小錢也會殺人的，我們十分害怕你已被殺死了。我將和你一同到法官那裏去，去領回你的美麗的錶。以後，你便不會說西班牙是無法無天的了。

——我老實對你說，我說，我寧可丟了我的錶，而不願到法庭裏去作證，害一個可憐蟲縊死，特別是因爲……因爲……

——哦！請你放心吧；他是早就在緝拿的啊，他不會受兩次縊罪的。我說縊是錯了。那個刼賊還是一個下級貴族呢；因此，他將在後天被處絞罪，(9)決不寬赦。須知多一次或是少一次盜竊之罪，在他是沒有多大關係的。如果祇是盜竊也就好了！可是他却犯了許多殺人之罪，而且每次都是很殘酷的。

——他叫什麼名字？

——在本地人們稱他爲何賽·納伐羅，可是他還有一個巴斯克的名字，那是你和我都再也念不出來的噜，這確是一個值得見見的人，既然你是喜歡知道敝國的奇特的事情，那麼在西班牙如何把這些匪徒處死，你便不應該忽略過而不去見識見識。他現在是在牢裏，馬爾丁奈思神父可以領你去。

我的那位多密尼克教士一定要我去看那些 petit pendement pien choli (10) 的預備，使我實在不能拒絕。於是我便去看那個囚犯，隨身還帶着一紮雪茄煙，我希望藉此使他原諒我的輕率。

他們領我進去的時候，何賽爺正在吃飯。他有點冷淡地向我點了一點頭，又有禮貌地謝過了我帶去送他的禮物。在把我放在他手裏的雪茄煙數了一數之後，他選了幾枝，把其餘的還了給我，說他用不要再多拿了。

我問他我是否可以用點錢，或是托我的朋友們去說點情，使他的罪減輕些。他先悲哀地微笑着聳了聳肩；可是立刻他又轉了一個念頭，請求我叫人爲他念點經，超渡他的靈魂。

——你可不可以，他怯生生地接下去說，你可不可以叫人也給一個曾經冒犯你過的女子念一點經？

——當然可以，老朋友，我對他說；可是在此地實在沒有人冒犯我過。

他抓住我的手，神氣很嚴肅地握着。沉默了一會後，他又說了：

——我可以托你辦一件事嗎？……當你回國去的時候，你或許要經過納伐爾，——你至少也得經過那離納伐爾不遠的維多里亞。

——是的，我說，我一定要經過維多里亞；但是，我繞道到邦伯呂納，也並非是不可能的事，而且，爲了你的原故，我也是很樂於繞道的。

——好吧！如果你到邦伯呂納去，你可以在那裏看到許多使你發生興味的東西……那是一個美麗的城……我要把這塊徽章交給你（他將一塊掛在他頸上的小銀徽章拿給我看，）請你用紙包起來……說到這裏，他停了一會兒，把他的感情抑制住……請你把它交給——或者托人交給——一個善良的婦人；那人的地址我就告訴你。——（請你對她說我已經死了，可是

請你不要說是怎樣死的

我答應了替他辦這件事。第二天我又去看他，伴着他過了許多時候。諸君將看到的下面的悲哀的故事，便是我從他口裏得來的。

三

我生於巴斯當谷的愛里松陀村，他說，我的姓名是何賽·李沙拉班高爺先生，你是很熟識西班牙的事情的，你可以從我的姓名上，立刻知道我是巴斯克人，而且是基督教舊家。我之所以加有「爺」的這個稱號，就是因爲我有加這稱號的權利，如果我是在愛里松陀的話，我還可以拿我的羊皮紙譜系給你看。我的家人願意我做教士，他們便叫我去讀書，可是我却一點也不長進。我是那麼地歡喜打網球，我就因此而耽誤了我的終身。我們這些納伐爾人，當我們打網球來的時候，我們便把什麼也丟開了。有一天，我勝了，一個阿拉伐少年便來向我尋釁；我們拿起了我們的 maquilas（11），於是我又勝了；可是這件事使我不得不亡命他鄉。我碰到了幾個輕騎兵，於是我便投軍到阿爾曼沙騎兵隊裏去。我們這些山鄉裏的人是很容易學會當兵的。我不久便做了伍長，我正有希望擢陞爲軍曹的時候，不幸他們却派我到塞維爾煙草工廠前去駐守。如果你是到過塞維爾的，你一定看見過那所城牆外瓜達爾基維爾河邊的大屋子。我現在好像是看見那工廠的大門，和旁邊的駐守部。那些西班牙人，當他們上差的時候，他們不是玩紙牌便是打瞌；我呢，像一個眞正的納伐爾人一樣，我老是要找點事情做的。我正在用鋼絲編一條鏈子，預備拿來時繫我的火門針之用。那時，同伴忽然喊着：

——打鐘了；女工們要回來上工了。

先生，要曉得這工廠裏是有四五百個女工。她們在一間大房間裏捲雪茄煙，那裏，如果沒有「二十四」（12）的允許，男子是不准進去的，因爲在天熱的時候，她們——特別是那些年輕的——都穿得很隨便的。在女工們吃過中飯回廠來的時候，便有許多年輕人圍聚着看她們經過，又向她們千方百計地調笑。在這些姑娘們之中，很少有幾個是別人送過絲織披巾來不受的，而那些作漁釣的人們，爲要捕得一尾魚，便祇要俯拾而已。

當別人閑看着的時候，我却老是坐在門邊的長凳上。我那時年紀很輕；我老是想着家鄉，我以爲漂亮的姑娘一定要束着青色的裙子，披着委肩的辮子的。（13）而且那些昂達盧西的女子實在使我害怕；我對於她們的態度還沒有習慣她們老是開玩笑，永遠沒有一句正經話。那時我正埋頭在編我的鏈條，忽然聽到旁人在說着：

——波希米女子來了！

我擡起頭來，便看見了她。那天是禮拜五，我是永遠不會忘記的。我看見了那個你也認識的珈爾曼，在幾月之前，我是在她家裏碰到你過的。

她束着一條很短的紅裙子，露出了一雙有許多破洞的白色的絲襪，和一雙結着火紅色的絲帶的小小的紅羊皮的皮鞋。她分開了她的披巾，露出了她的玉肩和一大束插在她的胸衣上的荊球花。她在嘴角上也銜着一朵荊球花，她擺動着腰走上前來，像是高爾圖養馬場裏的一匹小牝馬。在我們家鄉裏，人們看見了這種裝束的妖婦，誰都要畫個十字求上帝保佑的。在塞維爾，對於她這種外貌却誰都要對她說幾句淫穢的言語了；她也一個一個地報復他們，秋波流盼，拳頭插在腰邊，一點也不怕羞，眞不愧爲一個本色的波希米女子。起初，我不愛看她那種樣子，於是我便去埋頭下來做我的工作；可是她正如那些呼喚的時候不來，不呼喚的時候偏來的女人和貓一樣，忽然在我面前站住了，用昂達盧西的方式對我說：

——老哥，你可以把你的鏈子送給我來穿保險箱的鑰匙嗎？

——我要用來掛我的火門針的，我回答她。

——你的火門針！她大笑着贓。！啊先生既然要用針，一定是做花邊的了！(14)

這時在旁邊的人們都笑了起來，我紅着臉，找不出什麼話來回答她。

——噲，我的心肝，她說下去，給我的披肩做七尺黑花邊，我心愛的瘦針人！

於是她拿下了那枝她銜在嘴上的荊球花，用拇指一捻，把花向我擲了過來，恰巧落在我眉心上。先生，這簡直像是一顆向我打過來的彈子……我不知躲到那裏去纔好，我像木頭似地一動也不動。

當她已進了工廠的時候，我看見那朵荊球花是落在地上我的兩脚之間；我不知道起了怎樣一個念頭，趁我的同伴們不注意的時候偷偷地把花拾了起來，小心地藏在我的上衣裏面。這便是最初的傻事！

兩三個鐘頭之後，我正還在想着剛纔的事，忽然有一個守門人，氣急敗壞地跑到駐守部裏來。他對我們說，在捲雪茄煙的大房間裏，有一個女人被殺死了，要我們派人去。軍曹吩咐我帶兩個人去查看。我便帶了兩個人前去了。你想一想，先生，我一走進那大房間，便看見了三百個祇穿着襯衫或是差不多一絲不掛的女子，全在喊着，吼着，做着手勢，發着那樣喧擾的聲音，鬧得一蹋糊塗，甚至打雷都聽不到。在一角上，有一個女子仰天倒在血泊之中，臉上剛被小刀子劃了兩下，現着一個X的記號。在那個由羣衆中幾個心善的女子所救護着的受傷的女子前面，我看見了珈爾曼被五六個女人攔住了。那個受傷的女子喊着：

——請教士來替我懺悔！懺悔！我要死了！

珈爾曼一句話也不說；她咬着牙齒，轉動着眼睛，像一條蜥蜴似的。

——什麼事呀？我問。

我眞難知道事情是怎樣的，因爲那些女工們向我一齊地說着，聽也聽不淸楚，大約那個受傷的女人曾經誇口說自己袋子裏錢很多，够在特里阿拿市場上買一匹驢子。

——呃，那個好弄嘴舌的珈爾曼說，難道你騎一把掃帚還不够嗎？（15）

那被這譏罵所傷的對手的女人，（或許她覺得自己對於這件東西有嫌疑）便回答她說：她不知道什麼掃帚不掃帚，因爲她沒有做波希米女人和撒旦的乾女兒的榮幸，可是珈爾曼小姐，當裁判官帶她去散步後面跟着兩個聽替差她趕蒼蠅的時候，便很快地會和那驢子熟識了。

——好吧，珈爾曼說，我却要在你臉上給蒼蠅開幾條水漕，我要在那裏畫一個棋盤。(16)說時遲那時快，她拿起那把切雪茄煙頭的小刀，在那女子的臉上劃了幾個聖安德雷的十字。(17)

事情是很明顯的；我抓住了珈爾曼的臂膊：

——大姐，我向她客氣地說，你該跟我去。

她向我看了一眼，好像認出了我；可是她帶着一種安命的神氣說：

——我們走吧。我的披巾在那裏？

她把披巾披在她頭上，只露出她的一隻大眼睛，像緜羊一樣柔順地，跟着我的兩個兵出來了。到了駐守部，軍曹說這件事情重大，應該把她送到牢裏去。該把她押解去的依然還是我。我把她夾在兩個輕騎兵之間，自己走在後面正如一個伍長在同樣的情形中所該做的。我們上路向城裏去。起初，那個波希米女子一聲也不響；可是到了蛇路，——你是知道這條路的，它的曲折眞是名副其實，——到了蛇路，她便開始把她的披巾卸到肩上，使我可以看見她的迷人的小臉兒，接着，儘可能地向我回頭過來，對我說：

——我的軍官，你把我押解到那裏去？

——到牢裏去，我可憐的孩子，我用那一個好兵士對自己的囚犯，特別是一個女子，所應取的態度，非常柔和地回答她。

——啊呀！我不知要怎樣了？軍官老爺，請你可憐我吧。你是那麼年輕，那麼和藹！……

接着，她用一種很低的聲音說：

——讓我逃走吧，我會給你一塊魔石（bar lachi），使一切女人都和你戀愛。先生，那 bar lachi 便是磁石，據那些波希米人說，如果知道用法，那種磁石是可以用來施行許多魔法的。把那磁石鑿一點下來和在一杯白葡萄酒裏，給一個女人喝了，她便會任你暢所欲爲了。可是我呢，那時儘可能嚴肅地回答她：

——我們並不是到這裏來說笑話的；原是要到牢監去，這是命令，沒有辦法的。

我們這些巴斯克人的口音，西班牙人是很容易辨識得出來的；在另一方面，他們却沒有一個人能說得好 bai jaona（18）的。因此，珈爾曼便即刻猜出我是從泊洛房斯來的。先生，你是知道的，那些波希米人因爲是沒有祖國，老是在各地泊飄，所以各種方言都能說，他們大部份都流寓在葡萄牙，在法蘭西，在泊洛房斯，在加達洛納，以及其他任何地方，都像自己國裏一樣；他們甚至能和摩爾人和英國人交談。珈爾曼說巴斯克方言說得很不差。

——Laguna en bihotsarena，我心愛的同志，她突然對我這樣說，你是我們地方上的人嗎？先生，我們的方言是那麼地美，當我們在異鄉聽到了它的時候，我們便會快樂異常……——

——我希望得到一個泊洛房斯的懺悔敎士，那強盜低聲地這樣補說了一句。

沉默了一會兒之後，他便繼續說下去：

——我是愛里松陀村人，我用巴斯克方言回答她；我聽到鄉音非常感動了。

——我呢，我是愛却拉爾人，她說。（那個地方離我的本鄉有四點鐘的路程）我是被波希米人帶到塞維爾來的。我在工廠裏做工，想賺點錢回納伐爾去，那裏我有一位可憐的母親，她全靠我和一個有二十株製酒蘋果樹的小 barratcea（19）活命啊！我只要能回到家鄉見到那潔白的山就好了！我因爲不是這竊賊和賣爛橘子的販子的地方上的人，所以受他們的欺凌；那些潑婦之所以要合伙兒和我作對，就因爲我曾經對她們說過，就是他們那些塞維爾 jacques（20）全體都拿着刀，也嚇不到我們鄉裏的一個戴着青色小帽，拿着棍棒(maquila)的孩子。老鄉，我的朋友，你一點也不替一個同鄉的女子幫忙嗎？

她在說謊，先生，她老是說謊的。我不知道這個女子在一生中有沒有說過一句眞話；可是當她說的時候，我却相信她，我是無可奈何的。她說着不十分對的巴斯克話，而我竟當她是納伐爾人；只有她的眼睛，她的嘴和她的膚色顯出她是波希米人。我那時發了狂，我什麼也不注意了。我想着，如果西班牙人敢說我本鄉的壞話，我也會像她對付她的同伴似地，割他們的臉的。總而言之，我那時好像是一個喝醉了酒的人；我開始說起傻話來，我正要實行那些傻事了。

——如果我推你而你跌倒了，我的同鄉，她說下去，這兩個加斯諦爾新兵是抓我不回來的……

老實說，我已忘記了命令，我什麼也忘記了，我對她說：

——好吧，我的朋友，我的同鄉，你試試吧，願山中聖母幫助你！

在這個時候，我們正經過一條小巷，這種小巷在塞維爾是很多的。珈爾曼突然轉身過來，照着我的胸膛打了一拳。我故意仰天跌倒下去。她撲的一跳，跳過了我的身子，於是便飛奔而去了，讓我們看見了一雙腿！……人們常說巴斯克人的腿：她的腿比別人的高明得多了……又快又跑得好。我呢，我立刻翻身起來；可是我把我的長矛[21]橫拿着，攔住了路，使我的同伴在起初不能去追趕她。接着我便親自追上去，他們跑在我後面；可是那裏趕得上她！我們帶着刺馬釘，刀和長矛，是怎樣也追她不着的！說時遲，那時快，那個女囚犯轉瞬已不見了。加之那地方的娘兒們都庇護她逃走，嘲笑我們，又指點我們錯路。在往返地奔走了多次之後，我們便不得不沒有獄官的執照，空手回駐守部去。

我的那兩個兵爲了自己免罪起見，說珈爾曼曾經和我用巴斯克方言說話過；而且，老實說，這樣小的一個女子的一拳，會很容易地打倒一個像我那麼有力的大漢，似乎也太不近情理。從這些情形看來，都很可疑——或者不如說是太明顯了。走出駐守部的時候，我已降了級，被送到牢裏去監禁一個月，這是我當兵以來第一次受罰。我以爲已經到手的軍官的肩章，從此便長別了！

我在牢裏的起初幾天，是很傷心地過着的。在我投軍的時候，我想我至少也得做一個軍官。我的同鄉人龍加和米拿，可不是都已做了上將了嗎；那個却巴朗加拉，像米拿一樣地是一個黑人，像米拿一樣地避難在貴國中他却做了上校；我和他的弟弟常打網球；他也和我一樣地是一個窮光蛋。那時我對自己說：『你一切好好服務的時候全白丟了。現在你已記了過；爲要在長官心裏恢復好聲名，你非得比從前進來當新兵時十倍努力不可！我爲了什麼受罰的呢？爲了一個曾經譏笑過你，而這時正在城裏一隻角上偷東西的波希米無賴女子。』然而我不禁總要想念着她。先生，你相信嗎？在她逃走的時候被我看到的那雙有破洞的絲襪，那時老是在我眼前。我從牢監的鐵窗望着街路，而在那些過路的女子之間，我竟看不到有一個女子，比得上那個魔鬼姑娘的。接着，我不由自主地嗅着那朵她向我拋過來的荊球花；那朵花，雖則已經枯萎了，却還保留着它的香味……如果女巫眞是有的話，那麼這個女人一定是其中之一了！

有一天，獄卒走進來，給了我一個阿爾加拉的麵包。(22)

——喂，他對我說，這是你的表妹送來給你的。

我拿了那個麵包，心裏十分驚詫，因爲我在塞維爾並沒有表妹。『或許弄錯了吧，』我望着麵包這樣想；可是那個麵包的味兒是那麼地好，那麼地香，以致我也顧不到它是從那裏來的，是給誰的，決定吃了它。在要把它切開來的時候，我的小刀碰到了一件硬東西。我仔細一看，便找到了一把小的英國銼子，這是在麵包未烤熟之前先拌在麵粉裏的。在麵包裏還有一個兩畢士度的金幣。那時我已更無疑意了，這是珈爾曼送的禮物。對於波希米人，自由便是一切，爲了免一日的監禁，他們不惜放火燒城。而且這個女人是足智多謀的，有了這個麵包，便可以愚弄那些獄卒了。在一小時之中，我可以用這小銼子把那最麤的鐵窗柵銼斷；我又可以用了這兩畢士度的金幣，在最近的舊衣店裏脫去我的軍服，換上了平民的服裝。你想想，像我這樣曾經多次攀登懸崖，從鷹巢裏取過雛鷹的人，要從一個不到三十尺高的窗中跳到街上，那簡直是一件很容易的事；但是我不願意逃獄……我還有着我的軍人的名譽心，在我看來，私逃是一件大罪。只是我對於這個關切的表示，心裏頗爲感動。當一個人在牢裏的時候，他總喜歡想着在外面有一個朋友關心着自己的。那個金幣有點使我討厭，我很想把它送還；可是我到那裏去找送錢給我的人呢？我看來這倒不是一件容易的事。

在降級的儀式之後，我以爲不再有苦吃了；可是我還要受一番辱：我出獄後，他們吩咐我去上差，派我像一個普通小兵似地去站崗。一個有氣概的人，在這種情形之下的心理狀態，你是怎樣也想像不出的。我覺得與其這樣還是被鎗斃了痛快。不然你至少也得走在一隊兵前面；你在

心頭感到有一點東西;大家都望着你,

我被派在上校門前站崗。他是一個有錢的年輕的好人,很愛玩。一切年輕的軍官都到他家裏去,還有許多紳士女人,據說有些還是坤伶。在我看來,全城的人都約會在他的門前來看我。上校的馬車到了,他的侍者坐在車前。我看見從車上下來的是誰?……就是那個波希米女人。這一次她卻盛裝華飾着,簡直像是一個聖龕子,全是金飾和彩帶。一襲綴水鑽的衫子,綴水鑽的青色的鞋子,周身飾着花和花邊。她手裏拿着一個巴斯克的手鼓。伴着她的是兩個波希米女子,一個是年輕的,一個是老婦人。她們總有一個老婦人帶領她們的;接着是一個老頭子,拿着一把六絃琴,也是波希米人,是來奏樂伴舞的。你要曉得,人們常歡喜招那些波希米人到宴會中來,叫她們跳她們特有的舞蹈romalis,或演別的什麼玩藝兒。

珈爾曼認出了我,我們兩人互相望了一眼。我不知道為什麼,可是在那個時候,地上如果有一個洞,我一定就鑽進去了。

—— Agur laguna(23),她說。我的軍官,你竟像一個新兵似地站起崗來了!

我還來不及想出一句話來回答她的時候,她已經走進屋子裏去了。

賓客們都在大院子裏，雖則人很多，我還能從鐵柵（24）中隱約地看見一切的情形。我聽到響板聲，手鼓聲，大笑聲和喝采聲；有時，當她拿着手鼓跳高來的時候，我還看見她的頭。接着我又聽見那些軍官們向她說了許多使我聽了臉都要漲紅的話。她回答的話，我却一句都聽不見。我想，我開始發狂地愛她，是從那一天起的；因爲我竟有三四次想闖進院子裏去，把我的刀子刺進那些向她調笑的輕薄少年的肚子裏去。我足足忍痛了一個鐘頭；後來那些波希米人走了出來，馬車送着他們去了。珈爾曼在走過我面前的時候，還用那種你曾領略過的眼睛望着我，很低聲地對我說：

——同鄉，如果歡喜吃油煎物，請到特里阿拿的里拉·巴斯諦亞那兒來。

她像小山羊一樣輕捷地跳上了馬車，馬車夫鞭着他的驢子，於是這快樂的一夥人便不知向那裏去了。

你是猜得出的，下了班我便到特里阿拿去；可是我却先去剃鬍子，刷衣服，好像在閱兵的日子一樣。她是住在里拉·巴斯諦亞那裏；那人是一個賣油煎物的波希米老人，膚色黑得像摩爾人一樣，士紳到他那兒去吃煎魚的是很多，我想特別是自從珈爾曼住在那兒以後。

——里拉，她一看見我的時候便對他說，今天我不做工作了。明天又是一天了(25)嗆，同鄉，我們去散步吧。

她把披肩裹到了她的鼻子邊，便和我一同出去了，到底往那裏去，我却不明白。

——小姐，我對她說，我在牢裏的時候，你送了我一點禮，我想我應該謝謝你。那個麵包，我已經吃掉；那柄銼子，可以用來磨尖我的矛頭，我現在藏着作爲你的紀念品；可是那塊錢呢，現在只好奉還了。

——嘿！他把錢藏起來不用，她大笑着說。那倒也好，因爲我手頭也差不多沒有錢了；可是，有什麼要緊呢？野狗不會餓死。(26)嗆，我們來吃光它吧。你請我的客。

我們向塞維爾走去。在蛇路口，她買了十二個橘子，叫我包在我的手帕裏。再過去一程，她又買了些麵包，臘味和一瓶馬桑泥拉的葡萄酒；最後，她走進一家糖食店裏去。在那裏，她把我還她的那塊金洋丟在櫃臺上，再加上她從袋子裏掏出來的一塊金洋和幾個銀幣；最後，她叫我把我所有的錢傾囊拿出來。我只有一個銀幣和幾個銅板，便都給了她，心裏覺得很慚愧。我想她如果還有錢，她一定會把整個舖子全買了去。她儘揀頂好頂貴的拿，Yemas(27)，turon(28)，蜜餞果子，有多少錢買多少。這些，還得我盛在紙袋子裏拿着。你或許知道那條小燈路，那裏是有一個鐵面無私的貝特羅王爺的首級的。(29)那個首級是準得使我引起省悟之思的，在那條路上，我們在一家老舊的屋子前面停了下來。她走進甬道，敲着樓下的門。一個波希米女人，簡直是撒旦的侍女一般，來給我們開了門。珈爾曼用波希米語對她說了幾句話。那個老婆子先嘰咕了幾聲。可是珈爾曼卻給了她兩個橘子，一握糖菓，又答應給她酒喝，便收服了她。接着她把她的大氅披在她背上，把她帶到門口，用門閂把門閂上了。一等到祇有我們兩個人的時候，她便發瘋似地開始跳舞狂笑，一邊還唱着：

——你是我的rom，我是你的romi。(30)

我呢，我正站在房間的中央，手裏拿滿了她所買的東西，不知道放在那裏纔是。她把東西全丟在地上，撲過來攀住我的項頸，對我說：

——我還我的債，我還我的債！這是cales (31)的法律！

啊！先生，那一天啊！那一天啊！……我一想到那一天，我便忘記明天是什麼日子了。

那強盜緘默了一會兒；接着在把他的雪茄煙重新點燃之後，他又繼續說了：

我們整天在一塊兒，吃着，喝着，並做着別的事。當她像一個六歲的孩子似地吃飽了糖菓之後，她便一把一把地把糖菓放進那老婆子的水甕裏去。

——我給她做果子露，她說。

她把 yemas 丟到牆上去，碰碎了。

——這便是要蒼蠅不來擾我們……，她說。

什麼把戲，什麼傻事，她沒有一件不做到。我對她說，我想看她跳舞；可是到那裏去找響板呢？她立刻拿起了那老婆子的唯一要緊的盤子，把它打碎了。那時她便跳起 romalis 舞來，拍着那磁盤的碎片，眞不亞於烏木或象牙的響板。我可以對你說，和這個女孩子在一起，是不會厭倦的。天晚了，我聽見軍中在打着歸營鼓。

——我該回營去報到了，我對她說。

——回營去？她帶着一種鄙視的神氣說；這樣聽別人驅策，你竟是一個黑奴了嗎？你眞是一隻金絲雀，服飾和性格，一點也不差。(32)去吧，你的心簡直像小鷄的一樣。

我便留了下來，硬着頭皮預備回去受監禁。第二天，第一個說出分手的話來的却是她。

——聽着，小何賽，她說；我已經償淸你了，是嗎？照我們的法律，我已什麼也不欠你的了，因爲你是一個 payllo；可是你是一個漂亮的人，而你又中我的意。現在我們已經兩訖了。再見吧。

我問她什麼時候可以再見她。

——在你更聰明一點的時候，她笑着回答。

接着，她用一種正經的口氣說：

——我的孩子，你知道我自信有點愛你嗎？可是這是不能長久的。狗和狼是不能長久和洽的。如果你做了波希米人，我或許會歡喜做你的 romi。可是，這些全是廢話；這是辦不到的。嘿！我的孩子，相信我吧，你這筆賬賠得很便宜。你已碰到了魔鬼，是呀，魔鬼；魔鬼並不老是狠惡的，他並沒有扭斷你的頭頸。我雖然穿着羊毛，却不是綿羊。(33) 到你的 majari (34) 面前去供點一枝蠟燭吧；她受你供那枝蠟燭是應該的。再來告一次別吧。別再想小珈爾曼了，否則她會使你娶一個木腿的寡婦。(35)

這樣說着，她除了門閂，一到了路上，她便裹着披肩，背我而去了。

她說得不差。我從此不想她就好得多了；可是在小燈路的那天之後，我却一味地祇想着她。

我整天徘徊着，希望碰到她。我向那老婆子和那油煎物商人探聽她的消息。他們都說她已到拉魯羅（36）去了。他們是把葡萄牙稱爲拉魯羅的。珈爾曼教他們這樣說他們纔這樣說的，這是可能的事，可是我立刻知道了他們是說謊。在小燈路那天的幾星期之後，我被派在一個城門邊站崗。

離開這個城門不遠的地方，城牆上有一個缺口；白天工匠在那兒修理，夜裏便在那兒派一個巡兵，以防私販。在白天，我看見里拉·巴斯蒂亞在駐守部周圍來來去去地走着，和我的幾個伙伴閑談；大家都熟識他，更熟識他的魚和他的煎餅。他走到我身邊來，問我有沒有得到珈爾曼的消息。

——沒有，我對他說。

——呃，老哥你就會得到了。

他說的不錯。那天夜裏我被派在城牆缺口邊站崗。一等那隊長走開，我便看見有一個女子向我走過來。我的心對我說那便是珈爾曼。可是我還喊着：

——走開！這兒不准走！

——別放刁啦，她向我招呼着說。

——什麼！珈爾曼，你來了！

——是啊，我的同鄉。我們來稍稍說幾句話，可是要說得妙一點。你要賺一個度羅嗎？有人要帶了貨包到這兒來；別跟他們打麻煩。

——不成，我回答。我不讓他們通過；這是命令。

——命令！命令！在小燈路的時候你却沒有想到命令。

——啊！我喊着；一回想到這件事，我心裏便糊塗了，我便回答：那倒很値得使我忘記了命令；可是我不願意得私販子的錢。

——好吧，如果你不要錢，那麼我們要不要再到老陀洛賽那兒去吃飯？

——不要！我力竭聲嘶地說。我不能照辦。

——很好。如果你是這樣地難說話，我也並不是沒有別人好找。我要請你的軍官到陀洛賽那兒去。他到像是一個好孩子，他會派一個裝聾作啞的人來站崗。再會吧，金絲雀。等到你得到縊死的命令的時候，我可要大笑一場呢。

我眞太怯弱了，我竟叫了她回來，我答應她，就是波希米全國要通過，我也讓它通過，祇要我能得到我所要求的唯一的報償。她立刻向我發誓說第二天就履行她的誓約，接着她便去通知她的卽在附近的朋友們。他們一共是五個人，其中有一個便是里拉·巴斯謗亞，他們都滿載着英國貨。珈爾曼替他們把風。如果她看見巡夜兵，她便會拍着她的響板警告他們。但是這次她用不到響板。那些私販子一刻之間便做完了他們的事。

第二天，我到小燈路去。珈爾曼叫我等候了一些時候，她來的時候脾氣又很壞。

——我不歡喜那些要人懇求再三的人，她說。你以前曾替我幫過一個很大的忙，並不先和我計較。昨天，你却和我講價起來。我不知道我爲什麼到這裏來，因爲我已經不愛你了。噲，走吧，拿了這一個度羅去，給你做辛苦錢。

我差不多要把那塊錢向她臉上擲過去，我拼命地耐住了性子纔沒有把她拿起來毒打一頓。我們爭吵了一小時之後，我纔怒氣衝衝地跑出來。我在城裏漫走了一些時候，簡直像是個瘋子；最後，我走進一個教堂，在一個最暗黑的角落裏坐了下來，欷欷地淌着熱淚。忽然，我聽到了一個聲音：

——龍騎兵的眼淚！我要拿來製一劑春藥呢。

我擡起頭來一看，在我面前的却是珈爾曼。

——噲，我的同鄉，你還恨我嗎？她對我說。沒有辦法，我覺得還是非愛你不可。因爲自從你離開我之後，我自己也不知如何是好。噲，現在是我來請求你了，你可以到小燈路去嗎？

我們因此便講和了；可是珈爾曼的脾氣正像我們家鄉的天氣一樣。在我們的山間，太陽最光耀的時候，便正是暴風雨快起的時候。她答應我下次在陀洛賽家裏相會，而她却不去。陀洛賽又很泰然地對我說她已到拉魯羅辦一點波希米人的事去了。

我是已由於經驗知道那些話是不可信的了，我便在我相信可以找到珈爾曼的地方到處去找她，我每日總要到小燈路去許多次。一天晚上，我是在陀洛賽家裏，（我不時請她吃茴香酒，收買了她）忽然珈爾曼進來了，後面跟着一個青年人，那便是我們營裏的中尉。

——快走吧，她用巴斯克話對我說。

我却呆站着，一肚子的怒氣。

——你在這裏幹什麼？那中尉對我說。給我滾出去！

我一步也不能走；我好像變成了一個殘廢的人一樣。那個發怒的軍官，看見我旣不走開，又不脫下我的便帽，便抓住我的領，使勁地搖着我。我不知道對他說了些什麼話，他拔出劍來，我便也執劍在手。那個老婆子抓住了我的胳膊，那個中尉便在我額上刺了一劍——我現在還留着這個傷疤。我向後退了一步，一肘推翻了陀洛賽；接着，那個中尉向我追過來，我把劍鋒刺到他身子裏去，他便應劍而死了。那時珈爾曼把燈吹熄，用她的方言對陀洛賽說叫她逃走。我也逃到路上，拔脚就跑，也不知跑到那裏去。我覺得好像有人跟在我後面。當我神志淸楚過來的時候，我發現珈爾曼沒有離開我過。

——你這個大傻子的金絲雀！她對我說，你只知道做傻事。我已經對你說過了，我只會帶些不幸給你。不過當你有一個「羅馬的弗蘭特人」（37）作情婦的時候，便有一劑萬應藥了。先把這塊手帕包在你頭上，把這佩劍帶丟給我。在這條小路上等着我。我兩分鐘之後就回來。

她去了，不久給我拿了一件條紋的大氅來，這是她不知從那裏去找來的。他叫我脫了軍服，把那件大氅披在我的內衣上。這樣奇怪地裝飾着，頭上又有一塊她給我包住傷口的手帕，我便很像一個伐朗西阿的農民了。在塞維爾是有這種農民，常來賣他們的 chufas（38）汁的。接着她把我帶到在一條小巷的盡頭的一所屋子裏去，那所屋子和陀洛賽的屋子很相像。她和另外一個波希米女子給我洗傷口，包綳帶手術比軍醫還要高明；她們給我喝了一點不知道是什麼的飲料；最後，她們把我放在褥子上，於是我便睡着了。

大約是這兩個女子在我的飲料裏放了些安眠劑（她們知道那種安眠劑的祕方，）因爲我直到第二天很晚的時候纔醒。我的頭很痛，而且有點發熱。過了些時候，我纔記起了前一夜我所親歷的慘劇。在替我的傷包紮好之後，蹲踞在我榻邊的珈爾曼和她的女友用 chipe calli 話交談了幾句，好像是在商酌如何治療。接着她們兩人都對我斷定說不久就可以全愈，可是我應該離開塞維爾，越快越好；因爲我如果被他們捉住了，我一定要被槍斃。

——我的孩子，珈爾曼對我說，你應該做點事情；現在國王已不再給你米飯和鹽魚（39）吃了，你應該想想生活的方法。做 à pastesas 盜竊（40）你是太笨了；可是你是靈活而強壯的：如果你有勇氣，你便到海岸上去做一個私販子。我可不是對你說過要叫你縊死嗎？這比鎗斃總好一點。況且，如果你能小心從事，在 minons（41）和海岸防兵捉你不住的時候，你儘可以生活得像王侯一樣地舒適。

那個魔鬼一般的女子，便是這樣甘言巧語地將她注定給我的新生活的路指示我的；老實說，那時我已犯了死罪，我也只有這一條路可走了。先生，我可要對你說嗎？她竟毫不費力地使我決定了。我覺得，由於這種冒險違法的生涯，我倒可以格外和她親近。從此以後，我相信可以確定她的愛情了。我曾經聽到別人說起過，有些橫行在昂達盧西的私販子，騎着一匹駿馬，手裏握着一把短銃，自己的情婦便騎在身子後面。我已經想見自己身後帶着那嬌艷的波希米女子，一同在山間馳騁着了。

當我把這些講給她聽的時候，她笑不可仰，對我說，當每一個rom和他的romi隱居在那用三個箍子上蓋一塊油布搭成的小帳幕中的時候，在野地上露宿是再美也沒有了。

——如果我一到了山間，我對她說，我便獨佔你了！在那裏沒有什麼中尉來和我爭風了。

——啊！你眞會吃醋，她回答。那你就糟了。你爲什麼會這麼傻的？你沒有看見我愛你嗎？我從來沒有向你討過錢。

她這樣說着的時候，我眞想扼死她。

話休煩絮，先生，珈爾曼給我弄了一套普通人穿的衣服來，我便穿了那套衣服出了塞維爾，一個人也沒有認出我。我帶着一封巴斯諦亞給一個茴香酒商人的信到海雷斯去。那個商人的店裏是私販子的聚集之處。我被介紹給那些人；他們的頭目名叫唐加意爾，便收我入夥。我們出發到哥辛去，我又見到了珈爾曼，原來她是約我在那兒相會的。在那些賣買中，她給我們做探子，她做探子是再高明也沒有了。她從直布羅陀回來，她已經和一個船老大講定，叫我們到海岸上去卸英國貨。我們到愛斯特保納附近去等貨到，接着我們把一部份的貨藏在山裏；把其餘的運到了隆達。珈爾曼是比我們先走一步。通知我們進城的時候的，還是她。這第一次和後來幾次的旅行都很順手。我覺得私販子的生活要比當兵生活有趣得多；我常常送些禮物給珈爾曼。我又有錢又有一個情婦。我一點也不懊悔，因爲正如那些波希米人所說的一樣：『人生快樂時，生癬不覺癢。』(42) 我們到處受人好好地招待；我的同伴待我很好，而且甚至很看重我。原因就爲了我曾殺過一個人，而在他們之中，有些人還沒有這種功績過。可是在我的新生活中最使我看重的，便是我常常看見珈爾曼。她和我比從前格外親熱了；可是，在同伴們面前，她却不承認是我的情婦；而且她還叫我發下了各種的誓，要我不要在人前提起。我在這個人的面前是那麼地不中用，我竟一切都隨她擺佈了。而且這是她第一次向我表示出一個忠誠女子的檢愼，我相信她已眞正地改變了她的故態，我眞是頭腦太簡單了。

我們的這一夥人（一共有八個或十個人）是祇在要緊的時候纔聚集起來的，在平時，我們是兩個人一組三個人一羣地散佈在城市裏和村莊上。我們每人都假作有一種職業：這個人是鍋子匠，那個人是馬販子；我呢，我是雜貨商人，可是我絕對不到大地方去，因為我在塞爾維犯了案。有一天——或者不如說有一夜吧，我們的會集是在凡海爾山下。唐加意爾和我比別人先到。他樣子很高興。

——我們就要多一個夥友了，他對我說。珈爾曼又做成了一件她的好把戲。她剛設法把那關在達里法的牢裏的她的 rom 弄出來了。

那時我已漸漸懂得一點波希米話，因為我的同伴們都是說這種話的；rom 這個字不禁使我吃了一驚。

——怎樣！她的丈夫那麼她已嫁人了嗎？我問那頭目。

——對啦，他回答，她嫁給獨眼龍加爾夏，一個和她一樣狡猾的波希米人。那個可憐人是被關在牢裏做苦工。珈爾曼與上了軍醫官，便得到了她的 rom 的自由。啊！這個女子可眞了不起！她兩年前就設法使他逃獄了，可是沒有成功，一直到換了軍醫官的時候纔辦成。和這個軍醫官，她好像很快便找到了妥洽的方法。

這個消息所給我的快樂，(43)你是可想而知的。我不久看到了獨眼龍加爾夏；他眞是波希米社會中最壞的怪物：皮膚是黑的，而良心却還要黑，這是我生平所遇見的最大的惡人。珈爾曼和他一起來；而當她在我面前稱他爲她的rom的時候，她總向我使着眼色，及至加爾夏轉過頭去，她便對我扮着鬼臉。我很不高興，那夜一句話也沒有和她講。早上，我們裝好了我們的貨包，我們已經上路了，忽然發現有十二個騎兵在追趕我們。那些誇口說殺人不眨眼的昂達盧西人，立刻現出狼狽的樣子來。大家都爭先恐後地逃命。祇有唐加意爾、加爾夏、珈爾曼，和一個名叫雷曼達陀的愛西合少年沒有驚惶失措。其餘的人却都棄掉騾子，逃進那騎兵不能追趕他們的山溪裏去了。我們不能保全我們的牲口，便急急忙忙地把我們的最貴重的贓物卸下來，負在我們的肩上，接着我們便努力想從巉岩峻坂間逃走。我們先把貨包丟下去，然後竭力跟着貨包滑下去。在這個時候，敵人已經躲在暗處向我們開鎗了；我聽到子彈的呼哨聲，那還是第一次，可是我却毫不在意。有一個女人在身旁的時候，我們就膽子大起來，簡直就連死在不怕了。我們都脫逃了，祇有那可憐的雷曼達陀在腰邊中了一鎗。我丟下了我的包裹想曳他起來。

——傻子！加爾夏向我喊。這死畜生去理他幹嗎？弄死了他別丟了紗襪。

——丟下他！珈爾曼向我喊。

疲之使我不得不在一塊岩石下把他放下一會兒。加爾夏走上前來，在他頭上開了幾鎗。

——現在，能夠認得出他是誰來，那人那本領可就不小了，加爾夏望着他的被十二粒子彈打得血肉糢糊的臉兒說。

先生，這就是我所度的有趣的生活。晚上，我們到了一個樹叢裏，累極了，又沒有東西吃，又丟了騾子。那個該死的加爾夏幹些什麼呢？他從袋子裏掏出一副紙牌，便在他們所燒着的火的微光中，和唐加意爾鬪起牌來。在這個時候，我是朝天躺着，望着星光，想着雷曼達陀，心下想還是我代他死了的好。珈爾曼是蹲踞在我身旁，她不時地拍着響板，哼着曲子。接着，她向我走過來，好像要和我附耳而談似地，不由我同意地吻了我兩三次。

——你是一個魔鬼，我對她說。

——是的，她回答我。

休息了幾小時之後，她便出發到哥辛去，第二天早上，一個牧童便帶了麪包來給我們。我們整天蜷伏在那兒，夜裏我們便向哥辛進發。我們等着珈爾曼的消息。可是一點消息也沒有在天明的時候，我們看見一個騾夫，引導着一個撐陽傘的穿得很漂亮的女人過來，她後面跟着一個好像是她的侍女一般的女孩。加爾夏對我們說：

——聖尼古拉送了一對騾子和兩個女人來給我們了；我是寧可得四頭騾子的；可是不要緊，我要拿來做我的買賣！

他拿起他的短銃，隱身在樹叢中，走進小路上去。我和唐加意爾跟在他後面，離他不遠。當我們靠近的時候，我們便跳將出來，大聲吶喊，叫騾夫停止。那個女人，看見了我們却一點也不害怕，（其實我們的裝束已足够使人害怕了，）反而大笑起來。

——啊！你們這些 lillipendi，把我當做一個 erani 了！(44)

原來她就是珈爾曼，可是改扮得那麼好，如果她不說波希米的語言，那就連我也認她不出了。她跳下騾子來，低聲和唐加意爾及加爾夏談了一會兒，接着，她對我說：

——金絲雀，在你被縊死之前我們會再見的。我要到直布羅陀去，爲了波希米人的買賣。你不久就可以聽到我的消息。

在她指示了一個可以安屯幾天的地方給我們之後，我們便分別了。這個女子是我們一夥人的救主。我們不久收到一筆她送來給我們的錢，和一個在我們是更重要的消息：說有兩個英國貴族於某日自直布羅陀啓程，由某路到格拉納特去。聰明人不必多講，心裏自然明白他們有的是錢。加爾夏主張殺死他們，可是唐加意爾和我却反對他的主張。我們只取了他們的錢和錶，此外還取了他們的襯衫，因爲我們很需要襯衫。

先生，人是不知不覺地變成壞人的。一個漂亮的女人使你失了理智，爲了她和人相打，闖了禍，便不得不逃到山裏去存身，也不待你思索一番，便由私販子而變成强盜。在英國貴人那件案子之後，我們覺得逗留在直布羅陀附近總不妥當，便躲到隆達山脈間去。——你曾經對我講起過何賽·馬里亞；呃，我便是在那裏認識他的。他在做他的買賣的時候總帶着他的情婦。她是一個漂亮的女子，伶俐，嫺雅，舉止溫文；嘴裏從來沒有一句下流的話，而且對他又那麼地忠誠；……而他却使她十分不幸。他老是去追求別的女人，他虐待她，接着有時他還要使醋勁兒。有一次，他竟刺了她一刀。嘿，她却反而更愛他。女人們都是生就這樣的，特別是那些昂達盧西的女子。她竟以她的臂上的傷痕自詡，拿出來給別人看，好像是世界上最美的東西似地。再者，何賽·馬里亞是一個最壞的伙伴！……有一次我們合夥兒做買賣，他安排得眞好，好處都是他一個人得，而我們却受到一切的打擊和困難，現在我且把我自己的故事講下去吧。那時我們好久沒有得到珈爾曼的消息了。唐加意爾說：

——我們之中應該有一個人到直布羅陀去探聽消息；他準在預備一件買賣。我很可以去得，可是在直布羅陀認得我的人實在太多了。

那獨眼龍說

——我也這樣，那裏的人都認識我，我跟那些「蝦子」(45)把戲實在鬧得太多了！而且，因爲我祇有一隻眼睛，我是很難假扮的。

——那麼該是我去了？我接下去說，心裏一想到可以重見珈爾曼，便非常高興；喻應該怎麼辦呢？

其餘的人對我說：

——設法走海道或是經過聖洛克，走那一條路隨你自己的便，一到直布羅陀，你便在港口上問一個名叫羅洛娜的買朱古律的女販子住在那裏；你找到了她的時候，你便可以從她口裏知道那邊的一切情形。

我們講定三人一同出發到哥辛山脈去，到了那裏，我便扮做一個水菓販子，別了我的兩個同伴，到直布羅陀去。在隆達，一個我們的人給我弄了一張護照；在哥辛，他們給了我一頭騾子：我在騾背上載了橘子和甜瓜，於是我便上路了。到了直布羅陀，一問羅洛娜，原來是大家都認得的，可是她不知是已經死了或是到 finibus terrae (46) 去了，我們之所以不能和珈爾曼通消息，我想來一定是因爲她的失踪的緣故。我把我的騾子放在一間馬廐裏，拿了我的橘子，在城裏四處地走，好像是賣橘子，其實却想碰到一個熟人。那個地方有許多世界各地方的歹人，簡直是巴別爾塔，(47) 因爲你在一條街上走不到十步便可以聽到許多不同的方言。我很看見一些波希米人，可是我不敢信托他們；我試探他們，他們也試探我。我們互相猜出都是爲非作歹的人；重要的是要曉得我們是否是同道中人。空跑了兩天，我一點也得不到羅洛娜和珈爾曼的消息，於是我便打算在買一點東西之後回到我的伙伴那兒去了；不意傍晚我在一條路上徘徊着的時候，我聽到一個女子的聲音在窗口向我喊着：『賣橘子的！……』我擡起頭來，便看見珈爾曼依在一個露臺上，和一個穿着紅軍服，佩着金肩章，像是一個有錢的貴族的鬈髮的軍官在一起。至於她呢，她服飾得非常華麗：肩上披着披巾，頭上簪着金梳，周身衣服全是綢的；這好傢伙，老是那個樣子！捧腹大笑着。那個英國人，胡亂地說着西班牙話，叫我走上樓去，說太太要買橘子；珈爾曼用巴斯克話對我說：

——上來，別大驚小怪。

其實，她所幹的事我是一點也不會驚奇的。在重復看見了她的時候，我不知道憂多還是喜多。門口有一個髮上敷粉的高大的英國僕人，他領我到一間華麗的客廳裏。珈爾曼立刻用巴斯克話對我說：

——你要裝做一句西班牙話也不懂，你要裝做不認識我。

接着，她轉身向那英國人說：

——我對你說得不錯，我一眼就看出他是一個巴斯克人；你可以聽聽這種話語多奇怪。你瞧他的神氣多麼傻，可不是嗎？簡直可以說是一隻被人看見了的食厨裏的偸食貓。

——你呢，我用我的方言說，你的神氣像是一個不要臉的女無賴，我眞想當着你的情郎面前劃碎你的臉兒。

——我的情郎！她說，你一個人在那裏瞎猜！你在那裏吃這個傻瓜的醋嗎？你現在是比在小燈路的晚上以前更蠢了。你這傻子，你沒有瞧見這時我在用最出色的手段做波希米人的勾當嗎？這所屋子是我的，而這「蝦子」的錢也快都是我的了；他是隨我擺佈着；我要把他帶到一個他永遠不能脫身出來的地方去。

——我呢，我對她說，如果你再要用這種手段做波希米人的勾當，我準得收拾你一頓，叫你下次不敢。

——啊！從那裏說起你是我的rom嗎？你倒來吩咐我起來！獨眼龍都以爲然，你倒有話說？你難道做到我的唯一的minchorró(48)還不心滿意足嗎？

——他說些什麼？那英國人問。

——他說他口渴，想喝一口，珈爾曼回答。

說罷她仰倒在安樂椅着，對於自己的翻譯大笑着。

先生，當這個女人笑起來的時候，便簡直沒有法子和她講理。大家都和着她大笑。那個高大的英國人也開始傻頭傻腦地大笑起來，吩咐僕人拿點東西來給我喝。

當我喝着的時候，她說：

——你看見他手上的那個指環嗎？如果你要，我可以拿來給你。

我回答道：

——我寧可丟了一個手指來把你的貴人弄到山裏去每人都握着一根 maquila。(49)

——maquila 當什麼講？那英國人問。

——maquila，那個老是笑着的珈爾曼說，是一種橘子。你想，有這樣的橘子的名字，奇怪不奇怪？他說他要送 maquila 來請你吃。

——是嗎？那英國人說。好吧，你明天就拿了 maquila 來。

在我們說着的時候，僕人走了進來，說飯已預備好了。於是那英國人便站了起來，給了我一個華上度，伸出臂膊去讓珈爾曼挽着，好像珈爾曼獨自一人不能走路似地。珈爾貫老是笑着，對我說：

——我的孩子，我不能請你吃飯；可是，明天你一聽到閱兵的鼓聲，你就帶着橘子到這裏來，你可以找到一間陳設比小燈路的更漂亮的房間，那時你可以瞧瞧我是否依舊是你的小珈爾曼，此後我們還可以談談波希米人的勾當。

我一句話也不回答而當我已經出來到街上的時候，那英國人還向我喊着：

——明天帶了 maquila 來啊！

接着我又聽到珈爾曼的大笑聲。

我出得門來，不知怎樣辦纔好；我整夜沒有睡，第二天早上，我對於這個賊婦心中十分惱怒，竟打算就離開直布羅陀一直不再去見她；可是，一聽到第一通鼓聲，我的一切勇氣都棄我而去了：我拿了我的橘子筐，急忙跑到珈爾曼那兒去。她的窗簾虛掩着，我看見了她的窺伺着我的黑色的大眼睛。那個髮上敷粉的僕人立刻領我進去；珈爾曼差他去做別的事，一等祇剩下我們兩個人的時候，她立刻發出了她的那種鱷魚似地笑聲，攀住我的項頸。我從來沒有看見她這樣美麗過。裝飾得像一個聖母一樣，香氣襲人……絲綢的傢具，錦繡的帷幕……啊！……而我却完全是一副强盜模樣。

——minchorró！珈爾曼說，我眞想把這裏的東西全搗毀了，把屋子放了火，然後逃到山裏去。

於是便和我來溫存一番！……接着又是大笑！……然後她跳舞，又撕破了她的舞裙；就是一雙猴子也決做不出這些奔躍，鬼臉，惡戲來。當她恢復了正經狀態的時候，她對我說：

——聽着，這是一件波希米人的買賣。我要他帶我到隆達去，我說我在那裏有一個做尼姑的姊姊……（說到這裏她又大笑起來。）我們要經過一個地方，那個地方的名字我就會通知你。那時你們便撲住他搶得他精光！最好是把他一鎗打死，可是——她帶着一種她在某一些時候所有的好惡的微笑說下去，這種微笑，看見過的人是絕對不想模倣的，——你知道應該怎樣辦？讓獨眼龍當先。你稍稍落後些；那個「蝦子」是勇敢而機巧他有很好的短銃……你懂了嗎。……

她又大笑起來，打斷了她的話，那種笑聲使我聽了打寒噤。

——不行，我對她說：我憎惡加爾夏，但是他是我的伙伴。或許有一天我會要爲着你的緣故把他收拾，可是我們要照我家鄉的方式來算我們的賬。我不過是偶爾做波希米人而已；在有些事件上，我永遠是如諺語所說的本色的納伐爾人。(50)

她又說下去：

——你是蠢人，傻子，眞正的payllo。你正像矮子一樣，能够睡得遠便自以爲高大了。（51）你並不愛我，滾吧。

當她對我說『滾吧』的時候，我却不能走。我答應她動身前去，回到我的伙伴們那兒等候那個英國人；她呢，她答應我裝病，一直到離開直布羅陀到隆達去的時候。我還在直布羅陀逗留了兩天。她竟膽敢喬裝着到我的客店裏來看我。我走了；我也有我自己的計劃。我聽到了那英國人和珈爾曼要經過的地方和時刻，我才回到我們約會的地方去。我找到了那等待着我的唐加意爾和加爾夏。我們在一個樹林子裏過夜，旁邊燦亮地用松子燒着野火。我向加爾夏提議玩紙牌。他答應了。玩到第二圈的時候，我說他作弊；他大笑起來。我把紙牌向他臉上丟過去。他便想拿他的短銃；我用脚把他的短銃踏住了，對他說道：

——別人說你能使刀，像馬拉加的最出色的好漢一樣，你可以和我來試一下嗎？

唐加意爾想來替我們排解。我已經打了加爾夏兩三拳。怒氣已激起了他的勇氣；他已拔出刀來，我也拔出了我的刀。我們兩人都請唐加意爾不要來管我們的事，讓我們痛快地打。

他覺得已沒有法子將我們兩人拆開了，便自己走了開去。加爾夏俯倒了身子，好像是一頭正待衝出去捉耗子的貓。他用左手拿着帽子掩護，刀鋒向前。這是他們的昂達盧西的防勢。我呢，我擺着納伐爾式的把勢，直對住他，左臂擧起，左腿上前，把刀靠着我的右腿股。我覺得自己比一個巨人還强大。他向我像一枝箭似地穿過來；我站定了左脚一轉，他便撲了一個空；可是我却刺中了他的喉嚨，刀刺得很深，我的手竟一直陷到他的頷下。我使勁地把刀鋒一攪，連刀鋒都折了。事情完了。刀鋒被一股像臂膊那麽粗的血泉從傷口裏湧了出來。他仆倒在地上，像一個木樁子。

——你幹的什麽？唐加意爾對我說。

——聽着，我對他說：我和他勢不兩立。我愛珈爾曼，我要獨佔她。而且加爾夏是一個壞蛋，我不能忘記他對那可憐的雷曼達陀的行爲。我們現在祇有兩個人了，可是我們都是好漢。你可以和我做一個共生共死的朋友嗎？

唐加意爾向我伸出手來。他已是五十歲的人了。

——這些戀愛的把戲，給我算了吧！他喊着。如果你向他要珈爾曼，他準會祇要你一個畢士度，就把她賣給你的。我們現在祇有兩個人了；明天我們怎樣辦呢？

——讓我一個人去辦吧，我回答他。現在我是全世界也不在眼下了。

我們埋了加爾夏，便把我們的蓬帳移紮到二百步遠的地方。第二天，珈爾曼和她的英國人帶了兩個騾夫和一個僕人經過。我對唐加意爾說：

——我去對付那個英國人，你去嚇退其餘的人，他們是沒有帶兵器的。

那英國人眞勇敢。如果珈爾曼不推他的臂膊，他早打死我了。總之，這天我取回了珈爾曼，我對她所說的第一句話，便是她已變成寡婦了。當她知道了經過情形的時候，她對我說：

——你始終是一個 lillipendi！(52) 加爾夏是可以殺死你的。你的納伐爾刀法簡直是胡鬧，再比你厲害點的人，他也殺死過不知多少。這也是因爲他的死期到了吧。你的死期也會到來的。

——你呢，我回答，如果你不忠實地做我的 romi，你的死期也就要到了吧。

——很好，她說；我在咖啡渣裏占到過許多次了，我們是應該同歸於盡的。嘿！種因得果！

於是她便拍着她的響板；當她要排遣某種不如意事的時候，她老是這樣的。

一個人說到自己的時候，總是滔滔不絕的。這些瑣瑣碎碎的事，你聽了一定會覺得麻煩，可是我不久就可以講完了。我們以後這樣的生活過了很長久。唐加意爾和我又招了幾個同夥，比以前的更靠得住，我們專做私販，老實說，我們有時也做攔路的強盜，不過這是到了無路可走沒有別的辦法的時候纔幹這等勾當的。而且我們並不傷害旅客，我們祇劫取他們的錢財。一連有幾個月，我對珈爾曼很滿意；她對於我們的買賣上仍然很有幫忙之處，把好生意通報我們。她有時在馬拉加，有時在高爾圖，有時在格拉納特；可是，祇要我說一句話，她便丟開了一切，來到一家冷僻的客店裏來會我，或甚至到蓬帳裏來。祇有一次，那是在馬拉加，她使我有點不放心。我知道她看中了一個很有錢的商人，可能地她打算對他重演直布羅陀的那套老把戲。唐加意爾無論怎樣對我說想阻攔我也沒有用，我堂堂皇皇地在白天到了馬拉加，我找到了珈爾曼，立刻把她帶了回來。我們很費了一番口舌。

——你知道嗎，她對我說；自從你眞正做了我的 rom 以來，我愛你不如你是我的 minchorrò 的時候了？我不願意別人來和我打麻煩，尤其不願意受別人的指揮。我所願意的，便是自由自主，隨心所欲。當心別逼得我沒路走。如果你弄得我太麻煩了，我會去找一個漢子，他便會像你對付獨眼龍一樣地對付你。

唐加意爾替我們講了和；可是我們已經有了言語的衝突，心中留下了芥蔕，已不像從前一樣了。此後不久，我們又逢到了一件不幸事。軍隊來追捕我們了。唐加意爾和我的兩個同夥都被打死，還有兩個是被捉去了。我呢，我傷得很重，如果沒有我的那匹好馬，我早落在兵士手裏了。我疲累得不堪，身上又中了一彈，和我所剩下的一個唯一的伙伴，躲到一個樹林子裏去。我一下馬就昏倒了，我想我就要倒斃在樹叢中正如一隻中彈的兎子一樣。我的伙伴把我背到一個我們所熟識的山洞裏，接着他便去找珈爾曼。她是在格拉納特，便立刻趕來。她一刻也不離開地足足侍候了我十五天。她眼也不合一合；她用一個女子對其所最愛的男子所未曾有的小心和機巧看護我。一等我能够行動的時候，她很祕密地把我帶到格拉納特去。波希米人是到處可以找到穩妥的安身處的，我便在一所屋子裏足足過了六個多星期，那所屋子隔開那緝拿我的官廳祇有兩家。我時常從窗扉後面窺見他們經過。最後我身體復元了；可是我在病榻上曾經幾次思量過，我打算改變生活。我對珈爾曼說要離開西班牙，到美洲去找正當的生活。她却嘲笑我。

——我們生就不是種菜的人，她說；我們的定命便是靠payllos吃飯。嗆，我已經和直布羅陀的納丹·班約瑟講好了一件買賣。他有些棉布只等你去運送。他知道你是活着。他很信任你。如果你對直布羅陀的我們的主顧們失了信，他們不知道怎麼說呢？

我聽了她的話，便又做着我的下流的買賣。

當我躲在格拉納特的時候，那裏有鬬牛戲，珈爾曼便去看。在看了回來的時候，她滔滔不絕地講着一個名叫盧加思的很靈活的鬬牛人。她竟連他的馬的名字，他的繡衣值多少錢都知道。我可沒有注意到。幾天之後，那個我所剩下的唯一的同夥黃尼多對我說，他看見珈爾曼和盧加思一起在沙岡丁的一家商店裏。這事使我不安心起來了。我問珈爾曼如何會和那鬬牛人認識的，爲什麼要和他認識。

——我們可以和他做一筆買賣，她對我說。發響的河裏，有的是水或是卵石。(53)他鬬牛賺了一千二百個雷爾。兩樣之中選一樣：或者取了他那筆錢，或者邀他入夥，因爲他是一個好騎手，又是一個勇敢的好漢。某人某人都已經死了，你一定要有人來補充。邀他入夥吧。

——我既不要他的錢，又不要他的人，我同答，我不准你和他談話。

——當心吧，她對我說；有人以爲我辦不到的事，我偏不久就辦成了！

幸喜那個鬬牛人到馬拉加去了，我呢，我便去把猶太人的綿布私運進來。這次勾當中我要做的事很多，珈爾曼也如此，我便把盧加思忘記了；或許她也把他忘記了——至少在那個時候如此。先生，便是在那一個時期，我先在孟諦拉，後來又在高爾圖遇見了你。我們最後的那次相見我也不必來和你講了。你或許知道得比我更淸楚一點。珈爾曼偷了你的錶；她還想要你的錢，特別是你現在帶在手上的這個指環，她說，這是一個有魔力的指環，她很想弄到手。我們爲了這事大大地吵了一場嘴，我又打了她。她臉色發青哭了起來。我看見她哭這還是第一次，這使我非常難受。我求她原諒我，可是她和我賭氣了一整天，而當我出發到孟諦拉去的時候，她竟不肯和我接吻。我心中很悵惘，可是三天之後，她忽然快樂得像雲雀一樣地來找我。什麼都已經忘記了，我們簡直像是新婚夫婦在分別的時候。她對我說：

——高爾圖在賽會，我要去看看，等我知道了帶着錢走的人，我便通知你。

我讓她走了。一個人的時候，我便想到那個賽會，和珈爾曼的脾氣的改變。我心中暗想：『她旣然先對我讓步，那麼她準已經報復了。』一個鄉下人對我說高爾圖有鬭牛戲。我的血立刻沸起來了，就像瘋人一樣地動身到那個地方去。別人將盧加思指點給我看，我發見珈爾曼坐在柵欄邊的長凳上。祇要望她一眼，我的懷疑就可以證實了。盧加思在鬭第一頭牛的時候，正如我所預料的一樣，鬭得非常出色。他挑起了那牛身上的綵帶，(54)遞給了珈爾曼，珈爾曼立刻將它披在頭上。那頭牛卻給我報了仇。盧加思跌下馬來，馬也翻倒了，壓在他的胸上，牛便在人和馬的上面踏過。我望着珈爾曼，她已不在她的座位上了。我想離開座位出去，可是辦不到，衹得等到鬬牛完畢。那時，我便跑到你去過的那所屋子裏去，靜等了半夜。夜裏兩點鐘的時候，珈爾曼回來了，看見了我，不禁有點吃驚。

——跟我來，我對她說。

——好！她說，就走吧！

我便去帶我的馬，我把她騎在我後面，兩人一句話也不說地跑了一夜。在天明的時候，我們在一家冷僻的客店裏停了下來，那客店是和一個小修道院很近的。在那裏，我對珈爾曼說：

——聽着，我是什麽都忘記了。我什麽話也不對你說；可是你得對我發一個誓：你將跟我到美洲去，在那裏度安逸的生活。

——不，她用一種賭氣的口氣說，我不願意到美洲去，我在這裏很好。

——那就是因爲你和盧加思接近；可是，你仔細想一想吧，如果他痊愈了，他也活不下去。而且，我又何必和他去爲難呢？我已經倦於一個一個地來殺死你的情人；我要殺的是你了。

她用着她的猙獰的目光注視着我，對我說：

——我老想着你會殺死我。我第一次看見你的時候，我先在我的屋子前碰到一個教士。昨天夜裏，在走出高爾圖的時候，你聽見什麼東西嗎？一隻兎子從你的馬脚之間橫穿過去。這是註定的了。

——小珈爾曼，我對她說，你不愛我了嗎？

她一句話也不回答。她交股坐在席上，用手指在地上亂畫。

——珈爾曼，我們改變這生活吧，我用一種懇求的口氣對她說。我們到一個我們永不相離的地方去生活吧。你是知道的，離開此地不遠的地方，在一棵橡樹下，我們有一百二十個金翁斯埋着……而且，在猶太人班約瑟那裏，我們還有錢存着。

她微笑起來，對我說：

——我先你後。我知道事情總是這樣到來的。

——再仔細想一想吧，我接着說，我是再也忍耐不下去了，我勇氣也盡了；你打你的主意吧，否則我要打我的主意了。

我離開了她，到修道院那邊去徘徊。我看見那教士正在祈禱。我等他祈禱完畢；我也很想祈禱，可是我不會。當他站起來的時候，我走到他身邊去，對他說：

——我的神父，你可以為一個在大危險中的人祈禱嗎？

——我是替一切苦難的人祈禱的，他說。

——你可以替一個或許將顯現於上帝之前的靈魂唸經嗎？

——可以的，他注視着我回答。

因為我的神氣之間有點異樣，他便想叫我直說：

——我好像曾經看見過你，他說。

我拿了一個畢士度放在他的凳上。

——你什麼時候為我唸經呢？我問他。

——半點鐘之後，那邊的客棧主人的兒子就會來佈置。少年人，請你對我說，你在良心上可有什麼使你痛苦的事嗎？你肯聽一個基督徒的勸告嗎？

我覺得幾乎要哭出來。我對他說我去一下就來，我便溜了。我去躺在一片草地上，一直聽到鐘鳴。那時我纔走近去，可是我並不走進教堂裏去。等經唸完了，我纔回到客店裏去。我希望珈爾曼已經逃了；她很可以騎了我的馬逃走……可是我看見她還在那兒。她不願意別人說她怕我。當我不在的時候她已拆開了她的衣衫的邊，把鉛拿了出來。現在她坐在一張桌子前面，定睛注視着在一個盛滿了水的瓦鉢裏的，她剛纔鎔了投進去的鉛。她是那麼專心地在施她的魔術，最初竟沒有看見我回來。她有時拿出了一塊鉛，帶着一種憂愁的神氣四面轉動着，有時唱着一個魔法歌；那些歌是祈求貝特羅王爺的情婦瑪麗·巴第拉的，她的別名叫做 Bari Crallisa，據說是波希米人的大女王。(55)

——珈爾曼，我對她說，你可以跟我來嗎？

她站了起來，丟開了她的瓦鉢，把她的披巾披在頭上，好像準備出發似地。他們牽過我的馬來，她騎在我後面，我們便離開了客店。

——噲，我的珈爾曼，走了一程路之後我對她說，你願意跟我，是嗎？

——是的，我願跟你一同去死，可是我不願跟你一同生活了。

我們那時是在一個荒涼的夾谷中；我勒住了我的馬。

——是這裏嗎？她說。

她一躍跳到地上。她除了她的披巾，把它丟在腳邊，一手握拳撐在腰邊，動也不動地站着，目不轉睛地望着我。

——你要殺死我，我已明白了，她說；這是註定的，可是你不能使我屈服。

——我請你明白一點，我對她說，聽我說吧！一切過去的事都付之東流吧。然而，你是知道的，斷送了我的前途的是你；我是爲了你纔做强盜和殺人犯的。珈爾曼！我的珈爾曼！讓我來救你，又和你一起救我自己。

——何苦，她回答，你在這兒要我做辦不到的事。我已經不愛你了；你呢，你還是愛着我，這便是你要殺死我的原故。我還很可以對你撒一個謊；可是我不願意這樣辦。我們兩人之間什麼關係也沒有了。你是我的 rom，你有權殺死你的 romi；可是珈爾曼始終是自由的，她生爲 calli，她死也是 calli。(56)

——那麼你愛廬加思了嗎？我問她。

——是的，我愛他過一些時候，像我愛你過一樣，或許還沒有愛你那麼深。現在，我是誰也不愛了，我恨自己愛過你。

我投身在她脚邊，我握住她的手，我的眼淚灑在她的手上。我向她數說我們以前在一起所過的幸福的時候。我答應她仍舊過强盜的生活，使她稱心。一切，先生，一切；我答應她一切，祇要她肯仍舊愛我！

她對我說：

——仍舊愛你，那是辦不到的。我已經不願再和你一道生活了。

暴怒迷了我的心。我拔出我的刀來。我原想嚇她一嚇，使他向我討饒，可是這個女人簡直是魔鬼。

——最後一次問你，我高聲說，你願不願意和我在一起！

——不！不！不！她頓着脚說。

說罷，她除下了那個我送她的指環，把它丟到荆棘叢裏去。

我刺了她兩刀。我所用的是獨眼龍的刀，因爲我的已折斷了。刺到第二刀的時候，她喊也不喊地倒下去。我現在都還看見她的那雙凝視着我的黑色的大眼睛；接着她的眼睛昏花了，閉了下去。我在那屍身前面癡呆地足足站了一點鐘。後來，我記得珈爾曼常常對我說，她喜歡葬在一個樹林子裏。我用我的刀爲她挖了一個墓穴，把她放在裏面。我去找她的指環，找了許久纔被我找到。我把指環放在墓穴裏她的身旁，還放了一個小十字架。這事我或許是做錯了。接着我便跨上馬去，一直跑到高爾圖，在第一個駐防處自首。我說我殺死了珈爾曼；但是我不願說出她的屍身在那裏。那教士是一個神聖的人。他替他祈禱！他爲她的靈魂做了一個彌撒……可憐的孩子！這全是 calé 的罪過，把她養成這樣的一個人。

四

在西班牙那個地方，那些散處在全歐洲的，以 Bohémiens, Gitanos, Gypsies, Zigeuner (57) 等名稱知名的流浪民族，現在還有許多。大部份都居住——或者不如說飄泊——在南方和東方各省中，在昂達盧西，在愛斯特拉馬都爾，在摩爾西王國；在加達洛納也有很多，他們常常流到法蘭西來。我們在我們南方的各市集裏常碰到他們。通常男子們的職業多半是馬販子，獸醫和剪騾毛的人；他們還做補鍋子修銅器等的行業，當然，做私販子和其他不法的事是不用說的了。婦人們則替人算命，乞食，或是賣各種有害或無害的藥。

波希米人在體質上的特點，一看就可以看得出，比用筆墨來形容還容易，祇要你看見過一個，你便能從千萬人中辨出這個種族的一人來。面貌，表情，這便是和住在同一個地方的別的居民相異之處。他們的膚色是很黝黑的，總要比他們所住的地方的別人更黑一點。calé 這個名稱（意思就是黑色的人，）便是由此而來的。他們常常以此自稱。(58) 他們的顯然偏斜的很大很黑的眼睛，是蔭在長而密的睫毛之下。我們祇能把他們的目光比之於野獸的目光。在他們的目光中同時顯着驃悍和懦怯，在這一點上，他們的眼睛很確當地表現出他們的民族性，狡猾，大膽，但是像巴紐爾易一樣「天生的怕打。」(59) 男子們大都是很矯健，輕捷而靈活的；肥胖的人我從來沒有看見過一個。在德國，那些波希米女子常常是非常漂亮的；在西班牙的波希米女子之間，美麗的却很少很少。在年紀很輕的時候，她們被視爲雖則醜但却頗惹人動情的姑娘；可是一做了母親，她們便變成使人不敢請教了。他們男女都髒得使人難信，凡是沒有看見過一個波希米的婦人的頭髮的人，很難想像得出他們髒的程度，就是拿最粗糙，最油膩，最汚穢的鬣毛來比也不能彷彿其一二。在昂達盧西的幾個大城中，有幾個比別的更動人一點的少女，却很注意於冶容。她們在公衆前去跳舞賺錢，她們的舞是和我們謝肉祭時公共舞會裏所禁止的舞很相像。

曾經著了兩部關於西班牙的波希米人的很有趣的書，想藉聖經會之力使那些波希米人改宗歸基督教的那位英國宣教師鮑羅（60）先生，他肯定地說，絕對沒有一個波希米女子會對一個異族的男子發生戀愛關係。我覺得他對於她們的貞操的讚詞，未免失之誇張了。第一，大部份的女子都是處於沃維提烏思所說的醜女的地位：Casta quam nemo rogavit（61）至於那些漂亮的呢，她們都是和一切的西班牙女子一樣，選擇愛人極苛。必須取樂她們，必須迎合她們。鮑羅先生舉了一件事來做他們的美德的證例，這件事當然地他自己的美德，特別是他的迂愚顯揚了。他說，他所認識的一個荒唐的男子，曾經送了許多金翁斯給一個漂亮的波希米女子，可是仍舊一點結果也沒有。我把這件故事對一個昂達盧西人講了，他便說，那個荒唐的人祇要拿兩三個畢士度銀幣誘她一誘，他便會大收成效了，拿金翁斯給一個波希米女子，那簡直和答應一兩百萬給一個客棧裏的侍女一樣，是最拙劣的引誘的方法。——無論怎樣，波希米對於她們的丈夫表示非常忠實，那倒是可信的。在他們危急的時候，她們總是不顧任何危險困難去救他們的。波希米人所用的一個名稱：romé 或「夫婦」，在我看來可以證明他們一族對於結婚的重視。一般地說，我們可以說他們主要的美德便是一種愛國觀念（如果我們是可以把他們對於同族人所保持的忠誠這樣稱呼的話，）他們的互助的熱心，在不法的勾當中的互相嚴守祕密。而且在一切的祕密違法的團體中，我們也可以注意同樣的情形。

在幾個月前，我曾經去尋訪過一個居留在伏斯吉的波希米人的部落。在一個老婦人（她是她部落中的先輩）的茅屋裏，有一個和她的家族無關的害了重病的波希米人在着。那人離開了一所看護他很周到的醫院，前來到他的同鄉們之間就死。他臥病在她那兒已經有了十三星期之久，人們侍候他比同住在一處的自己的子婿還周到，他有一張用苔和乾草舖成的很好的床，被褥還很白潔，而家裏其餘的人（一共有十一個）却睡在三尺長的木板上，這就是他們欵客之道。同是那個對自己的客人那麼仁厚的婦人，却當着病人面前對我說：Singo, singo, homte hi mulo『不久，不久，他就要死了。』總之，那些人的生活是那麼地困苦，所以對他們宣告死的到來，他們也一點不覺得害怕。

波希米人的性格有一種可以注意的特點，那就是關於宗敎的事他們很淡漠；並不是因爲他們是不信鬼神或者是懷疑主義者。他們從來沒有無神論的主張，說無神論眞是從那裏說起，他們住在什麼地方，便信仰什麼地方的宗敎；他們換一個地方住，便換一種宗敎。迷信是未受敎化的民族拿來代替宗教情感的，他們對於迷信也同樣地毫不放在心上。實際上，在那些常常藉他人的妄信爲生的人們之間，迷信如何會存在呢？然而，我發現西班牙的波希米人，對於和死屍接觸一事，有一種特別的畏懼心。肯爲了錢的緣故，替人把死屍擡到坟場裏去的人，是很少很少。

我前面曾經說過，大部份的波希米女子都出來替人算命。她們藉此頗得到些好處。可是她們獲大利的來源，還是靠賣春情和媚藥。她們不僅拿蟾蜍的脚來固定男子不定的心，或是用磁石粉來叫不動心的人對她們着迷；而且在必要的時候，她們還唸厲害的咒，使魔鬼不得不來幫助她們。去年，一個西班牙女子對我講了這樣一個故事：

有一天，她經過阿爾加拉路，心裏很悲哀很憂慮；一個蹲坐在街沿上的波希米女子向她喊道：

——我的美麗的太太，你的情人背棄了你吧。（這倒是事實。）你可要我使他回心轉意嗎？

你想，這個提議是被她多麼快樂地接受。一個人能一眼就看穿她心裏的祕密，那又會使她多麼深信不疑。因爲在馬德里最熱鬧的街上不能施展魔法，她們便約好第二天相會。

——要使那個負心人回心轉意，那是再容易也沒有了，那個波希米女子說。你有他送你的一方手帕，一條圍巾，或是一條披巾嗎？

她便拿了一條絲圍巾給她。

——現在，你用深紅色的絲線在圍巾的一隻角上縫上一個畢士度。在別一隻角上縫上一個半畢士度；這裏縫上一個小錢；那邊，縫上一個雙雷爾。在中央還得縫上一塊金幣。最好是都勃隆。(62)（她便把都勃隆和其他的錢幣都縫了上去。）現在，把這條圍巾交給我，我要在午夜的時候把它拿那到岡波·聖多(63)去。如果你想看看這場出色的魔法，你便和我同去吧。我可以包你所愛的人明天就會回到你那兒來了。

那個波希米女子一個人到岡波·聖多去，因爲她怕鬼，不敢和她同去。後來那個可憐的被棄的女子到底有沒有再看見她的圍巾和她的負心人，請諸君自己去猜想吧。

那些波希米人雖則窮困又使人厭惡，可是在無知的愚民之間，他們却受人相當的重視，他們因此很自豪。他們自以爲是一種智慧高出於人的民族，他們又很蔑視那些給他們以安身之處的民族。

——那些「外國人」都是那麼傻，伏斯吉的一個波希米女子對我說，叫他們上當眞算不了一回事。那一天在街上有一個鄉下女子喚我，我便跟着到她家裏去。她的爐竈冒煙，她叫我施點法術使它不冒。我呢，我先叫她給我一大塊豬油。接着，我用波希米話喃喃地唸了幾句。我說：『你是傻子，你生爲傻子，你死爲傻子……』當我走到門口的時候，我用好德國話對她說『使你的爐灶不冒煙的最好的法子，就是不要生火。』說罷我便跑了。

波希米人的歷史，到現在還是一個問題。實在，我們知道他們的團體（數目很少），在十五世紀初葉出現於歐洲東部；可是他們從那裏來的，他們爲什麽到歐洲來，我們却不能知道，最不可思議的，便是我們不知道他們如何會在極短的時期，在許多相距很遠的地方，那麽奇怪地繁殖起來。就是那些波希米人自己，也沒有保留他們的來歷的任何傳統，而他們之中大部份的人之所以說埃及是他們的原始的祖國者，那便是因爲他們採納了一種關於他們的很古的傳說的緣故。

那些研究過波希米人的語言過的東方學者，大部份都以爲他們是來自印度。實在，波希米語言的許多語根和文法的形式，好像可以從自梵文變化出來的方言中找出來。

我們想來，那些波希米人在長期的飄泊中，曾經採用了許多外國語。在波希米語的一切方言之中，我們可以找出許多的希臘字。例如：cocal，意爲「骨，」來源是 κόκκαλον；p.talli 意爲「馬蹄鐵，」來源是 πέταλον；cafi，意爲「釘，」來源是 καρφί，其他等等，不勝枚舉。現在波希米人的相異的方言多得數不淸，差不多和他們種族的互相分離的部落一樣地多。他們到處說着他們所住的地方的方言，比說他們自己固有的方言更容易，他們祇爲了在生客面前可以自由談話起見，纔說他們自己的方言。如果我們拿幾世紀沒有互相往來的德國的波希米人的方言和西班牙的波希米人的方言比較一下，我們還可以辨出有許許多多的字是相同的；可是原有的語言，到處都因和較開化的語言接觸而大大地變更了（雖則變更的程度是不同的。）那些較開化的語言，這些流浪民族是不能不說的。一方面德國話，一方面西班牙話，都已把波希米語根本地變化過了，所以，叫一個黑林（德國）的波希米人和一個昂達盧西（西班牙）的他的同類人談話，那簡直是辦不到的事，——雖則祇要互相稍稍說幾句話，就可以辨出他們兩人是在說一種從同樣的語言變化出來的方言。我以爲有幾個很常用的字在一切方言中都是相同的；在我所能看到的一切字彙中：pani 作「水」解；manro 作「麵包」解；mâs「作肉」解；lon 作「鹽」解。

數目的名稱他們到處差不多都是一樣的。我覺得德國的波希米方言是比西班牙的純粹得多；因爲它還保留着許多原始的文法形式，而西班牙的波希米人却採用了西班牙國語的文法形式了。然而有幾個字却是例外，可以證實那語言從前的共通地方。德國的波希米方言動詞的過去式，總是在那常是動詞的語根的命令式之後加 ium 而成。西班牙的波希米語中的動詞，則完全以西班牙語的第一種變化動詞作模範而變化的。從作「吃」解的 jamar，照規則的變化應爲 jamé，「我吃了；」從作「取」解的 lillar 應變化爲 lillé，「我取了。」然而有些年老的波希米人却例外，他們却說 jayon, lillon，卽尙存 ium 變化之跡。別的保留着舊形式的動詞，我却不知道了。

在我賣弄我的對於波希米語膚淺的知識的時候，我應得提出幾個我們的盜賊從波希米人那兒借用來的法國市井語。巴黎的神祕（64） 那本書使上流人知道了 chourin 的意思是「刀」。這便是純粹的波希米語；tchouri 原是一切波希米方言中共通的一個字。費道克先生稱馬爲 grès，這又是一個波希米字，有 gras, gre, graste, gris 等變化。我們且再加上巴黎市井語中指波希米人的 romanichel 那個字吧。這便是 romané tchave——波希米孩子——的變形。可是有一個字源我是引以爲驕傲的，那便是 frimousse（面色臉）的字源，這個字是現在一切的小學生都用，至少是在我那時代所慣用的。請先注意奧定吧，在他一千六百四十年所著的奇異的字典中，他寫着 firlimouse 這字。在波希米語中，firla, fila 即作「臉」解，mui 的義意也同樣，那正就是拉丁文中的 os。(65) firlamui 這字的組合，一個眞正的波希米人立刻就明白了，我便相信這組合是和波希米語言的特質相符合的。

對於珈爾曼的讀者我已把我的對於波希米語的研究的有用的意見，說得够多了。我將拿這句來得正湊巧的諺語，來做一個結束：En retudi panda nasti abela macha『閉着的嘴裏，蒼蠅決飛不進去。』

註釋

(1)昂達盧西人讀S作噓音，和西班牙人讀如英語底th的柔音C及Z底讀音相混。祇要聽到 Señor（先生）這一個字，我們便可以辨認出一個昂達盧西人來。

(2)指那些享特別的 fueros（權利）的特權的諸外省（Les provinces privilégiées），即阿拉華（Alava）比斯加意（Biscaïe）季布士高（Guipuzcoa）以及納瓦爾（Navarre）的一部份。巴斯克（basque）即其方言。

（3）見米爾頓（Milton）失樂園（Paradise Lost）第一篇五十四行以下：

......For now the thought
Both of lost happiness and lasting pain
Torments him; round he throws his baleful eyes,
That witnessed huge affliction and dismay,
Mixed with obdurate pride and steadfast hate......

（因爲現在那失去的幸福和不絕的痛苦兩種念頭苦惱着他；「惡魔」他用惡毒的眼光向四周環視，那眼所曾目擊過的便是龐大的苛責和失望，而其中又混雜着頑强的矜誇和牢固的憎惡......）（譯者註）

（4）狄安娜（Diane）是神話中的貞潔之神，她愛淳樸和純潔，常伴着她的女仙（nymphes）來往於山林之間，逐射野獸。一日她正在倍奧諦（Béotie）加爾加非（Gargaphie）山谷的林中清泉中浴其玉體，愛獵的阿克代洪（Actéon）忽然闖入，看見了她，她十分惱怒，立刻將他變成一頭鹿，使他自己的獵犬將他咬死。（譯者註。）

（5）附有冰室（或者不如說儲雪處）的咖啡店。在西班牙，沒有一個村子是沒有neveria的。

（6）在西班牙，一切不隨身帶着棉布或絲綢的貨樣的人，均被視爲英國人，Inglesito。在近東亦如此。在却爾西斯（Chalcis），我曾有被通報爲Μιλόρδοος Φραγκσέζος（Mylord français）的榮幸過。

（7）命相。

（8）勃朗多麥（Brantôme）是法國的一位著作家，生於一五三五年，歿於一六一四年。著有蕩婦傳（Vie des dames galantes），名媛傳（Vie des dames illustres）等書。

(9)在一千八百三十年，貴族還享着這種特權。在今日在立憲制之下，無賴惡徒已取得受絞罪（garrote）之權了。

(10)這句話大概是形容西班牙人學說法國話學得三不像，音又念不準。譯者想來這位教士是想說 petite pendai-n bien jolie（很漂亮的小小的絞刑）。（譯者註）

(11)巴斯克人用的裝有鐵環之棍。

(12)統管警務和地方行政的官吏。

(13)納伐爾和巴斯克各郡鄉村婦女的通常的裝束。

(14)épinglette 是軍隊中用的火門針，珈爾曼却曲解為婦女編織用的針，以此嘲之。（譯者）

(15)俗傳妖精以箒代馬，夜行於市。此處意為像你這樣的妖精，有掃箒騎也很够了，何必買驢子？（譯者）

(16)Pintar un javeque 塗畫一隻三桅船（chebec）。西班牙的三桅船，大部份都有紅色和白色的方形飾繪。

(17)即X形十字架。

(18)是的，先生。

(19)園圃。

(20)好勇鬪狠的人，大言不慚的人。

(21)西班牙一切的騎兵均執長矛。

(22)阿爾加拉(Alcalá de los Panaderos)是一個距塞維爾有五六哩路遠近的小村子，在那裏人們製造那些美味的小麵包。人們說麵包之所以甘美，全是由於阿爾加拉的水好，人們每天運着大宗的麵包到塞維爾去。

(33)日安，同伴。

(24)塞維爾的屋子大部份都多一個內院，四面繞着廊廡。在夏天，人們便在那兒閑坐。這種院子上面有着布蓬，日間張開，晚間捲攏。大門是常常開着的，那條通到院子去的甬道（zaguan），盡頭有一個鐵柵子，工程十分精美。

(25) Mañana será otro dia （西班牙諺語。）

(26) Chuquel sos pirela,

Cocal terela.

走着的狗，便找到骨頭。（波希米諺語。）

(27)蜜餞的蛋黃。

(28)一種蛋仁糕。

(29)那位我們稱爲「殘酷的」(Le Cruel)而「天主教的」伊莎倍爾王后(Isabelle la Catholique)祇稱之爲「鐵面無私的」(Le Justicier)貝特羅王爺(Le roi don Pèdre)，正如哈龍阿爾拉思岢特 Caliph Haroûn-al-Raschid)一樣，喜歡晚間在塞維爾的街上散步，找尋奇遇。某夜，他在一條冷僻的路上和一個唱着夜曲的人吵了嘴起。他們打起來，那位王爺便把那個求愛的男子殺死了。一個老婦人聽到了鬭劍的聲音，從窗口探頭出看來，她手裏拿着一盞小燈（candilejo），便照見了這一段情景。我們要曉得這位貝特羅王爺，雖則是驃悍輕捷的體格的構造上却有一個缺點，他走起路來的時候，他的膝蓋骨格格地發着響聲。那個老婦人，聽到了這種格格的響聲，便很容易地認出了他。第二天那負責的「二十四」到國王那兒去作他的禀告。『陛下昨夜有人在某條路上決鬭，決鬭者之一是死了。——你找出了那個殺人犯嗎？——找出了，陛下。——爲什麽不將他處罰呢？——陛下，我在等你的命令。——執行國法呀。』那時這位國王剛傳出了一道聖旨，說凡是決鬭的人，均須斬首，首級便掛在決鬭的地方。這位「二十四」很巧妙地解脫了這個難題。他叫人截下了貝特羅王的一個雕像的頭，把它放在出事的那條路中央一個壁龕裏。國王和一切的塞維爾人都覺得辨得不錯。那條路便以那唯一的見證老婦的燈作名字。——民間的傳說如此。蘇宜佳（Zuñiga）所講的這故事微有不同。（見塞維爾年史Anales de Sevilla第二卷第一百三十六頁）無論如何，在塞維爾現在總還有一條小燈路，而在那條路上，有一個石製的半身像，據說就是貝特羅王的像。不幸這個半身像是近代的，從前的那個在十七世紀的時候就很破舊了，那時的市政長官便做了一個來代替就是我們現在所看見的那個。

（30）Rom 意爲「夫」；romi 意爲「妻」。

（31）Calé 陰性爲 callí；多數爲 calés。直譯爲「黑」，——這是波希米人在他們的語言中自稱的名字。

（32）西班牙的輕騎兵是穿着黃色的衣服的。

（33）Me dicas vriardâ de jorpoy, bus ne sino braco（波希米諺語）

（34）聖女——聖母。

（35）指絞首臺而言，絞首臺便是最後被絞死者的寡婦。

（36）Laloro 紅的（土地）。

（37）Flamenco de Roma。這是一句俗語，意指波希米女子。羅馬（Roma）在這兒並不作那個「不朽的城」解，卻解作Romi或「已婚的人們」底國家——波希米人自稱的名字。我們最初在西班牙看見的波希米人，可能地是從和蘭來的，「弗蘭特人」（Flamands）這名稱就是由此而來的。

（38）一種球根人們用以製一種頗甘美的飲料。

（39）西班牙兵士的日常食料。

(40)Ustilar à pastesas，巧竊，不用蠻勁兒的盜竊。

(41)一種義勇隊。

(42)Sarapia sat pesquital ne punzava.

(43)反語。（譯者註）

(44)你們這些蠢貨，把我當作一個有錢的女人了。

(45)英國軍人穿着紅色的軍服，故西班牙人給他們取了這個渾名。

(46)到牢裏去，或是到鬼門關去。

(47)聖經中諾阿（Noé）的子孫想造通天的塔，因語言混雜而廢。（譯者註）

(48)我的情人，或更確當一點，我的歡愛。

(49)見註一一（譯者。）

(50)Navarro fino

(51)Or esorjlé de or narsichislé, sin chismar lachinguel ——一個矮子的願望，便是唾得遠。（波希米諺語。）

(52)蠢貨（譯者註。）

(53)Len sos sonsi abela

Pani o rebleudani terela（波希米諺語。）

(54)La divisa，飄帶所結的綵，它的顏色標誌牛所從來的牧場。這種綵是用一個小鉤鉤在牛的皮上的，從活牛身上跳下這個綵來獻女子，是最漂亮風流的事。

(55)人們說瑪麗・巴第拉（Marie Padilla）使貝特羅王爺中了魔。一個民間傳說說她獻了一條金腰帶給勃朗希・德・步爾朋王后(Blanche de Bourbon)，在貝特羅王的中了魔的眼睛看來那條金腰帶便變成一條活蛇了。因而他常對於這不幸的公主表示不滿。

(56)意爲波希米女人波希米人自稱之詞，見註二七。（譯者註）

(57)其意均爲波希米人。在法國稱爲波希米人(Bohémiens)，在英國稱爲吉泊賽人（Gypsies），在西班牙稱爲西達納人（Gitanos），在德國稱爲西根人（Zigeuner）（譯者註。）

(58)我覺得德國的波希米人雖則他們很懂得 calé 這字的意義，却不喜別人以此名稱呼他們。他們自己之間以 romané tchavé 相稱。

(59)巴紐爾易是法國 Rabelais 小說 Pantagruel 中的人物，狡猾而膽小。

(60)George Borrow 著有西班牙聖經(The Bible in Spain)，西班牙的吉泊賽(Gypsies of Spain)等書。（譯者註。）

(61)義爲「因爲沒有人請教，所以保持着貞潔。」（譯者註。）

(62)二十法郎的金幣（譯者。）

(63)是墓場（譯者。）

(64)巴黎的神秘(Les Mystères de Paris)是法國小說家歐葉納・徐（Eugène Sue）所著小說。（譯者註。）

(65)拉丁文中的 os 一字作「臉」，「面色」解。（譯者註。）

圖書雜誌審委會審查證審字第一〇九六號

世界文學全集 高龍芭 （全一冊）

◎定價銀一元一角
（外埠另加郵匯費）

民國二十四年二月印刷
民國二十四年二月發行

原著者 Prosper Mérimée

譯者 戴望舒

發行者 中華書局有限公司 代表人陸費逵

印刷者 上海靜安寺路 中華書局印刷所

總發行所 上海棋盤街 中華書局

分發行所 各埠 中華書局

（八四八一）